僕を振った教え子が、
1週間ごとに
デレてくるラブコメ2
田口一
illust ゆがー

「実はサンタさんがこの家にいるんです。
呼んで来ますから、待っててください」

そう言って彼女は立ち上がり、
部屋の外へ出て行った。
呼ぶってどういうこと？
この部屋にサンタクロースが現れるってこと？
頭にハテナマークを浮かべて待っていると、
再び部屋の扉が開かれた。

「入りますよ～」

声のほうを振り向いて、僕は目を見開いた。

「サ、サンタクロースです。
メリークリスマス！」

（どうか、芽吹さんが志望校に
合格できるように、お願いします）

そう心の中でつぶやき、
最後にもう一度礼をして参拝を終えた。
ちらりと横の芽吹さんを見ると、
真剣な表情でお願いを続けている。
願いごとをつぶやいているらしく
口元が動いてるけど、
何を言っているのかは聞こえない。
やがて彼女も参拝を終えて、
僕のほうに振り向いた。

「せっかくだから、
何回もお願いしちゃいました。
絶対に絶対に絶対に時乃崎学園に
合格できますようにって」
「真剣な顔をしてたよ。
それだけお願いしたら、
神様も味方になってくれるさ」
「お願いをかなえてもらえるよう、
今年はもっと勉強をがんばらなくちゃ」

芽吹さんは、はにかむようにほほ笑んだ。

「このマフラー、大きめなんです。
こうして一緒に使えば二人とも
温かいですよ」
「う、うん。温かいけど……」
「少しくらい歩きにくくても平気ですよ。
家までもうすぐですから。
それでは先生、早く家に行きましょう」

CONTENTS

僕を振った教え子が、1週間ごとにデレてくるラブコメ2

田口一　illust ゆがー

12月・1　もう後戻りはできない！

『二人三脚《ににんさんきゃく》で合格を勝ち取ろう！　家庭教師も一番合格ゼミナール』

――というキャッチコピーとともに、学習塾《じゅく》のカラフルなロゴがウェブサイトの上部に表示されている。

その下には『スチューデントステータス』という文字。

僕のスマホ画面に映し出されているのは、家庭教師の講師専用ページだ。

十二月に入ったばかりの今日、昼休みに学校内のカフェテリアで食事を終えると、一休みしながらそのページを眺《なが》めていた。

画面上にある『講師名』の欄《らん》に、『若葉野瑛登《わかばのえいと》』と僕の名前が書かれている。

まだ高校生なのに『講師』なんて呼ばれるのは不思議な気分だ。学校では生徒である僕が、家庭教師の現場では先生になる。

もちろん、そこには僕の生徒がいる。

画面の中央部には『生徒プロフィール』の欄《らん》があり、一人の名前が表示されていた。

『芽吹《めぶき》ひなた』。僕が教えている生徒の名だ。

僕は中学生時代に通っていた塾《じゅく》で、一学年下の芽吹《めぶき》さんと知り合った。

彼女と一緒《いっしょ》に勉強をして、一学年上の立場から学習のアドバイスもしてあげた。

しかし僕は中学校を卒業して高校生になり、塾《じゅく》も辞《や》めて、芽吹《めぶき》さんと会う機会は失われた。

ところが今年の夏、突然《とつぜん》芽吹《めぶき》さんから連絡《れんらく》があった。

僕に、家庭教師になってほしいと言うんだ。

当時の彼女は母親と高校進学をめぐって意見を対立させていた。思うように勉強ができなくなった芽吹《めぶき》さんは、自力で受験勉強をするため、かつて勉強を見てあげていた僕に家庭教師を依頼《いらい》してきた。

まだ高校生なのに家庭教師なんてと、最初は戸惑《とまど》った。けれど芽吹《めぶき》さんの志望校への進学を応援《おうえん》したい気持ちが勝《まさ》り、依頼《いらい》を引き受けることにした。

学習塾《じゅく》『一番合格ゼミナール』では家庭教師サービスの運営もしているから、そのシステムを利用して契約《けいやく》できたんだ。

僕が芽吹《めぶき》さんの家庭教師になって、約三か月。

当初は低迷《ていめい》していた彼女の成績も、志望校を狙《ねら》えるまでに上昇《じょうしょう》した。そして先日の模擬《もぎ》試験ではA判定、すなわち高確率で合格できるという結果を勝ち取った。

芽吹《めぶき》さんの母親も志望校の受験を認めてくれて、僕たちは本番の入学試験に向けて受験勉強を加速させているところだ。

もう、後戻《あともど》りはできない。

毎日勉強をがんばっている芽吹《めぶき》さんのためにも、応援《おうえん》してくれる家族のためにも、僕は家庭教師として、彼女を志望校に導かなくてはならない。

芽吹《めぶき》さんの志望校は——僕も通う、私立時乃崎《ときのさき》学園高等学校。

受験に合格すれば、来年は、彼女の笑顔《えがお》がこの校舎内で見られるんだ。

スマホ画面にある芽吹《めぶき》さんの名前をタップすると、ページが切《き》り替《か》わり、彼女のステータス画面に移動した。表示されているのは、芽吹《めぶき》さんの現在の成績や試験の結果などだ。

成績のグラフは順調に右肩上《みぎかた》がり。勉強の成果がしっかりと現れている。

ページの中央には、芽吹《めぶき》さんの顔写真が表示されていた。

キリリとした強いまなざしで正面を見つめる表情に、志望校への決意を感じさせる。

しかし彼女の写真を見ていると、辛《つら》い記憶《きおく》が頭の片隅《かたすみ》に浮《う》かび上《あ》がる。

それは失恋《しつれん》の記憶《きおく》。

中学生のころ、僕は芽吹《めぶき》さんを好きになった。高校受験に合格した日、彼女に告白した。

そして振《ふ》られたんだ。

でもそれは過去のこと。今はただ、彼女が志望校に合格できるよう、全力で導くだけ。

それが今の僕の役割だ。


夜、十二月に入って初めてのオンライン補習をした。

僕は自室の机で、立てかけたタブレット画面の向こうにいる芽吹《めぶき》さんと向かい合い、彼女から受け取った期末試験結果を講評していた。

期末試験の平均点はついに九〇点を超《こ》え、最も高い点数は九六点。

一学期は六〇点台に落ち込んでいた点数も、学年でトップクラスにまで上がっている。

とうとうここまで来たか……と、教え子のことながら感慨《かんがい》にふけってしまった。

「期末試験、おつかれさま。各教科の点数とも最高記録だ。よくがんばったね」

「うう～ん、一〇〇点じゃなかったのがくやしいです……」

「本番の入試問題はもっと難しいけど、模擬《もぎ》試験の調子でがんばれば大丈夫《だいじょうぶ》。ここで油断せず、あと二か月しっかり勉強すれば、本試験でのオール一〇〇点だって夢じゃない！」

中学校のセーラー服を着た芽吹《めぶき》さんは、肩《かた》より少し長く伸《の》ばした髪《かみ》を柔《やわ》らかそうに揺《ゆ》らしながら、大きな瞳《ひとみ》をキラキラと輝《かがや》かせている。

「ところで芽吹《めぶき》さん、模擬《もぎ》試験に期末試験とテスト続きだったから、疲《つか》れてないかな」

「疲《つか》れてはないんですけど……緊張《きんちょう》が解けて、少し気がゆるんだ感じですね。今日も勉強をしながら、ついスマホを見ちゃって」

「わかるよ。僕が受験勉強していたときも、毎日机に向かってると気分がゆるみそうになった。ずっと同じ場所でいるから飽《あ》きちゃうんだ」

「そんなときは、どうしたらいいんでしょう？」

「場所を変えて勉強するのはどうかな？　自習室とか、図書館とか」

「『一番合格ゼミナール』を辞《や》めてしまったから、塾《じゅく》の自習室は使えませんし、自習室はたいてい月額でお金がかかりますし……。図書館もなかなか席が取れなくて」

「今の季節だと受験生がたくさん来るからね。他によさそうな場所は……」

勉強できそうな場所をあれこれ考えて、思いついた。

「ファミレスはどう？　席が空いてる時間なら、軽く勉強できそうだし」

「去年、よく先生と一緒《いっしょ》に塾《じゅく》の近くのファミレスで勉強しましたよね」

「明日の授業は、特別にファミレスでやってみない？　試験が無事に済んだお祝いもかねて」

「いいんですか⁉　先生にお祝いしてもらえるなんて、嬉《うれ》しいなあ」

僕は家庭教師には若すぎるけど、そのぶん一年前に受験を経験した先輩《せんぱい》としてアドバイスしてあげられる。そう考えると、自分の役割にも身が入るようだった。

#

翌日の放課後、僕は街の大通りに面したファミレスの前で芽吹《めぶき》さんと待ち合わせていた。

日が沈《しず》みかける冬空の下、ファミレスの看板の前で立っていると、すぐそばの停留所にバスが止まった。前方のドアが開き、数人の乗客に交じって、セーラー服の上にコートを着た女子生徒が降り立つ。

「先生、お待たせしました！」

冷たい空気を吹き飛《と》ばすような明るく可愛《かわい》らしい声とともに、軽快な足取りで駆《か》けてくる。

「僕もちょうど来たばかりだよ。この店は初めてなんだけど、どうしてここを選んだの？」

昨晩ファミレスでの授業を提案すると、芽吹《めぶき》さんは行ってみたいファミレスがあると教えてくれた。それがこの店だ。レンガの外壁《がいへき》と大きな窓が並ぶ外観は、確かにオシャレで女の子が好きそうだけど。

「クラスの友だちが話してたんですけど、このお店のケーキ、すごくおいしいんですって！一度食べてみたいなって思ってて」

「なるほど。ケーキが目当てだったんだね」

すると芽吹《めぶき》さんは、少し恥《は》ずかしそうにほっぺを赤く染めた。

「あっ、すみません。今日は授業ですよね。デザートのことばかり考えて……」

「授業といっても気分転換《てんかん》の授業だ。僕もケーキを食べてみようかな」

「それなら一番のオススメはバタークリームケーキですよ！　産地直送のナチュラルバターを使っていて、クリーミーさが絶品だそうなんです！　抹茶《まっちゃ》ケーキも人気があって……」

ケーキの話を聞きながら、僕たちはファミレスの店内に入った。

食事どきからずれている時間だから、店内は空席が目立っている。今から一時間半ほど軽く勉強するにはちょうどいい。

店員さんに窓際《まどぎわ》にある四人がけの席に案内され、僕と芽吹《めぶき》さんは向かい合わせに座った。

「わたしはバタークリームケーキをお願いします！」

芽吹《めぶき》さんが注文し、僕も同じものを頼《たの》むことにした。どうせなら一緒《いっしょ》に味わったほうが話題が膨《ふく》らみそうだ。

「バタークリームケーキをもう一つお願いします。――芽吹《めぶき》さんは他に食べたいものはない？ 今日は僕のおごりだから、注文したいものがあれば頼《たの》みなよ」

「おごりだなんて、先生に申し訳ないですよ」

「構わないって。今日は模擬《もぎ》試験と期末試験を突破《とっぱ》したお祝いだ。それに、芽吹《めぶき》さんには家庭教師の授業料を払《はら》ってもらっているんだから、少しは還元《かんげん》しないと」

「お言葉に甘えたいですけど、あまり食べると夕ご飯がおなかに入らなくなりますし……」

そう言いながらも、彼女はメニューに載《の》っている別のケーキの写真を見つめている。

もう夕方だし、確かに食べ過ぎはよくない。バタークリームケーキの他にドリンクバーだけ追加した。

注文を終えると、芽吹《めぶき》さんが僕に向き直って話し始めた。

「先生。授業料のことなんですけど、お母さんが時乃崎《ときのさき》学園への進学を認めてくれて、今後は家庭教師の月謝も出してくれるって言ったんです」

「それはよかったじゃないか。芽吹《めぶき》さんの負担も楽になるね」

「でもわたし、これからも自分で出すからって答えました。今までどおり、貯金とお小遣《こづか》いで支払《しはら》うつもりなんです」

「え、どうして？」

「そのほうが先生の授業を真剣《しんけん》に聞かなきゃって、思えそうですから」

そう言って芽吹《めぶき》さんは、教師を頼《たよ》る目で僕を見つめた。

「ただ、今はお母さんも協力してくれてますから、お金のこととか、心配していただかなくて大丈夫《だいじょうぶ》ということです」

「わかった。そう言ってもらえると僕も安心だよ」

もちろん安心するばかりじゃない。今もなお自力で受験に挑《いど》んでいる芽吹《めぶき》さんの期待に応えるためにも、家庭教師として今まで以上に気合いを入れないと。

交代でドリンクバーの飲み物をテーブルに持ってくると、注文したケーキも運ばれてきた。

頼《たの》んだメニューがそろったところで、さっそく勉強前のデザートタイムだ。

芽吹《めぶき》さんはニコニコしながらフォークを手に取り、ケーキを一口食べた。

「ん〜っ！　おいしい〜」

ほっぺに手を当てながら、甘くとろけるクリームみたいな表情をしている。

僕もケーキを口に運んでみた。

「んん！　バターの風味が効いていておいしい！　こってりしたバターとスポンジの柔《やわ》らかさが病《や》みつきになりそうだ」

食べた感想を言うと、芽吹《めぶき》さんが少し驚《おどろ》いた様子で僕を見つめた。

「あれ、僕、変なこと言ったかな？」

「全然変じゃないです！　わたしも一口食べて、同じことを思いましたから。先生がそんなにしっかり味わって食べるなんて、意外だなあって思って」

「僕だって味わうことくらいするよ」

「そうなんですね……。先生って勉強以外ずぼらだから、ちゃんと味わわないでパクッと食べちゃうんじゃないかと」

「そんなことないって。芽吹《めぶき》さんの推薦《すいせん》のケーキなら、どんな味か興味が出るじゃないか」

「ふふふ、失礼しました。先生にもおいしいって思ってもらえて、嬉《うれ》しい」

僕たちはケーキの感想を言いながら食べ終えた。このままゆっくりしたい気分だけど、今日はお茶しに来たわけじゃない。

「さて、授業を始めようか。店が混む前に終わらせないとね」

「今日の授業もよろしくお願いします、先生！」

ソファに座り直し、芽吹《めぶき》さんはキリッと勉強モードに表情を整える。

直後、彼女が眉《まゆ》をひそめて僕を見つめた。

「待ってください、先生！　ダメですよ！」

「ダメって？」

「前言撤回《てっかい》です！　先生ってやっぱりずぼらなんだから」

彼女はテーブルの紙ナプキンを手に取り、身を乗り出して僕の正面に顔を近づける。

「ほら先生、動かないでくださいね。口元にクリームがついてます」

「いや、いいよ、自分で拭《ふ》くから」

「先生のことだからどうせ適当に拭《ふ》いちゃいます！　授業前ですから、ちゃんと身だしなみを整えないと」

彼女は僕の口元を見つめて顔を近づけ、ナプキンを持った手をまっすぐに伸《の》ばしてきた。

#

僕の目の前に顔を寄せ、芽吹《めぶき》さんは大きな瞳《ひとみ》で見つめながら、紙ナプキンを持つ指先で僕の口元を押さえ、ゆっくり左右に拭《ふ》いていく。

真剣《しんけん》なまなざしで見つめられながら、唇《くちびる》に当てられたナプキン越《ご》しに彼女の指先が感じられ、僕は座ったまま身をゆだねることしかできない。

やがて口元を拭《ふ》き終わると芽吹《めぶき》さんは手を離《はな》し、僕の顔を一通り眺《なが》めまわしたあと、ニコッと満足そうに笑った。

「おしまい、です。すっかりきれいになりましたよ、先生」

「あ、ありがとう……」

至近距離《きょり》で見つめられて、僕はそれだけ言うのが精一杯《せいいっぱい》だ。

そうしてファミレスのテーブルで、ドリンクバーのティーカップを横に置きながら、僕たちは授業を始めた。

授業と言っても、ここはファミレスだから大きな声を出すわけにいかない。

なので僕が芽吹《めぶき》さんの学習状況《じょうきょう》に最適な問題をピックアップして、それを解いてもらうという勉強の流れになった。

「——次はこの英文を訳してみよう。五番の訳文を書いてみて」

「はい。ええと、『アイ、ウィル』……」

芽吹《めぶき》さんは参考書とにらめっこしながら英文をつぶやき、ノートにボールペンを走らせる。

授業の間、芽吹《めぶき》さんは黙々《もくもく》と問題に取り組み、僕は彼女が解答に迷っていないか観察しつつ見守った。

見ている限り、芽吹《めぶき》さんは順調に各問題に取り組んでいる。

一安心しながらテーブルのティーカップを持とうとした。

そのとき勉強中の芽吹《めぶき》さんも左手を伸《の》ばし、カップをつかんだ僕の手に重ねてくる。

「め、芽吹《めぶき》さん？」

「すみませんっ!!」

芽吹《めぶき》さんはハッとした様子で顔を上げ、あわてて左手を引っ込めた。

「ノートに集中してて、つい自分のカップと間違《まちが》えちゃって……」

「ほら、芽吹《めぶき》さんのカップはこっちだよ」

彼女は自分のカップを手に取り、動揺《どうよう》を落ち着かせるように紅茶をコクコクとのどに流し込んだ。

「危なかったですね……。気づかなかったら、先生の紅茶を飲んじゃうところでした」

つい、僕のカップに芽吹《めぶき》さんが口づけているシーンを想像してしまう。

つまりそれって、いわゆる間接キ……。

いやいやいや、教え子相手によこしまな妄想《もうそう》を抱《いだ》いてはいけない。

僕もまた自分のカップを手に取り、紅茶を一口飲んで気持ちを静める。

芽吹《めぶき》さんの家庭教師を引き受けてから、もう三か月以上。

毎週のように彼女の部屋で授業をして、オンライン越《ご》しに顔を合わせてきた。

そんな日々を送るうち、彼女との距離《きょり》はいつしか近くなっている気がする。

美しい彼女の間近で過ごしていると、しょっちゅう胸が高鳴ってしまう。

一年前に僕が恋《こい》していた芽吹《めぶき》さんの魅力《みりょく》は、今も色あせていないんだ。

ファミレスでの授業を終えた僕と芽吹《めぶき》さんは、近くのバス停で帰りのバスを待っていた。

「どうだった？　ファミレスでの授業」

「家で勉強するより集中できました！　やっぱりまわりに人がいると緊張《きんちょう》感がありますよね。自分の部屋でずっと勉強していると、眠《ねむ》くなってウトウトしちゃいますし」

「寝《ね》ようと思えばいつでも寝《ね》られる環境《かんきょう》だからね」

「もちろん、外でばかり勉強するわけにいきませんから、もっと集中しなきゃいけないって、わかっているんですけど……。これからは今まで以上に勉強しなきゃいけないのに」

「芽吹《めぶき》さんの成績はもう十分だ。無理しすぎないように注意することも大切だよ」

「そうですね。また大事なときに体調を崩《くず》したら、先生にも迷惑《めいわく》をかけてしまいますし」

しかし芽吹《めぶき》さんは、まだ不安そうな表情をしている。

「心配ごとでもあるのかな？　そんな感じの顔をしてるけど」

「ちょっと、責任を感じちゃって」

「責任って？」

「わたし、自分で時乃崎《ときのさき》学園を受験するって決めたじゃないですか。お母さんにも認めてもらえて、正式に志望校が決まって……。これからは自分自身の責任で受験に立ち向かうんだってことを、自覚しなきゃダメですよね」

「芽吹《めぶき》さんだけじゃないさ。僕だって芽吹《めぶき》さんのお母さんにあれだけ宣言した以上、しっかり家庭教師として指導しないとって思ってる」

「これからも厳しくご指導をお願いしますね、先生！」

芽吹《めぶき》さんは僕の正面でペコリと頭を下げる。

自分で決めた道である以上、もう誰《だれ》の責任にもできない。自分自身の責任で目指す道を進むしかない。

彼女も、この僕も。

「大丈夫《だいじょうぶ》。芽吹《めぶき》さんなら絶対に合格できるさ」

「先生にそう言ってもらえると、安心です」

ほほ笑《え》む彼女の表情が少しばかり柔《やわ》らかくなった。

頼《たよ》ってくれる芽吹《めぶき》さんに応えるためにも、家庭教師の責任をまっとうしなければ。

僕は胸の内で、あらためて決意を固めるのだった。

12月・2　もうすぐクリスマス

その日、芽吹《めぶき》さんの家へ家庭教師の授業へ行く前に、僕は商店街の文具店で新しいノートを買おうとしていた。

ノートを選んでレジに持っていく途中《とちゅう》、グリーティングカードの並べられた棚《たな》があった。

様々なデザインのカードがあり、緑のもみの木と、赤い衣装《いしょう》を着た老人のイラストが描《えが》かれている。

クリスマスカードだ。十二月も半ばに差しかかり、今年もクリスマスの季節がやって来た。

……といっても去年の僕は受験勉強でクリスマスどころではなかったし、そもそも今までの人生で、クリスマスなんてほとんど縁《えん》がなかった。

クリスマスの記憶《きおく》といえば、母が買ってきたクリスマスケーキを家族で食べたことくらい。

だから今日も、グリーティングカードの棚《たな》の前を素通《すどお》りしかけたのだけど。

（……芽吹《めぶき》さんにクリスマスカードを送ってみようかな）

そんな考えが頭に浮《う》かんで立ち止まった。

しかし彼女にクリスマスカードを送るなんて変じゃないだろうか。

僕は芽吹《めぶき》さんと付き合ってるわけじゃない。毎週顔を合わせているのは、家庭教師と教え子の関係だからだ。

僕たちはクリスマスカードを送る仲なんだろうか？　カードなんて送って、馴《な》れ馴《な》れしいと思われないだろうか？

近ごろは芽吹《めぶき》さんとの距離《きょり》が近くなっている気がする。ついこの間、寒空の下で芽吹《めぶき》さんが抱《だ》きついて温めてくれたときのぬくもりは、今も忘れない。

でもやっぱり、今も芽吹《めぶき》さんの本当の気持ちはわからない。

芽吹《めぶき》さんは、僕が家庭教師だから頼《たよ》ってくれてるだけだ。

僕は一度、彼女に告白して失恋《しつれん》している。

あのとき、芽吹《めぶき》さんは僕のことが好きなんだと確信していた。それは大間違《まちが》いだったんだ。

同じ過《あやま》ちを繰《く》り返《かえ》すわけにはいかない。特に彼女の受験直前という大切な時期には。

僕はグリーティングカードの棚《たな》を離《はな》れ、ノートだけを持ってレジに向かった。

買い物を済ませて店の外に出ると、冬の冷たい風が商店街の道を吹《ふ》き抜《ぬ》けていく。

「うう、寒くなったなあ……」

マフラーを巻き直し、芽吹《めぶき》さんの家の方角に向かって歩き出す。

少し歩いたところで、通学の鞄《かばん》を肩《かた》にかけた少女が一人、歩いている姿が見えた。

「おーい、芽吹《めぶき》さん！」

手を振《ふ》りながら声をかけると、彼女も気づいて手を振《ふ》り返した。

「先生！　お買い物ですか？」

「うん。新しいノートを買ってたんだ。芽吹《めぶき》さんも買い物？」

「わたしは近くの図書館に行ってたんです。学校帰りに寄ったら席が空いていたので、三〇分だけ勉強してきました。今日の授業の予習をしようと思って」

「芽吹《めぶき》さん、今までよりもやる気を出してるね。すごいなあ」

「大したことないですよ。先生に教わる時間は限られていますから、少しでも効率よく学習できたらいいなあって」

「いやいや、生徒がこんなに優秀《ゆうしゅう》だと、僕も教えがいがあるよ」

僕たちは芽吹《めぶき》さんの家に向かって、商店街の中央通りを歩き続けた。

芽吹《めぶき》さんは立ち並ぶ店舗《てんぽ》の建物を見まわしながら、感慨深《かんがいぶか》そうな声を上げる。

「今年ももうクリスマスなんですね……」

食料品に衣料品店。カフェやファストフード店。どの店先にもクリスマスの飾《かざ》り付《つ》けがされていて、ホリデーセールのポスターが貼《は》られている。

「芽吹《めぶき》さんはクリスマスの思い出とかある？」

「思い出ですか？　そうですねえ……。子どものころ、家族みんなでレストランに行ったり、お姉ちゃんからプレゼントを贈《おく》ってもらったりしたことかな」

「それなら僕とあまり変わらないね。僕の思い出は、夕食後に食べたデザートのケーキくらいだけど」

歩いているとちょうどケーキ店の前を通りかかった。子どものころ食べたクリスマスケーキを思い出し、懐《なつ》かしさを感じながら店先に目を向ける。

そこには思い出とは別世界の光景が広がっていた。

ケーキ店のショーケースの前で、何組ものカップルが腕《うで》を組みながら、楽しそうにケーキを見比べている。

「いいですね、みんなイチャイチャ楽しそうで。わたしなんて毎日勉強ばかりなのに」

隣《となり》を歩く芽吹《めぶき》さんがボソッと文句を言う。

「まあまあ。来年のクリスマスは、芽吹《めぶき》さんも受験勉強から解放されているからさ」

「わ、わたしは別に、イチャイチャしたいとか、そういうつもりで言ったんじゃないです！」

彼女はほっぺを赤くしながら僕に突《つ》っかかった。

「クリスマスだから恋人《こいびと》と過ごさなきゃいけないなんて、誰《だれ》が決めたんでしょうかね。まったくもう」

「別に誰《だれ》も決めてないから……。気にしないで、自由に過ごしていいんだし」

一人ぷりぷりしてる芽吹《めぶき》さんをなだめる僕だ。

というか芽吹《めぶき》さん、本当はカップルがうらやましいんだろうか？　まあ、中学生の女の子がクリスマスの恋人《こいびと》にロマンを感じるのも無理はないけど。

ショーケースの前にいたカップルの一組がその場を離《はな》れ、こちらに歩いてきた。二人とも腕《うで》を組んだままおしゃべりに夢中で、僕たちに気づいてないようだ。

ぶつかりそうになった芽吹《めぶき》さんは、すれ違《ちが》うカップルを避《よ》けようと真横に移動した。

「ひゃっ」

しかし急に避《よ》けようとしたため、体をよろめかせて僕の腕《うで》にしがみつく。

「芽吹《めぶき》さん、大丈夫《だいじょうぶ》⁉」

「あ、あの、えっと、これは……」

彼女は両腕《りょううで》で僕の左腕《ひだりうで》を抱《かか》え、戸惑《とまど》ったように声を震《ふる》わせた。

「わわ、わざとじゃなくてですね、転びそうになって先生にしがみついちゃっただけで」

「転ばなくてよかったよ。ほら、立てるかな？」

「決して、先生とイチャイチャしようとか、そんなつもりじゃありませんから！　ご、誤解しないでくださいね！」

「ご、誤解してないよ！　もちろんわかってるから！」

芽吹《めぶき》さんは顔を赤く染めたまま、む～っと僕を軽くにらんだ。

「本当にわかってくれてますか？　わたしのこと、本当はカップルの人をうらやましがってるなんて、思ってませんよね？」

「でもずっとカップルのほう見てたし……」

「思ってませんよねっ？」

芽吹《めぶき》さんはますますギュッと僕の腕《うで》を抱《だ》きしめ、問《と》い詰《つ》めるように顔を近づける。

「お、お、思わない！　全然思わないからっ！」

そんなに力を入れられると、腕《うで》に芽吹《めぶき》さんの胸の感触《かんしょく》が伝わってきて、言葉がうわずってしまう。しかも息のかかるような至近距離《きょり》からにらまれて、まともに彼女の目を見返せない。

「先生、態度があやしいです！　やっぱりクリスマスにイチャイチャしたがるような子だって思ってるんですね！　まじめに勉強のことしか考えてませんから！」

「わかってる、わかってるから、少し離《はな》れて！」

「うう〜、先生、わたしのこと、本当は変な子だって思ってる〜！　ちゃんとわかってくれるまで、離《はな》しませんからっ！」

そうして芽吹《めぶき》さんに腕《うで》をしがみつかれたまま、僕は彼女の家に向かって歩くのだった。

＃

芽吹《めぶき》さんの家に着いて、いつものように家庭教師の授業を開始した。

商店街ではカップルたちをうらやましそうに見ていた芽吹《めぶき》さんだけど、それはそれ。授業が始まれば、たちまち真剣《しんけん》な表情で勉強に向かい合う。

約一時間半の授業を終えると、窓の外はすっかり暗くなっていた。

「それでは、今日の授業はここまでだね。おつかれさま。さっき話したところを重点的に復習すると、もっと理解が深まるはずだ」

「ありがとうございました！　忘れないようにメモしておきますね」

芽吹《めぶき》さんは言われた復習内容を書き取り、ノートを閉じた。

こたつの上に並べられた参考書を片付けると、彼女は「ふ〜っ」と深い息をつく。

「おつかれさま。夕ご飯まで一休みしなよ。勉強しっぱなしでも集中力が途切《とぎ》れてしまう」

「そうですね。頭を休めます。わたしだけじゃなくて、先生も脳をリラックスさせましょう。学校の勉強もあるのに家庭教師までしてくれて、頭が疲《つか》れてるはずですし」

「帰りは何も考えないで、ボーッと歩いていくことにしよう」

「ボーッとしすぎて迷子になっちゃダメですからね。家まで送ってあげましょうか？」

「だ、大丈夫《だいじょうぶ》だって。一人で帰れるから」

ふふふ、と芽吹《めぶき》さんはちょっとからかうような笑《え》みを浮《う》かべる。

「それと先生、来週の授業ですけど、帰りに荷物が持てるようにしておいてくださいね」

「荷物？　何か持って帰るってこと？　どうして？」

「それは来週のお楽しみです」

なんだろう。気になる。僕は頭の中でカレンダーを思《おも》い浮《う》かべた。

次の授業は、もう十二月の下旬《げじゅん》に差しかかる。ということは……。

「もしかして、クリスマスプレゼント？」

「ああ、もう、言っちゃダメですよ～」

「ご、ごめん」

「いつもお世話になってるお礼に、贈《おく》りものをしようと思って。大したものじゃないですけど、もらっていただけますか？」

「もちろんだよ！　芽吹《めぶき》さんからのプレゼントだなんて、すごく嬉《うれ》しい！」

「お礼は、受け取ってから言ってください。プレゼントが何かはナイショですからね」

いったいどんなプレゼントなんだろう。授業のお礼だから高価なものではないはず。文房具《ぶんぼうぐ》とかお菓子《かし》とか、そんな感じのプレゼントだと思う。

だけど彼女がプレゼントをくれるという事実だけでも、その中身を想像するだけでも、胸の鼓動《こどう》が高鳴ってしまう。

「……それならさっき、カードを買っておけばよかったかな」

ふと思い出した。文房具《ぶんぼうぐ》店で見つけたクリスマスカードを買っていれば、お礼のメッセージが書けたかもしれない。

「カードが、どうかしたんですか？」

「なんでもないよ。僕も、プレゼントのお礼をしたほうがいいかなと思ってさ」

「気をつかわないでください！　わたしがプレゼントしたいから、プレゼントするだけです」

「僕も芽吹《めぶき》さんにプレゼントしたいからプレゼントする。それでどう？」

芽吹《めぶき》さんは困ったように眉間《みけん》にシワを寄せつつ、照れた様子でほっぺを赤く染めている。

「せ、先生がどうしてもっていうなら、もらってあげますね。先生のプレゼントなら、嬉《うれ》しくないわけ、ないですし」

「来週の授業のあとはプレゼントの交換《こうかん》をしよう。芽吹《めぶき》さんは今、ほしいものあるかな？」

「それを聞いたらつまらないですよ。何をもらえるか想像するのも楽しみなんですから」

「なるほど……。といってもな、う～ん……」

僕はつい腕《うで》を組んで考え込んでしまった。

女の子へのプレゼントなんて、今までしたことがない。どんなものが喜ばれるんだろう。

難しい顔で悩《なや》み始めたせいか、芽吹《めぶき》さんが助け船を出してくれた。

「あまり考えすぎないでください。頭をリラックス、リラックスですよ」

「よけいなものを贈《おく》ったらどうしようって、悩《なや》んじゃって。どうせなら喜ばれるプレゼントにしたいし」

「それじゃあ……ヒントをあげます！　わたしがほしいもののヒントですよ」

芽吹《めぶき》さんはこたつから出て立ち上がると、僕の正面に座って両足を前方に投げ出した。

そのまま右足を抱《かか》えるようにくいっと持ち上げ、僕のすぐ前に突《つ》き出《だ》す。

「ここに先生のプレゼントがほしいなあ～」

「……それがヒント？」

ごくりとつばを飲み込みながら芽吹《めぶき》さんの足を見つめた。

右足を持ち上げているせいでスカートが軽くめくれ、太ももが半分以上むき出されている。

ほっそりと美しい素足《すあし》にソックスをはいていて、可愛《かわい》らしい足の裏が見える。

「そういえばサンタクロースがプレゼントを入れるのは靴下《くつした》の中だっけ……」

けど、芽吹《めぶき》さんの小さなソックスに入るプレゼントがあるんだろうか？

ますます頭を抱《かか》える僕を見て、芽吹《めぶき》さんはちょっといたずらっぽく笑う。

「触《さわ》ってみると、何かわかるかもしれませんよ」

僕はおそるおそる手を伸《の》ばし、そっとなでるように芽吹《めぶき》さんの足《あし》の甲《こう》に触《ふ》れてみた。

「どうですか、先生？　何か気づきましたか？」

「芽吹《めぶき》さんの足、少しひんやりしてる」

「暖房《だんぼう》の空気も、なかなか足元まで当たらなくて冷えちゃうんです。勉強中も、しょっちゅう両足をこすり合わせてるんですよ」

「ううむ……こすり合わせる……」

僕は考え込みながら、思わず親指で芽吹《めぶき》さんの足の裏を軽くこすった。

「ひゃあっ⁉　せ、先生っ、くすぐったいですよおっ！」

芽吹《めぶき》さんは小さな悲鳴を上げて、突《つ》き出《だ》していた足を引っ込めてしまった。

「ヒントはおしまいです！　それでは先生、来週までに謎《なぞ》を解いてくださいね。考えれば頭もほぐれますよ」

「頭がほぐれるどころか、ますます混乱しそうだよ……」

いったい彼女が何をほしがってるのか、ちっともわからない。

彼女の家を出て帰りのバスに乗っている間も、僕は芽吹《めぶき》さんの足のことばかり頭に浮《う》かんでしまった。

#

目の前に、真っ白なシーツで全身を包んだ芽吹《めぶき》さんが立っている。

彼女はモジモジと恥《は》ずかしそうな顔で僕を見つめた。

「先生……わたしのクリスマスプレゼント、受け取ってください」

「芽吹《めぶき》さんからの贈《おく》りものだなんて感激だ……。何をプレゼントしてくれるの？」

「先生へのプレゼントは――」

言いながら、彼女を包んでいたシーツがはらりと床《ゆか》に落ちる。

中から現れたのは、素肌《すはだ》の上に真っ赤なリボンを巻いた芽吹《めぶき》さんだ。細いリボンの布地が、彼女の胸や腰《こし》の大事なところだけをかろうじて隠《かく》してる。

「プレゼントは、わ、わたし……です……。先生、もらってくれますか……？」

僕は胸を激しくドキドキさせながら、一糸まとわぬ……いや、裸《はだか》の上に一糸しかまとっていない芽吹《めぶき》さんを見つめた。

「もも、もちろんだよ！　本当に芽吹《めぶき》さんをもらっていいの⁉　芽吹《めぶき》さんが僕のものだなんて、夢のようだ……」

「わたし、先生にもらわれて嬉《うれ》しい……。早くリボンをほどいて、中を見てください」

「でで、でも、リボンをほどいたら全部見えちゃうよ」

「見て、ほしいんです……。わたし、先生のものですから、全部を見て、先生の好きなようにしちゃってください……」

「わ、わかったよ。芽吹《めぶき》さん……いや、芽吹《めぶき》ひなた。今から君の全部が僕のものだ。思う存分、あんなことやこんなことまで好きなだけしちゃうからな」

「はい、先生……。恥《は》ずかしいですけど、ひなた、がんばります……！」

感涙《かんるい》したように目をうるませる彼女の正面に立ち、胸元《むなもと》のリボンに両手を伸《の》ばした。

ふっくらとした胸が緊張《きんちょう》と興奮で大きく上下して、蝶結《ちょうむす》びのリボンが揺《ゆ》れている。

僕は両手でリボンの端《はし》をつまみ、そっと左右に引っ張った。

目の前で、柔《やわ》らかなリボンが音もなくほどけていく。

「んっ……」

芽吹《めぶき》さんが緊張《きんちょう》に張《は》り詰《つ》めた声を出す。

結び目を失ったリボンがほどけ落ちると同時に、その下から、芽吹《めぶき》さんの若々しい胸が丸裸《まるはだか》になって――。

「うわあああああっ!?」

突然《とつぜん》目が覚めて、僕は思わず叫《さけ》び声《ごえ》を上げた。

気がつくと、ここは僕の部屋だ。座っている机には参考書やノートが広げられている。

いつの間にか机に突《つ》っ伏《ぷ》して眠《ねむ》っていたらしい。ぼんやりする頭で、眠《ねむ》りに落ちる前のことを思い出した。

学校の宿題をしながら、芽吹《めぶき》さんへのプレゼントのことを考えていたんだ。彼女が何をほしがってるのか、今もわからない。

そうして、考えているうちにウトウトして眠《ねむ》ってしまったらしい。

(それにしても、芽吹《めぶき》さんを相手にあんな夢を見るなんて……)

夢の内容を思い返して、ズーンと落ち込んだ。

教え子のいやらしい姿を想像するなんて、家庭教師にあるまじき行為《こうい》。

しかも裸《はだか》にリボンを巻いただけという変態っぽい夢を見たなんて知られたら、芽吹《めぶき》さんから一生白い目で見られるに違《ちが》いない。

「はあ……」

僕はため息をつきながら、ぼんやりと宿題のノートを眺《なが》めた。

勉強の答えなら考えれば出てくるのに、プレゼントの答えは考えても全然わからない。


――瑛登《えいと》がひなたの夢を見ているころ、本物のひなたは自室の勉強机で勉強をしていた。

ちょうど区切りがついたところで鉛筆《えんぴつ》を置き、椅子《いす》に座ったまま軽く背伸《せの》びをする。

「先生に言われた復習、これで十分できたかな……」

ひなたは宙を見上げながら考え込んだ。

「先生へのクリスマスプレゼント、どんなのがいいのかな。可愛《かわい》いプレゼントにしたいけど、子どもっぽいって思われちゃうかなあ……」

プレゼントの候補はいくつか考えてあるけど、まだ一つに絞《しぼ》りきれていない。

瑛登《えいと》はプレゼントの内容に悩《なや》んでいたけど、ひなたも同年代の男性へのプレゼントなんてしたことがない。どんなものが喜ばれるのか、いまいち自信がない。

考えているとスマホに着信があり、見ると相手は姉のあかりだった。

「もしもし、お姉ちゃん？　ううん、大丈夫《だいじょうぶ》。ちょっと休憩《きゅうけい》してたとこ」

あかりの用件は、クリスマスのプレゼントについてだった。

「今年もひなちゃんにプレゼントを贈《おく》るね。宅配で届くから、楽しみに待ってて」

「何が届くのかな～。わたしもお姉ちゃんに何かプレゼントするね」

「無理しないで。ひなちゃんは他にプレゼントをあげたい人、いるでしょ？」

言われてひなたは、思わずドキリとした。

「べ、別にあげたいわけじゃないけど、お世話になってるからお礼にって思っただけ！」

「やっぱり瑛登《えいと》くんにプレゼントするんだ～」

完全にバレてしまい、ひなたは一人、恥《は》ずかしさに顔を赤くした。

「あくまでお礼だからね！　いつも勉強を教えてもらってるお礼です！」

「わかってるってば。ただのお礼なんだから、そんなにあわてなくていいのにな～」

「あ、あわててないもん！」

ますます顔が真っ赤になるのを感じてしまう。

それからふと思いついて、ひなたは聞いてみた。

「あのね、お姉ちゃん。男の人って、どんなプレゼントだと喜ぶのかな。可愛《かわい》いキャラクターグッズなんて、もらっても困るよね」

「相手によるだろうけど、別に困らないんじゃないかな。わたし、旦那《だんな》にしょっちゅう可愛《かわい》いお菓子《かし》を買ってきてあげるけど、喜んで食べてるし」

「お菓子《かし》なら食べれば無くなるけど、残るものだと……」

「自分のことを考えてくれたプレゼントだと感じられれば、どんなものでも嬉《うれ》しいと思うよ」

「そうかな。そうだよね……」

「瑛登《えいと》くんが、ひなちゃんからのプレゼントを喜んでくれるように応援《おうえん》するから。クリスマス、がんばって！」

「う、うん。がんばる。──って、ただお世話になってるお礼だからね！」

いつの間にか姉のペースに乗せられていて、あわてて言い返すひなただ。

それから姉のプレゼントが届く日時を聞いて、ひなたは電話を切った。

そう、これはただ、家庭教師へのお礼のプレゼント。

なのにどうして、彼がプレゼントを喜んでくれるか、こんなに気になるんだろう。

ふとひなたは、また足先が冷えているのに気づいて両足をこすり合わせた。

「先生は何をプレゼントしてくれるのかなあ……」

贈《おく》るプレゼントを考えるのは悩《なや》んでしまうけど、彼から贈《おく》られるプレゼントを考えることは、いろいろ想像するだけでも楽しかった。

12月・3　サンタクロースの贈りもの

休日の今日、僕は駅前にあるショッピングモールに来ていた。

目的はただ一つ、芽吹《めぶき》さんへのクリスマスプレゼントを買うことだ。

(芽吹《めぶき》さんがほしがってるものって、なんだろう?)

先週からずっと考えているのに、やっぱりわからない。

ヒントのときに見せてくれた、ソックスをはいた芽吹《めぶき》さんの右足……。思い出すだけでドキドキするけど、健康的な太もものことは頭から追《お》い払《はら》おう。

複数のフロアで商品を探しながらエスカレーターを下りていったとき、衣料品売り場の一角に人が集まっているのが見えた。冬用靴下《くつした》のセールをしているらしい。

あのときの芽吹《めぶき》さんの足は少しひんやりしていた。勉強中も足元が冷えてしまうのだとか。

それなら厚手のソックスはどうだろう?

そう考えてセールの売り場に行ってみたものの、だいぶ品切れしていて、彼女に似合いそうなデザインのものは残ってない。

どうしたものか考えていると、突然《とつぜん》名前を呼ばれて振《ふ》り返《かえ》った。

「若葉野《わかばの》くん!　何か探しもの?」

声をかけてきたのは、僕と同じクラスの女子である桜瀬《おうせ》さんだった。

彼女は文化祭のときに実行委員を務めるなど、クラスでも目立つ生徒の一人だ。細身の体型ながらいつも元気そうで、髪《かみ》を活発なおかっぱ型にまとめている。

しかし今日の彼女はいつもと違《ちが》っていた。目の前の桜瀬《おうせ》さんはユニフォームのシャツの上に赤いエプロンを着けた姿——ショッピングモールの店員の制服姿をしている。

「桜瀬《おうせ》さん、こんにちは。……もしかして、バイト？」

「そ！　今月からここでバイトしてるんだ。ほんとは秋から始めたかったけど、文化祭とかもあって忙《いそが》しかったたし、学校に提出する申請《しんせい》書の準備にも手間取っちゃって」

僕たちの学校では、生徒のアルバイトは社会勉強の一環《いっかん》として位置づけられている。だからアルバイトの申請《しんせい》をするには、その活動を通じて何を得たいのか説明する必要がある。

僕も家庭教師を始めるにあたって、申請《しんせい》書類に仕事の意義について記入したんだ。

「あたしは小売店の仕組みを知りたいって書いたら、すんなり許可されたよ。むしろやりたいアルバイトへの思いが強すぎて、言葉をまとめるのに苦労したけど」

活動的な桜瀬《おうせ》さんらしく、苦労も苦労と思わないような口調だ。

「若葉野《わかばの》くんは買い物？　探してるのがあるなら案内しようか」

「クリスマスのプレゼントなんだ。足を温められるものがないかと思って」

「足用の品物だね。ちょうど冬場だからいろんな商品を取りそろえてるよ。希望するイメージとか、ある？」

「そうだね……。やっぱり女の子だから、可愛《かわい》らしい感じのプレゼントがいいかな」

するとと桜瀬《おうせ》さんは突然黙《とつぜんだま》り込み、じーっと僕の顔を見つめた。

「もしかして、カノジョ？」

「ち、違《ちが》うって！　高校受験の勉強を見てる子がいてさ、気晴らしになるようなプレゼントを贈《おく》ろうかなって思ったんだよ」

「なんだあ、びっくりした。若葉野《わかばの》くんも隅《すみ》に置けないって思ったのに」

「そういうわけだから、女の子に贈《おく》るといっても恋人《こいびと》向けじゃないほうがいいんだ」

「了解《りょうかい》！　それならスリッパはどうかな？　いろんな種類があるから、相手に似合うデザインを選べるよ」

「スリッパか……。勉強中の保温になりそうだし、いいかもね」

僕は桜瀬《おうせ》さんに案内されて、スリッパの売り場へやって来た。

見渡《みわた》すと、オーソドックスなデザインのものから子ども向けのキャラクターが描《えが》かれたものまで、様々な種類のスリッパが並んでいる。

その一角に『おひるねる〜ず』スリッパというコーナーがあった。

「こんなグッズまで出てるんだ。彼女、このキャラクターが気に入ってるんだよ」

説明すると、桜瀬《おうせ》さんは「おおっ！」と両手をたたいた。

「今、全国の女子に一番人気のキャラクターだもんね！　今月『おひるねる〜ず』スリッパの最新作が発売になったんだよ！」

言いながら桜瀬《おうせ》さんは、商品棚《だな》の手前に展示されていた一組のスリッパを手に取った。

薄青《うすあお》色の生き物をデザインしたらしく、スリッパの両側から足らしき丸い突起《とっき》が何本も生えている。正面に描《えが》かれた顔はすやすやとお昼寝《ひるね》してる表情で、額から短い触覚《しょっかく》が左右に伸《の》びて眠《ねむ》そうに垂れ下がっている。

虫だ。可愛《かわい》くアレンジされていても、どう見てもでかいダンゴムシだ。

「えっと……何、これ？」

「『おひるねる〜ず』最新キャラ、『すやすやだいおうぐそくむし』スリッパだよ！」

「だいおう……？　こんなのが本当に人気あるの？」

「新商品のこれをプレゼントすれば女の子はみんな大喜び！　ちょっと待ってて。在庫を見てくるから！」

桜瀬《おうせ》さんは見本品のだいおうナンチャラスリッパを僕に手渡《てわた》し、店の奥へ駆《か》けていく。

信じられない……。こんな得体の知れない虫が人気だなんて……。

一人になって待っていると、また僕を呼ぶ声がした。

「先生、こんにちは！　お買い物ですか？」

芽吹《めぶき》さんだ。私服のコートを着た彼女が立っている。買い物らしく、ショッピングモールの紙袋《かみぶくろ》を持っていた。

「う、うん。いろいろと買い出しにね」

プレゼントのことは秘密にしたい。持っていたスリッパを後ろ手に隠《かく》し、言葉をにごす。

「芽吹《めぶき》さんは何を買いに来たの？」

聞くと、彼女は照れくさそうに紙袋《かみぶくろ》を後ろ手に隠《かく》した。

一瞬《いっしゅん》、ギフトラッピングの包みが見えた気がする。ということは、芽吹《めぶき》さんもプレゼントを買いに来たようだ。

「えへへ～、ナイショです。それじゃあ先生、次の授業でお待ちしてますね」

芽吹《めぶき》さんはペコリと頭を下げて、エスカレーターのほうに歩いていく。

手を振《ふ》りながら彼女を見送っていると、耳元でささやき声がした。

「ふ～ん♪」

「桜瀬《おうせ》さん⁉　いつの間に戻《もど》ってたの⁉」

「ねえねえ、今の子、文化祭に来てた子だよね。すっごい可愛《かわい》いね～」

「ま、まあ、そうかもね……。勉強を教えてるだけだから関係ないけど」

「ふふ～ん、なるほどお。そういうことにしといてあげる」

「そういうことって、なんだよ」

「安心して。今日の若葉野《わかばの》くんはお客様ですから、冷やかしたりしません」

「お客様じゃなかったら冷やかすみたいじゃないか」

学校で何を言われることやら、ちっとも安心できない。

「とにかく、スリッパの在庫はどうだったの？」

無理やり話題を変えると、桜瀬《おうせ》さんは「ごめんっ」と両手を合わせた。

「入荷《にゅうか》したばかりなのに、もう在庫切れになってた。取り寄せもできるけど、年末だから入るのは来年になるって。申し訳ないです」

「いや、いいよ。僕はこの『すやすやこねこ』スリッパが可愛《かわい》くていいと思うな」

すやすやお昼寝《ひるね》する子猫《こねこ》をデザインしたスリッパを手に取った。僕が知る限り、芽吹《めぶき》さんはまだ持っていないはずだ。

「それは定番中の定番、誰《だれ》からも好かれるロングセラー商品だね。それなら在庫もあるから、すぐに買えるよ」

「じゃあ、これに決めようかな。ギフトラッピングもお願いね」

「ありがとうございます！　それではレジにご案内しますね」

すっかり店員モードになった桜瀬《おうせ》さんに続いて、僕はレジへと向かった。

一時はプレゼントが見つからなくてどうなるかと思ったけど、なんとか決まった。

あとはいよいよ本番。プレゼントを芽吹《めぶき》さんに渡《わた》すだけだ。

#

クリスマスも近づいた今日、僕はいつもどおり芽吹《めぶき》さんの家へ家庭教師の授業に向かった。

たとえクリスマスだろうと日ごとに受験本番が近づいている。授業は今までよりも真剣《しんけん》さを増し、お祝い前の浮《う》き足《あし》だつ気分とは無縁《むえん》だ。

「では、今日の授業はここまで。芽吹《めぶき》さん、弱点だった部分をだいぶ克服《こくふく》できてるね」

「先生に言われたとおり、重点的に復習したんです！　最初はどうしても間違《まちが》いが多くて苦しかったのですけど、諦《あきら》めなくてよかったです」

そんなふうに本日のまとめを終えて、勉強への集中から解放される。

ふと見ると、部屋の棚《たな》に小型のクリスマスツリーが飾《かざ》られていた。小さなツリーの周囲に色とりどりのオーナメントボールがぶら下がり、部屋の照明を反射して輝《かがや》いている。

「もうすぐクリスマスだね」

「クリスマスといえば、先生は子どものころ、サンタさんが来るって信じてましたか？」

「どうだったかなあ」

子ども時代を思い返した。記憶《きおく》の限り、幼少のころからサンタクロースの正体は両親だと、なんとなく知っていた気がする。

「あまり本気で信じてなかったと思うな」

「どうしてですか？」

「絵本だとサンタクロースって煙突《えんとつ》から入ってくるよね？　僕はマンション住まいだったから、煙突《えんとつ》のある家って想像しづらかったんだよ」

なるほどと、芽吹《めぶき》さんは小さくうなずいた。

「今の日本だと、なかなかサンタさんの姿をイメージできないかもしれませんね」

「芽吹《めぶき》さんはどうなの？　小さいころ、サンタクロースを信じてた？」

「わたしは小学校の高学年になるころまで信じてましたよ。友だちから『サンタクロースってお父さんだよ』って教えられて、ショックだったのを覚えてます」

「へえ〜、芽吹《めぶき》さんらしいね」

ほほ笑《え》ましい気分で言うと、彼女はムッと口をとがらせた。

「あっ、先生、今、わたしのこと子どもっぽいって思いましたね？」

「そ、そんなことないよ。素直《すなお》でいいなあって感じただけ」

「いいですよ。でしたら本当にサンタさんがいる証拠《しょうこ》、見せてあげます。今ごろ真実に気づいても驚《おどろ》かないでくださいね」

「証拠《しょうこ》？　サンタクロースの？」

「実はサンタさんがこの家にいるんです。呼んで来ますから、待っててください」

そう言って彼女は立ち上がり、部屋の外へ出て行った。

呼ぶってどういうこと？　この部屋にサンタクロースが現れるってこと？

頭にハテナマークを浮《う》かべて待っていると、再び部屋の扉《とびら》が開かれた。

「入りますよ～」

声のほうを振《ふ》り向《む》いて、僕は目を見開いた。

「サンタ……クロース⁉」

セーラー服の上に真っ赤なケープを羽織り、頭に白いボンボンのついた三角帽子《さんかくぼうし》をかぶった彼女が立っていた。

「サ、サンタクロースです。メリークリスマス！」

少し恥《は》ずかしそうにほっぺまで赤くしながら、芽吹《めぶき》さん……じゃなかった、サンタクロースは自己紹介《しょうかい》をする。

芽吹《めぶき》サンタ、あまりに可愛《かわい》い……。いや、可愛《かわい》いのはわかりきってるけど、セーラー服の上にサンタのケープと帽子《ぼうし》というミスマッチさが、新鮮《しんせん》な魅力《みりょく》を引き出している。

「あ、あの、先生、変……でしょうか？」

「そんなことないよ！　本当にサンタクロースがいると知って、あまりの衝撃《しょうげき》に驚《おどろ》いたんだ。しかも本物のサンタさんって、こんなに可愛《かわい》らしい人だったとは……」

調子を合わせると、芽吹《めぶき》さんサンタさん、すなわち芽吹《めぶき》サンタさんは照れ笑いを浮《う》かべた。

「ふふふ、サンタさんの存在、信じてくれましたか？　今日は、先生……いえ、若葉野《わかばの》先生がいつも芽吹《めぶき》ひなたの家庭教師をしてくれていると聞いて、プレゼントを届けに来たんです」

芽吹《めぶき》サンタさんはギフトラッピングされた紙包みを差し出す。

「これ、僕に？　本物のサンタさんからのプレゼントだなんて、嬉《うれ》しいな……」

「よかったら、中を開けてみてください。若葉野《わかばの》先生に合うかどうか知りたいですし」

僕はラッピングシールを丁寧《ていねい》にはがし、紙包みを開けた。

中から出てきたのは一組の手袋《てぶくろ》だ。濃《こ》い青色をした毛糸の手袋《てぶくろ》で、手《て》の甲《こう》の部分にすやすやと眠《ねむ》っている犬のイラストが刺《し》しゅうされている。

「温かそう！　これからもっと寒くなるし、新しい手袋《てぶくろ》を買い足そうかと思っていたんだよ。これ『おひるねる～ず』グッズなんだね」

可愛《かわい》いキャラクターだけど、あまり目立ちすぎない色でオシャレに描《えが》かれているから、男性が使っても似合うデザインだ。

もし自分で選んだら、こんなセンスのいい手袋《てぶくろ》は選べなかった。

「ちょうど『おひるねる～ず』のメンズ向け手袋《てぶくろ》が出ていて、先生に似合いそうだったんです。それで、ちゃんとサイズが合っているか確かめたいんですけど、いいですか？　もし合ってなかったら交換《こうかん》してもらえるそうですから」

「じゃあ、今ここではめてみようか」

床《ゆか》に腰《こし》を下ろして包みを横に置くと、右手用の手袋《てぶくろ》を持った。

はめようとすると、芽吹《めぶき》さんが僕の右手首をつかんで引き寄せる。

「待ってください。わたしがはめてあげます。サイズをしっかり確認《かくにん》しないと」

彼女は手袋《てぶくろ》を持ち、僕の右手にゆっくりとかぶせた。

親指から小指まで一本一本を順にはめていき、五本の指がぴったりと手袋《てぶくろ》に収まる。

「サイズは……どれどれ……」

芽吹《めぶき》さんは真剣《しんけん》な目になって、僕の右手を両手でつかんだ。

僕の手のひらや甲《こう》を彼女の指先が指圧して、ずれていないか確認《かくにん》する。

それから指を一本ずつ根元から指先まで何度もつまみ、手袋《てぶくろ》のはまり具合を確かめた。

手袋越《てぶくろご》しとはいえ、右手の隅《すみ》から隅《すみ》まで、芽吹《めぶき》さんのほっそりとした繊細《せんさい》な指先にじっくりと触《さわ》られていく。

「ぴったりのサイズですね！　よかった〜」

一通り確かめると、芽吹《めぶき》さんはホッとしたように胸をなで下ろした。

「左手のほうも確認《かくにん》しないといけませんね」

そう言って彼女は、今度は僕の左手を取って引き寄せた。

右手のサイズがぴったりなら左手もぴったりだと思うけど、それはそれ。つい、芽吹《めぶき》さんが左手の手袋《てぶくろ》をはめてくれる心地《ここち》いい感覚を堪能《たんのう》してしまう。

もちろん、左手の手袋《てぶくろ》もちょうどのサイズだ。

「ありがとう、芽吹《めぶき》さん。明日から登校するときにも使わせてもらうね。次は僕の番かな」

立ち上がって鞄《かばん》の横に置いた紙袋《かみぶくろ》のところへ歩いた。先日買った、芽吹《めぶき》さんへのクリスマスプレゼントが入った袋《ふくろ》だ。

紙袋《かみぶくろ》の中からギフト用の巾着袋《きんちゃくぶくろ》を取り出すと、彼女の前に戻《もど》って差し出す。

「これ、僕からのクリスマスプレゼント」

「ありがとうございます、先生！　あの、開けてもいいでしょうか？」

「もちろんだよ。遠慮《えんりょ》しないで」

芽吹《めぶき》さんは巾着袋《きんちゃくぶくろ》を胸元《むなもと》に抱《かか》え、ウキウキした様子でリボンを丁寧《ていねい》にほどいていく。

その様子を少し緊張《きんちょう》しながら見守る。

僕のプレゼント、芽吹《めぶき》さんは喜んでくれるだろうか？

#

巾着袋《きんちゃくぶくろ》を開けて、『おひるねる～ず』の子猫《こねこ》キャラクターのスリッパを取り出した芽吹《めぶき》さんは、たちまち大きな両目を輝《かがや》かせた。

まるで芽吹《めぶき》さん自身が、おやつを前に喜ぶ子猫《こねこ》みたいだ。

「わあ〜可愛《かわい》い〜〜っ!! このスリッパ、とってもあったかそう!」

「前の授業のとき足が冷えてる様子だったからね。足先を温められるものがほしいのかなって考えたんだよ」

「はい! わたし、温かいスリッパがほしかったんです!」

芽吹《めぶき》さんはさっそくスリッパを履《は》いて立ち、履《は》き心地《ごこち》を確かめるようにピョコピョコと足踏《あしぶ》みをしている。喜んでいる彼女を見て、僕もホッと一安心だ。

それから右足を前に出して、履《は》いているスリッパを僕に見せた。お昼寝《ひるね》してる可愛《かわい》い子猫《こねこ》のキャラクターをかたどったスリッパ。今にもすやすやと寝息《ねいき》が聞こえそうだ。

続いて手袋《てぶくろ》をしている僕の手を引いて、犬のキャラクターを近づける。

「この『すやすやこねこ』ちゃんは、先生にプレゼントした『すやすやこいぬ』ちゃんと一緒《いっしょ》に『おひるねる〜ず』の最初のキャラクターとしてデビューしたんですよ。だからこの二匹《ひき》は、双子《ふたご》みたいな仲なんです」

「じゃあ、ある意味おそろいのプレゼント交換《こうかん》になったね」

「そうですよね。おそろい、ですよね」

ポッ、と照れた様子で芽吹《めぶき》さんはほっぺを赤くした。

「あれ? まだ袋《ふくろ》に何か入ってますよ」

芽吹《めぶき》さんが気づいて、再び巾着袋《きんちゃくぶくろ》の中に手を入れた。

彼女が取り出したのは赤い封筒《ふうとう》だ。

「それはクリスマスカードだよ。お祝いのメッセージを書いたんだ」

少し前に商店街の文具店で見つけたクリスマスのグリーティングカード。あのときはカードを送る仲じゃないと考えて買わなかったけど、彼女とプレゼント交換《こうかん》の約束をしてから買いに戻《もど》ったんだ。

「これも、開けて見てもいいですか？」

彼女はすぐにも中を見たそうに聞くけど、僕はちょっと気恥《きは》ずかしい。

「それは、一人のときに開けてほしいかな。大したことは書いてないけど、目の前で読まれると恥《は》ずかしいかも」

「それでは今夜の楽しみに取っておきますね。先生、なんて書いてくれたのかな～」

ともかくクリスマスプレゼントの交換《こうかん》も終わった。

時計を見ると、もうすぐ午後六時。窓の外も暗くなってるし、そろそろ帰宅の時刻だ。

「それじゃあ芽吹《めぶき》さん。今日はこれで――」

「先生、あと少しだけお時間をいただいてもいいですか？」

「構わないけど、何かあるの？」

「ぜひ見ていってほしいものがありまして……。こたつに入って待っていてください」

僕は言われたとおり、再び部屋のこたつに膝《ひざ》を入れた。

芽吹《めぶき》さんは棚《たな》に飾《かざ》られていた小型のクリスマスツリーを持ってこたつの上に置くと、正面を僕に向けた。クリスマスツリーの上のほうに、二人の天使の人形が飾《かざ》られている。

さらに彼女は部屋のカーテンを閉め、室内を外の景色から隔絶《かくぜつ》させた。

「それでは照明を消しますね」

最後に壁際《かべぎわ》に歩いてスイッチを押すと、スッと部屋の明かりが消える。

家具の輪郭《りんかく》がぼんやりと浮《う》かび上《あ》がっている他は、ほとんど何も見えない暗闇《くらやみ》だ。視界に何も入らないぶん、芽吹《めぶき》さんが静かに歩く足音が敏感《びんかん》に伝わってくる。

真っ暗な中、彼女と二人きりの気配に満たされる感覚。いつだったか、台風の夜を過ごした日を思い出す。

芽吹《めぶき》さんは僕の隣《となり》に来ると、床《ゆか》に腰《こし》を下ろしてこたつに膝《ひざ》を入れた。

場所を空けようと体をずらすものの、隣《とな》り合《あ》ってこたつに入っているから、どうしても密着してしまう。

「あ、あの、芽吹《めぶき》さん、狭《せま》くない？」

「大丈夫《だいじょうぶ》ですよ。ほら、もうすぐですから」

何をするつもりなんだろう？　彼女は正面にあるクリスマスツリーを見つめているようだ。

触《ふ》れ合《あ》う肩《かた》に緊張《きんちょう》しながら、黙《だま》って同じ方向に目を向けた。

一分以上待っただろうか。その間ずっと全身に芽吹《めぶき》さんの存在が感じられて、何倍もの長い時間に思えてしまう。

　このまま永遠に続きそうになったころ、変化が訪《おとず》れた。

　僕たちの正面で、突然《とつぜん》二体の天使が光《ひか》り輝《かがや》いた。そこからあふれ出るように、色とりどりの細やかな光の点がクリスマスツリー全体に広がっていく。

「すごい……。きれいだね……」

「いいでしょう？　指定の時間になると、こうして光《ひか》り輝《かがや》くんです。このクリスマスツリー、お姉ちゃんからのプレゼントなんですよ」

「さすが、あかりさんの選ぶプレゼントって本格的だね」

　天使の羽が光を増し、天空を舞《ま》うかのように輝《かがや》いている。

「なんだか祝福されているみたい……」

「芽吹《めぶき》さんは、どんな祝福をされたいのかな？」

「そうですね……やっぱり受験の合格です！　それと……」

「それと？」

「な、なんでもないですっ」

　芽吹《めぶき》さんは急に恥《は》ずかしそうに口を閉ざした。きっと人に言えない願いがあるんだろう。

　気がつくと、いつの間にか彼女の腕《うで》が僕の腕《うで》にからめられていた。

　正面からクリスマスツリーを見ようと体を近づけ、自然とそうなってしまったようだ。

でも僕は気づかないふりをした。気づいたら、芽吹《めぶき》さんは恥《は》ずかしがって離《はな》れてしまいそうな気がしたから。

僕たちのクリスマスは、受験勉強の間の短い時間を、静かに、鮮烈《せんれつ》に、過ぎていった。


夜、僕のスマホに芽吹《めぶき》さんからのメッセージが届いた。

『先生がくれたクリスマスカード、とても感激しました！』

プレゼントと一緒《いっしょ》に、彼女に送ったクリスマスカード。

サンタクロースのイラストが描《えが》かれたグリーティングカードに、彼女への言葉を書き込んだんだ。一つは『来年もがんばって受験を乗り切ろう』という応援《おうえん》のメッセージ。

もう一つは『芽吹《めぶき》さんが熱心に授業を受けてくれて、僕も毎週の家庭教師が楽しい』という、自分の気持ちをつづったもの。

僕はこれまで、芽吹《めぶき》さんに失恋《しつれん》もしたし、今も彼女の美しさに胸が高鳴ってしまう。

だけど何よりも、彼女に勉強を教えること、彼女の成績が日々向上していくことが楽しい。

それが素直《すなお》な気持ちだ。

年が明ければ、いよいよ受験が近づいてくる。

その先は、あのクリスマスツリーの輝《かがや》きのように美しく、満ち足りたものに違《ちが》いない。

僕はそう確信してならなかった。

12月・4　年末の大そうじ

クリスマスもイブを過ぎると、世の中はすっかり年末の空気に様変わりした。

商店街の店頭は年越《としこ》しを迎《むか》える和風の飾《かざ》り付《つ》け一色になり、いよいよ今年も終わりなんだと実感させられる。

今日は芽吹《めぶき》さんの家で、今年最後の授業だ。

学校も冬休みだし、昼過ぎから一時間ほど、前学期の復習をして終えることになった。

「二学期の勉強、おつかれさま。がんばったぶん、成果がしっかり出ている」

「夏はちょっと自信をなくしていましたけど、最近は気持ちに余裕《よゆう》が出てきたんです」

まだ午後二時過ぎ。窓の外は真っ青な冬空が広がっている。

「芽吹《めぶき》さんは、今日はこれからどうするの？」

「大そうじなんです。年末年始にお姉ちゃんの家族が泊《と》まりに来るので、それまでに家の中をきれいにしないと」

「今、お母さんと二人なんだよね。一軒家《いっけんや》の大そうじとなると大変そうだな」

「今日、もうすぐお姉ちゃんが手伝いに来てくれるんですけど……」

「よかったら僕も手伝おうか？」

「そんなの申し訳ないです！　それに先生は、自分の部屋を片付けなきゃダメですよ」

「う……。い、一応、毎年ほこりのたまったところを雑巾《ぞうきん》がけしてるよ」

すると彼女はじーっと僕をにらんだ。

「それは毎年ではなく、毎週やってください」

「そ、そうですね……。努力します……」

帰宅のため、僕は立ち上がって自分の鞄《かばん》を持った。芽吹《めぶき》さんもこたつから出て、玄関《げんかん》まで見送ってくれるようだ。

すると廊下《ろうか》側から足音が近づき、ノックの音が響《ひび》く。

「ひなちゃ～ん、大そうじに来たよ～」

「お姉ちゃん！」

芽吹《めぶき》さんが扉《とびら》を開けると、黒いセーラー服を着た美少女……ならぬ美女がいた。

あかりさん――芽吹《めぶき》さんのお姉さんだ。

久しぶりに会っても、やっぱり高校生としか思えない若々しい姿だ。これで二四歳、子持ちの人妻だなんて信じられない。

「瑛登《えいと》くんもいたんだ！　こんにちは～！　授業中だったかな？」

「おじゃましてます。ちょうど授業が終わって、今から帰るところなんです」

「え～、もう帰っちゃうの？　せっかく瑛登《えいと》くんのためにセーラー服を着てきたのに～」

「僕がいるって、今知ったばかりですよね？」

相変わらずのボケに、僕は律儀《りちぎ》にツッコミを入れた。

「これから大そうじだそうですから、長居するのも悪いですし。片付けのお手伝いができればいいんですけど」

「瑛登《えいと》くん、手伝ってくれるの⁉」

「お姉ちゃん、先生に手伝わせるなんて悪いってば！」

「いいんだよ芽吹《めぶき》さん。今日は帰っても暇《ひま》だし、夕方ごろまでなら手伝えるから」

あかりさんもうんうんとうなずく。

「力仕事もあって、瑛登《えいと》くんが手伝ってくれると助かるの。お礼はするから、ね」

「役立てることがあれば、何でも言ってください」

「そういうことだから、ひなちゃん、瑛登《えいと》くんを借りてくね～」

「先生は借り物じゃないからっ。――先生、適当に手を抜《ぬ》いちゃっていいですからね」

そういうわけで、僕は芽吹《めぶき》さんの部屋を出て廊下《ろうか》に立った。

二人になると、あかりさんは改まった様子で言った。

「急に頼《たの》んじゃってごめんね。本当に男手があると助かるの」

「気にしないでください。それで何をお手伝いすればいいでしょうか？」

「年末に家族が来るから、わたしの部屋に泊《と》まれるようにしたいんだ」

芽吹《めぶき》さんの部屋から廊下《ろうか》をまっすぐ進んだ突《つ》き当《あ》たり。二階の反対側にあるのがあかりさんの部屋だ。

その扉《とびら》は今まで授業に来るたびに見ていたけど、中に入ったことは一度もない。

ちょっと緊張《きんちょう》しながら、あかりさんのあとについて部屋に入った。

「さっき軽く床《ゆか》を拭《ふ》いたから、すべらないように気をつけてね」

言うとおり、フローリングの床《ゆか》にはほこり一つ落ちていない。

カーテンが閉められていて薄暗《うすぐら》く、隙間《すきま》から外の日光がぼんやりと差し込んでいる。

壁際《かべぎわ》にベッドが置かれ、窓の近くに二人がけのソファがある。どちらもほこりを防ぐカバーがかけられていて、室内は生活の跡《あと》もなく、まるで時間が静止したようだ。

「あかりさんの部屋は、今は使っていないんですか？」

「わたしが泊《と》まりに帰るときはこの部屋で寝《ね》てるけど、それも一年に何回あるかなってくらい。ほとんど開かずの間みたいになっちゃって」

あかりさんが窓のカーテンを開けると、明るい外光が室内を満たした。

「一家三人で泊《と》まれるように、家具の配置を換《か》えたいの。ベッドとソファを動かせば、みんなで寝《ね》られるはずだよ。重いから、瑛登《えいと》くんが手伝ってくれると助かるんだ」

「それは一人だと無理ですよね。任せてください」

「ありがとう！　それじゃわたし、動きやすい服に着替《きが》えてくるから待ってて」

あかりさんは「すぐ戻《もど》るからね」と、部屋を出て行った。

一人になって待っている間、なんとなく本棚《ほんだな》を眺《なが》めてみた。

並ぶ本の中に何冊か高校の教科書があった。あかりさんが高校生だったころのものだろう。

当時から変わらないまま置かれている教科書の背表紙を、タイムカプセルでも眺《なが》めるような気分で見続けた。

そのあかりさんは、なかなか戻《もど》ってこない。ただの着替《きが》えにしては時間が長い。

呼びにいこうかと考え始めたとき、ようやく廊下《ろうか》から足音が聞こえた。

「あかりさん、待ってましたよ」

僕は扉《とびら》のほうを振《ふ》り返《かえ》った。

同時に部屋の扉《とびら》が開き、中に彼女が入ってきた。

「お姉ちゃん、やっぱりこれ着られないよ……」

入ってきたのは、あかりさんではなく、芽吹《めぶき》さん。もちろん妹の芽吹《めぶき》ひなたさんだ。

彼女は自分の着てるものを見下ろしていて、すぐには気づかなかったらしい。暖房の効いた室内へ足早に入り、そこでようやく顔を上げて僕と目が合った。

芽吹《めぶき》さんは水着を着ていた。学校で着る濃紺《のうこん》のスクール水着だ。

それも、腰《こし》がV字型の形状をしたタイプの、太ももがまぶしい水着。最近の学校ではあまり使われなくなった、少し古いタイプのスクール水着。

「…………」

「…………」

芽吹《めぶき》さんは、それこそ時間が止まったかのように静止していた。

僕も固まったまま何も言えなかった。

僕たちはお互《たが》いに呆然《ぼうぜん》と見つめ合ったまま、ぴくりとも動けないでいた。

#

スクール水着を着た芽吹《めぶき》さんは、僕の目の前で立《た》ち尽《つ》くしている。

窓から差し込む午後の日差しが彼女のむき出しの肩《かた》や太ももを照らして、みずみずしい肌《はだ》に明るい光が反射していた。

「ど、どうして……せ、せ、先生が、ここに……？」

「あかりさんの手伝いに来てるんだよ。芽吹《めぶき》さんこそ、どうして……」

つい、彼女の肌《はだ》に密着した濃紺《のうこん》の布地を見つめずにいられない。

「どうして、水着に……？」

「ひゃうっ⁉」

芽吹《めぶき》さんはやっとこの状況《じょうきょう》を理解したらしく、両腕《りょううで》で自分の体を覆《おお》った。

「ちち、ち、違《ちが》うんですっ！　こっ、これはその、ええと……」

真っ赤な顔で体中をくねらせ、すっかりしどろもどろになっている。

「信じてくださいっ！　決して、先生の前でこんな格好をしようと思ったわけでは！」

彼女は必死になって、僕に言い聞かせるように一歩踏《ふ》み出《だ》した。

しかしあわてたせいか、拭《ふ》かれたばかりの床《ゆか》で足をすべらせてしまう。

「ひゃあっ⁉」

彼女の体が前のめりに倒《たお》れ込んできた。

「危ない！」

僕はとっさに両腕《りょううで》を伸《の》ばし、倒《たお》れかかる体を全身で受け止める。

そのまま勢いに押され、床《ゆか》に尻餅《しりもち》をついてしまった。

「先生、大丈夫《だいじょうぶ》ですか⁉」

「平気だよ。大したことない」

「すみません……。わたし、そそっかしいばかりで……」

シュンとする芽吹《めぶき》さんを元気づけようと、胸元《むなもと》に寄りかかっている彼女を見下ろした。

と、そこで息をのんでしまう。

「…………っ‼」

芽吹《めぶき》さんの着てる水着は、少しサイズが大きいようだ。水着の胸元《むなもと》に隙間《すきま》ができて、その奥に、はっきりと谷間が見えている。

柔《やわ》らかそうな神秘の空間から目が離《はな》せない。

（い、いけない……！　教え子のそんなところを見るなんてっ!!）

意志の力を振《ふ》り絞《しぼ》って彼女の胸から視線を引《ひ》き剝《は》がし、遠くの床《ゆか》を見ようとした。

すると視界に飛び込んだのは、倒《たお》れた芽吹《めぶき》さんの腰《こし》のあたり。

背中のくびれの先に、丸いお尻《しり》の形が浮《う》かび上《あ》がっている。

ほっそりとしたウエストから健康的なヒップまで、そのなだらかな曲線は、至高の芸術かと思えるほど美しい。

（いや、だから、そんなところを見てちゃダメだってば……！）

どうにか意識を振《ふ》り絞《しぼ》ってもう一度視線を引《ひ》き剝《は》がし、遠くに目を向けようとした。

だが、そこに見えたのは芽吹《めぶき》さんの足。水着姿のせいで、つま先までむき出しになった二本の足が、無防備に投げ出されている。

「……先生、平気ですか？」

彼女は胸元《むなもと》に寄りかかったまま、心配そうに見上げた。

「なんだか苦しそう……。やっぱり、どこか打ったんじゃないですか？」

「だ、大丈夫《だいじょうぶ》……。どこも打ってないから……」

言えない。芽吹《めぶき》さんの水着姿があまりに切なくて苦しいだなんて、とても言えない！

芽吹《めぶき》さんは僕の両肩《りょうかた》に手をかけて体を起こし、どうにか膝《ひざ》立ちになった。

しかし今度は、彼女の胸がすぐ目の前に来てしまい……僕は挙動不審《ふしん》になって視線をキョロキョロと泳がせてしまう。

「お待たせ～」

声と同時に扉《とびら》が開き、隙間《すきま》からあかりさんが顔をのぞかせる。

あかりさんは僕と芽吹《めぶき》さんを見るなり、目をパチパチとしばたたいた。

「あれ～、おじゃまだったかな？」

「全然おじゃまじゃないです！」

僕は救世主にすがるような声で引き留めた。

「もうっ！　お姉ちゃんの部屋に先生がいるなんて聞いてないよ！」

「ごめんごめん、言うの忘れてたよ。――ね、瑛登《えいと》くん。ひなちゃんが着てる水着、どう？　わたしの高校時代の水着なんだけど、似合うでしょ～」

「どれだけ頼《たの》まれても、もうお姉ちゃんの水着なんて絶対に着ないからね！」

芽吹《めぶき》さんは両腕《りょううで》で胸を覆《おお》って、ほっぺを膨《ふく》らませてぷりぷりと怒《おこ》ってる。

「あかりさん、家具の移動をするんですよね」

「そうそう。早く始めちゃおう」

あかりさんは扉《とびら》を開けて部屋の中に入ってきた。

しかしあかりさんもまた、妙《みょう》な格好をしている。

白いスポーツウェアとピッチリとした短パン。これはどう見ても……。

「いいでしょ～。これはわたしが高校のときに着ていた体操服だよ」

「どうして今、高校の体操服を……？」

「それはもう、瑛登《えいと》くんに人妻体操服の魅力《みりょく》を教えてあげようと思って～」

あかりさんはくるりと後ろ姿を見せて、短パンのお尻《しり》を左右に振《ふ》ってみせた。

高校生としか思えない顔立ちながら、さすがは人妻。なんというなまめかしさ。

「ダメですよ、先生っ！　見ちゃダメですっ!!」

芽吹《めぶき》さんはぐいっと僕の頭を抱《かか》え、視界をさえぎるように胸に押しつけた。

や、柔《やわ》らかい……。

顔中にざらついたスクール水着の感触《かんしょく》が広がり、左右からの弾力《だんりょく》が心地《ここち》よく包んでくる。

「わ、ひなちゃん大胆《だいたん》！」

芽吹《めぶき》さんはハッと気づいて、あわてて僕の顔を引《ひ》き離《はな》した。

「すすす、すみません、先生！　痛くなかったですか!?」

「い、痛くなかったです……」

むしろ癒《い》やされました……。

「とにかくですね。芽吹《めぶき》さんもあかりさんも、まじめに大そうじしましょう」

普段《ふだん》はずぼらで、大そうじなんてまともにやってない僕でさえ、このときばかりは声を大にして言わずにいられなかった。

芽吹《めぶき》さんとあかりさんは動きやすいトレーナーやジーンズに着替《きが》えて、ようやく大そうじが始まった。芽吹《めぶき》さんは自分の部屋に戻《もど》って片付けをして、僕はあかりさんの部屋で家具の配置《はいち》換《が》えを手伝った。

部屋のソファは、背を倒《たお》すとソファベッドとして使えるタイプだったので、家族で宿泊《しゅくはく》するときに皆《みな》で寝《ね》られる位置へと移動させた。

「部屋もだいぶ広くなったね。瑛登《えいと》くんのおかげ！」

配置《はいち》換《が》えの終わった室内を見まわしながら、あかりさんは言った。

「お役に立てて嬉《うれ》しいです。だいぶ時間が過ぎたから、そろそろ失礼しますね」

「せっかくだから夕ご飯まで休んでいかない？　一緒《いっしょ》に食べていきなよ」

「そうしたいですけど、僕の家でも夕食の準備をしてますし」

部屋を出るあかりさんに続いて、僕も廊下《ろうか》に出る。

「お礼をするから、ちょっと待ってて」

あかりさんはそう言い残して一階へ向かったので、僕は階段の手前で待つことにした。

「あれ、先生、何をしてるんですか？」

芽吹《めぶき》さんの部屋の扉《とびら》が開いて、彼女が顔を出した。

「あかりさんを待ってるんだよ。芽吹《めぶき》さんは大そうじ、もう終わった？」

「もう少しきれいにしたら終わりにします。本当はもっと整理したいですけど、勉強の時間がなくなっちゃいますし」

「今年はどうしても勉強優先になるよね」

「ところで先生。……わたしの水着、もう忘れてくれました？」

「も、もちろんだよ！　きれいさっぱり記《き》憶《おく》から消去されてるから！」

「ふふふ、よろしいです」

本気だ。芽吹《めぶき》さん、本気でさっきの水着姿を忘れさせせようとしている。

脳裏《のうり》に焼き付いたまま一生忘れられそうにないだなんて、口が裂《さ》けても言えない。

階段を上る足音がして、あかりさんが戻《もど》ってきた。

持ってきた三束入りの細長い袋《ふくろ》を僕に差し出す。高級そうな乾麺《かんめん》蕎麦《そば》の袋《ふくろ》だ
「今日のお礼だよ。年末だから、ご家族と一緒《いっしょ》に年越《としこ》し蕎麦《そば》をどうぞ」

「いいんですか⁉　ありがとうございます！」

「よかったら、あとでオススメのレシピを送ってあげようか」

「ぜひお願いします！　大みそかが楽しみだなあ」

僕はお礼の品を受け取り、レシピを送ってもらうためスマホの連絡先《れんらくさき》を交換《こうかん》した。

そうして玄関《げんかん》を出て、芽吹《めぶき》さんとあかりさんの二人に見送られながら帰路につく。

時刻はまだ午後四時ごろだけど、日はもう傾《かたむ》き、冬の高い空が夕日の色に染まっている。

一人で帰り道を歩いていると、去りつつある一年に思いをはせずにいられない。

毎年こんなふうに年が過ぎ去ってゆくなんて、なんだか不思議な気分だ。

#

十二月三一日、今年も大みそかの日になった。

わが家では両親とも家にいて、一年間の片付けと新年の準備に忙《いそが》しそうだ。

しかし大みそかといえど、受験生には貴重な勉強時間でもある。

午後九時過ぎ、僕は机に置いたタブレットの前で、芽吹《めぶき》さんと今年最後のオンライン補習をしていた。

冬休み中でも彼女はセーラー服を着て、僕は高校のブレザーを着ている。

いつもと変わらず参考書を広げて勉強していると、僕たちだけ世の中から取り残されたように感じてしまう。

三〇分ほどの授業を終えて、ねぎらいの声をかけた。

「それじゃあ、授業はここまでにしよう。芽吹《めぶき》さん、今年一年、おつかれさまでした」

「こちらこそ、今年は大変お世話になりました」

モニターの向こうで、彼女はペコリと頭を下げる。

「今年もあと二時間半ですね……。先生は何をして過ごすんですか?」

「年越《としこ》し蕎麦《そば》を食べるよ。あかりさんからもらった、おいしそうな蕎麦《そば》があるからね」

「でしたら一緒《いっしょ》に食べませんか⁉ どんなお蕎麦《そば》を作ったか、見せ合いましょう」

オンライン補習で使ってるタブレットは、塾《じゅく》の家庭教師センターから借りているものだ。だから本来は講義専用のものなんだけど……。

「よし、これから年越《としこ》し蕎麦《そば》を食べる特別補習にしよう」

僕たちは蕎麦《そば》の準備ができたら補習を再開する約束をして、いったん接続を切った。

部屋を出ると、リビングからテレビ番組の音がした。両親が紅白歌合戦を見ているらしい。

一家が暮らしているのはマンションの一室だから、音声が丸聞こえだ。

キッチンの冷蔵庫を見ると、ニンジンや小エビの入ったかき揚《あ》げ天ぷらが小皿に載《の》っている。

あかりさんから送られたレシピに合わせて、母が用意してくれた具材だ。

あとは蕎麦《そば》の袋《ふくろ》に書いてある手順どおりに調理するだけなので、ずぼらな僕でも簡単だ。

鍋《なべ》で蕎麦《そば》をゆで、麵《めん》つゆの入った器《うつわ》に入れる。具材を盛り付けると、おいしそうな年越《としこ》し蕎《そ》麦《ば》が完成した。

蕎麦《そば》を自室の机に運んで、再びタブレットからオンライン接続をする。

芽吹《めぶき》さんもちょうど調理が終わったところらしい。

彼女の勉強机で蕎麦《そば》の入った器《うつわ》が湯気を立てていた。紅白のかまぼことほうれん草の載《の》った年越《としこ》し蕎麦《そば》は、モニター越《ご》しに見てもおいしそうだ。

「先生の年越《としこ》し蕎麦《そば》、天ぷらが入ってる～！　いいなあ～」

「あかりさんの特別レシピさ。芽吹《めぶき》さんの年越《としこ》し蕎麦《そば》もおいしそうじゃないか」

モニター越《ご》しに二人でいただきますをすると、さっそく蕎麦《そば》を一口すすって食べてみた。

「うん、おいしい！　この蕎麦《そば》、本当においしいね」

「でしょう？　わたしも気に入ってるんです」

次にかき揚《あ》げを食べようとしたとき、芽吹《めぶき》さんが身を乗り出しモニターに顔を寄せた。

モニターの前で、目をつむったまま口を開けている。何をしてるんだろう？

「先生、あ～ん」

「……あ～ん？」

「先生ばかり天ぷら食べてずるい！　わたしも一口食べたいな～」

あ～んって、モニター越《ご》しに？

どうすればいいのやら。ともかく箸《はし》でつまんだ天ぷらを画面の前に差し出してみる。

「そ、それじゃあ、あ～ん……」

はむっ、と小魚に食いつく猫《ねこ》みたいな顔になって、芽吹《めぶき》さんはもぐもぐと口を動かした。

「ん〜、おいしいです〜」

「おいしいって、食べてないよね……」

こらえきれずにツッコミを入れてしまった。

「気分が大切なんです。天ぷらを食べた気分になれるじゃないですか」

「気分、ねえ」

半信半疑な気持ちで、箸《はし》で持ったかき揚《あ》げ天ぷらをかじる。

ふと気づいた。これは芽吹《めぶき》さんが口をつけた天ぷらを食べてるんだろうか？

考えたとたん、なぜかドキリとしてしまう。これが気分ってことなのか……。

そんなふうにして二人で年越《としこ》し蕎麦《そば》を食べ終わり、一緒《いっしょ》にごちそうさまをした。

「今年最後の食事、おなかいっぱいになりました」

「おかげで豪華《ごうか》な年越《としこ》しができたよ」

時刻を見ると、もう夜の一〇時を過ぎている。

最後に明日の予定を話し合って、特別補習は終了《しゅうりょう》となった。

「わたしはそろそろお風呂《ふろ》に入って寝《ね》る準備をしますね」

「それでは芽吹《めぶき》さん、よいお年を」

「はい！　先生もよいお年を！」

今年最後の挨拶《あいさつ》を済ませると、芽吹《めぶき》さんは手を振《ふ》りながら接続を切った。

部屋に静寂《せいじゃく》が戻《もど》り、僕は食べ終わった器《うつわ》を持って部屋を出る。

リビングから聞こえる紅白歌合戦の音声はだいぶ盛り上がっているようだ。

今年はどっちが勝つんだろう？


——午後十一時過ぎ、お風呂《ふろ》から上がったひなたは、体にバスタオルを巻いてドライヤーで髪《かみ》を乾《かわ》かしていた。

「年越《としこ》し蕎麦《そば》も食べたし、お風呂《ふろ》も入ったし、あとは新年を迎《むか》えるだけ……」

ふと気になって、バスタオルの前をはだけておなかのあたりをさすってみる。

「夜に食べちゃったけど、食べ過ぎてないよね。明日は運動しなきゃ」

瑛登《えいと》と年越《としこ》し蕎麦《そば》を食べたのがオンラインのモニター越《ご》しでよかった。もし彼が隣《となり》にいたら、つい天ぷらをおねだりして確実に食べ過ぎたはずだ。

「なんか最近のわたし、先生にお願いばかりしてるかも……」

瑛登《えいと》とファミレスでケーキを食べたり、プレゼント交換《こうかん》をしたり、そういうことが楽しくて、つい甘えたくなってしまう。彼は家庭教師として、ひなたに歩調を合わせてくれるけど……。

「もう少し自制しないと、先生の負担になっちゃうよね……」

はあ、とひなたは小さくため息をつく。

脱衣《だつい》所の戸の向こうから姉の声がした。

「ひなちゃん、入ってる～？」

「もう上がるとこ。お姉ちゃん、入っていいよ」

戸が開き、タオルと着替《きが》えのパジャマを持ったあかりが入ってきた。

年末年始はあかりの家族と一緒《いっしょ》に泊《と》まりに来ている。今まで家族と一緒《いっしょ》に過ごして、やっと一人でお風呂《ふろ》の時間になったようだ。

「先生の年越《としこ》し蕎麦《そば》、すごくおいしそうだったよ！　大きなかき揚《あ》げの天ぷらが載《の》ってて」

「さっき瑛登《えいと》くんからお礼のメッセージが届いたの。ひなちゃん、ずっと一緒《いっしょ》だったんだ」

「い、一緒《いっしょ》っていうか、補習してたから」

「補習で年越《としこ》し蕎麦《そば》？　部屋で食べてたのって、そういうことだったんだね～」

あううう……と、ひなたは恥《は》ずかしくてバスタオルの下の体まで真っ赤になりそうだ。

大急ぎでパジャマを着て脱衣《だつい》所を出たひなたは、一人になってやっと心を落ち着かせた。

ボーン……と、どこか遠くで除夜《じょや》の鐘《かね》が鳴っている。

いろいろなことがあったこの一年も、残りわずか。

「今年は本当にありがとうございました」

ひなたは小声でつぶやき、宙を見上げながら続けた。

「来年もよろしくお願いします。先生」

1月・1　合格祈願の初詣

『新年あけましておめでとうございます！　本年もよろしくお願いいたします』

――という文章を打ち込んで、元日の朝、僕はスマホのアプリでメッセージを送信した。

普段《ふだん》からよく話すクラスメイトの男子三人に送ったところ、すぐ二人から返信が来た。一人は辰《たつ》のスタンプで返してきた。いっぽう、正月は夕方まで寝るぜと豪語《ごうご》してたクラスメイトは、宣言どおり未読のままだ。

一月一日の昼過ぎ、僕はスマホのメッセージをチェックしながら駅前に立っていた。芽吹《めぶき》さんに新年のメッセージを送ることも、もちろん考えた。

けれど結局、彼女には送っていない。彼女からの最新のメッセージは去年のものだ。

駅の周囲はお正月の行楽に出かける人々で賑《にぎ》わっている。親子連れや老夫婦《ろうふうふ》、学生の一団に若いカップルまで、まさしく老若男女《ろうにゃくなんにょ》いろんな人の姿がある。

「先生～！」

人通りの中から声が聞こえ、スマホから顔を上げた。

一目見た瞬間《しゅんかん》、あまりの新鮮《しんせん》さに、本当に彼女なのか戸惑《とまど》ってしまう。けれど明るい笑顔《えがお》は、まぎれもなく彼女のものだ。

芽吹《めぶき》さんは鮮《あざ》やかな桃色《ももいろ》の晴れ着を着ていた。髪《かみ》を後ろに結《ゆ》って、かんざしで留《と》めている。大きな花飾《かざ》りが、彼女の顔をいっそう可愛《かわい》らしく引き立てていた。

今までに見たこともない清楚《せいそ》な和装姿は、まさしく初日の出にも匹敵《ひってき》する美しさだ。

僕は着物なんて持ってないので、結局いつもどおり高校のブレザーとコート。並んで歩くと、芽吹《めぶき》さんの鮮《あざ》やかさを前に、かすんでしまいそうだ。

「あけましておめでとうございます！　今年もよろしくお願いします、先生」

「あけましておめでとう、芽吹《めぶき》さん。こちらこそよろしくお願いします」

お互《たが》いに向かい合って立ち、うやうやしくお辞儀《じぎ》をして新年の挨拶《あいさつ》をした。

スマホでメッセージを送らなかったのはこのためだ。今日の約束をしていた以上、芽吹《めぶき》さんとは、新年最初の言葉を直接かわしたかったから。

芽吹《めぶき》さんもメッセージを送ってこなかったのは、同じことを考えていたからなのか、それとも単に必要を感じなかったのか、それはわからないけど。

「芽吹《めぶき》さんの晴れ着、似合ってる。お正月を迎《むか》えたんだって実感が湧《わ》いてくるよ」

「お母さんが着付けをしてくれたんです。いつものお正月は普段《ふだんぎ》着のままなんですけど、今年は大切なお願いをするのだから、ちゃんとした格好で行きたくて」

「今年の初詣《はつもうで》は芽吹《めぶき》さんが主役だからね。——それじゃあ出発しようか」

僕と芽吹《めぶき》さんは駅の改札をくぐり、電車に乗り込んだ。

二人で向かうのは、この地域にある神社。

僕と彼女は、家庭教師と教え子の間柄《あいだがら》。二人で初詣《はつもうで》に行く理由は、行き先が合格祈願《きがん》の名所として有名な神社だからだ。

もちろん神社の神様にお願いしたからといって、必ず合格できるなんて考えてない。

これは勉強の合間の気晴らしでもあり、いよいよ近づく受験に向けて、気を引《ひ》き締《し》めるためでもある。

電車で約三〇分。最寄《もよ》り駅《えき》で降りてから一〇分ほど歩き、僕たちは神社の前にやって来た。

「たくさん人が来てますね……」

芽吹《めぶき》さんは参拝客でごった返す神社を見つめた。

合格祈願《きがん》の神社だけに、近隣《きんりん》の中学や高校の制服を着た学生たちの姿も多い。この中の何人が時乃崎《ときのさき》学園を受験するのかわからないけど、芽吹《めぶき》さんのライバルもいるに違《ちが》いない。

神社の入り口は石造りの長い階段になっていて、上った先に鳥居《とりい》が見える。

元日とあって、狭《せま》い階段は大勢の参拝客で埋《う》め尽《つ》くされていた。

階段の上り口の脇《わき》に警備員が立って、「走らずにゆっくり進んでください！」と拡声機で声をあげている。

僕たちは人の流れに沿って階段を上り始めるけれど、階段を下る帰りの参拝客もいて、油断しているとぶつかってしまいそうだ。

「芽吹《めぶき》さん、気をつけて」

振《ふ》り返《かえ》ると、彼女は人を避《よ》けようとして先へ進めず、戸惑《とまど》った様子で右往左往している。

ただでさえ前に進むのも困難な状況《じょうきょう》なのに、晴れ着を着ているからよけい歩きづらそうだ。

僕は人波をかき分けて彼女のすぐ前に移動した。

「芽吹《めぶき》さん、僕のすぐ後ろを歩くといい。そうすれば人にぶつからないで済む。ゆっくり階段を上っていこう」

「は、はい。わたし、すぐあとについていきます」

芽吹《めぶき》さんははぐれないように、真後ろから僕の腕《うで》を取って袖《そで》を握《にぎ》りしめた。

そのまま彼女の腕《うで》が離《はな》れないよう、階段を一段ずつ慎重《しんちょう》に上っていく。

階段を上りきって鳥居《とりい》をくぐり、神社の境内《けいだい》に入ったところで密集が緩和《かんわ》され、ホッと一息ついた。

「なんとかたどり着きましたね。先導していただいて、助かりました」

「転んだらせっかくの晴れ着が汚《よご》れちゃうからね。無事に上れて、よかった」

「先生に置いていかれないように、必死だったんですよ」

そう言うと、芽吹《めぶき》さんはまだ僕の袖《そで》を握《にぎ》っているのに気づいてあわてて手を離《はな》した。

「も、もう大丈夫《だいじょうぶ》ですね。ここからは一人で歩けます」

「じゃあ、まずは参拝に行こう」

石畳《いしだたみ》の道の左右に、歴史を感じさせるかわら屋根の木造建築が並び、奥にはひときわ大きな本殿《ほんでん》が見える。

僕たちは道に沿って歩き、本殿《ほんでん》の手前にある拝殿《はいでん》の前へやって来た。

大勢の人が賽銭《さいせん》箱の前に立ち、お賽銭《さいせん》を投げ入れて両手を合わせている。

僕と芽吹《めぶき》さんも並んで立ち、まわりの人々に合わせて参拝をした。お辞儀《じぎ》をして小銭《こぜに》を投げ、二回頭を下げて礼をしたのち両手を二回たたく。

そしていよいよお願いだ。何をお願いするべきだろう？

ふと僕の頭に、芽吹《めぶき》さんとの関係がよぎる。一年前の今ごろ、僕は彼女への恋心《こいごころ》を自覚していた。あれから一年が過ぎた今、彼女との関係は大きく変化している。

僕はこれから、芽吹《めぶき》さんとどうなるんだろう？　どうなりたいんだろう？

でも今は、そのことを考えるのはやめよう。ここは合格祈願《きがん》の神様なんだから、芽吹《めぶき》さんの受験合格をお願いするべきだ。

（どうか、芽吹《めぶき》さんが志望校に合格できるように、お願いします）

そう心の中でつぶやき、最後にもう一度礼をして参拝を終えた。

ちらりと横の芽吹《めぶき》さんを見ると、真剣《しんけん》な表情でお願いを続けている。願いごとをつぶやいているらしく口元が動いてるけど、何を言っているのかは聞こえない。

やがて彼女も参拝を終えて、僕のほうに振《ふ》り向《む》いた。

「せっかくだから、何回もお願いしちゃいました。絶対に絶対に絶対に時乃崎《ときのさき》学園に合格できますようにって」

「真剣《しんけん》な顔をしてたよ。それだけお願いしたら、神様も味方になってくれるさ」

「お願いをかなえてもらえるよう、今年はもっと勉強をがんばらなくちゃ」

芽吹《めぶき》さんは、はにかむようにほほ笑《え》んだ。

そうだ。僕も今日という日を忘れず、家庭教師の責任をまっとうしなければ。

#

参拝を済ませた僕たちは、次に絵馬《えま》を書くことにした。

芽吹《めぶき》さんは売店で絵馬《えま》を買い、広場に置かれた専用のテーブルに向かう。ハンドバッグからペンケースを取り出し、油性のペンを手に持った。

絵馬《えま》に向かい合うと、彼女は迷うことなくスラスラと願いごとを書き始めた。

『時乃崎《ときのさき》学園に合格できるだけの実力をつけさせてください』

そのように書いて、最後に『芽吹《めぶき》ひなた』と名前を書いた。

「『実力をつけさせてください』っていうの、芽吹《めぶき》さんらしくていいね」

「わたしはこの受験を通して、実力があるかどうか確認《かくにん》したいんです。それが一番の願いごとかなあって」

芽吹《めぶき》さんは絵馬《えま》を僕の前に移動させて、ペンを差し出した。

「先生も名前を書きませんか？　一緒《いっしょ》にお願いしていただけると、心強いです」

「僕も家庭教師として、同じ願いだもんね」

ペンを受け取り、芽吹《めぶき》さんの名前の横に『若葉野瑛登《わかばのえいと》』と、自分の名前を書き入れた。

続いて二人で絵馬《えま》掛所《かけどころ》の前に行き、絵馬《えま》の奉納《ほうのう》だ。

何層にも重なって奉納《ほうのう》された多くの絵馬《えま》に加えるように、芽吹《めぶき》さんは自分の絵馬《えま》をつつましい手つきでかける。

ふと僕は、かけられていた絵馬《えま》の一枚に気づいた。

ここは合格祈願《きがん》の神社だけど、恋愛《れんあい》の願いごとをしているカップルもいるようだ。

『今年、二人が結婚《けっこん》できますように』

そう書かれた絵馬《えま》に、カップル二人の名前が並んでいる。

思わず、芽吹《めぶき》さんの絵馬《えま》に書かれた僕たちの名前を見返してしまった。

（そ、そういう願いごとじゃありませんからっ！）

つい心の中で神社の神様に言い訳してしまう。

でももし神様が、そういう願いだと誤解したら……どうしよう？

参拝と絵馬《えま》の奉納《ほうのう》を終えて、僕と芽吹《めぶき》さんは初詣《はつもうで》の目的を終えた。

これで帰ってもいいのだけど、電車で遠くまで来たのだからもう少し楽しんでいきたい。

二人で神社の境内《けいだい》を見てまわっていると、芽吹《めぶき》さんが何かに気づいて足を止めた。

「先生、おみくじがありますよ。引いてみませんか？」

小屋の売り場に三人の巫女《みこ》さんが立って、訪《おとず》れる参拝客たちにおみくじを販売《はんばい》している。

「面白《おもしろ》そうだけど、なんか怖《こわ》いね。悪い運勢が出るかもしれないし」

「もし悪い運勢なら、気をつけて行動しようって前向きに考えればいいんですよ」

確かに彼女なら、どんな結果が出ても前に進むためのバネにしそうだ。

二人でおみくじの列に並び、順番が来るとそれぞれお金を払《はら》っておみくじを引いた。

おみくじは、並べられた小さな紙袋《かみぶくろ》から一枚選ぶ方式になっている。

芽吹《めぶき》さんは紙袋《かみぶくろ》を一度見まわすと、迷う様子もなく一袋《ひとふくろ》手に取った。

続いて僕の番になり、どれか一袋《ひとふくろ》選ぶのだけど、なかなか決断ができない。

おみくじの上で、伸《の》ばした手を何度も行き来させてしまう。混雑してるから長時間迷ってもいられず、適当な一枚を選んで引いた。

売り場を離《はな》れて芽吹《めぶき》さんと向かい合い、いよいよ開封《かいふう》だ。

「芽吹《めぶき》さん、よく迷わずにおみくじを引けたね」

「なんとなく直感的にわかったんです。これだ！　……って」

「僕はどれにしようか悩《なや》んじゃったよ。このくじでよかったのか、自信がないけど」

「よい結果かどうか、まだわからないですよ。今年のわたしは、どんな運勢かな……」

芽吹《めぶき》さんは紙袋《かみぶくろ》を開封《かいふう》し、折りたたまれたおみくじの紙を広げる。

たかがおみくじと言えど、彼女にとって重要な年だ。どんな内容が書かれているのか、僕も気になってのぞき込んだ。

おみくじに書かれていた芽吹《めぶき》さんの運勢は――。

「中吉《ちゆうきち》！」

「おお、結構いい運勢だね！　内容はなんて書いてあるの？」

『中吉《ちゆうきち》』の文字の下には、お告げの文章が書かれている。

「『今年はいくつもの願いが成就《じようじゆ》する運命にあり、今後も運勢が上向いていくでしょう。ただし常に努力を忘れてはなりません。一日一日を大切にすることが、よい運勢を逃《のが》さない秘訣《ひけつ》となるでしょう』……って書いてあります。油断しないで、毎日しっかり勉強しましょうってことですよね」

芽吹《めぶき》さんは気を引《ひ》き締《し》めるようにうなずいた。

次は僕が開封《かいふう》する番だ。

ふと自分の運勢について考えてみた。思えば僕は今、芽吹《めぶき》さんと初詣《はつもうで》に来ている。普通《ふつう》なら知り合うこともなさそうなこんな美少女と、二人きりで。

それだけじゃない。一度は振《ふ》られたとはいえ、彼女と再会し、毎週彼女の部屋で勉強をしている。そして日が経《た》つごとに、芽吹《めぶき》さんとの距離《きょり》が近づいているような気がする……。

家庭教師のことで頭がいっぱいだったから意識しなかったけど、今の僕ってものすごい強運に恵《めぐ》まれてるんじゃないだろうか？　これまで生きてきて、今ほど充実《じゅうじつ》している時間があっただろうか？　そうだ、間違《まちが》いない。

おみくじで大吉《だいきち》を引いても不思議じゃないほどの幸運に恵《めぐ》まれているんだ！

とたんに自信が湧《わ》いてきて、僕は意気揚々《いきようよう》とおみくじを開封《かいふう》した。

「芽吹《めぶき》さん、僕に最高の運勢が来たら幸運を分けてあげるよ」

「…………!!　先生、自信たっぷりな顔をしてます！」

僕は余裕《よゆう》の気持ちでおみくじの紙を広げた。そこに書かれていたのは――。

「……凶《きょう》？」

その一文字を見つめたまま、頭の思考が停止した。

間違《まちが》いない。僕の目に『凶《きょう》』が焼き付いている。

「気を落とさないでください！　お告げをよく読んだほうがいいですよ！」

「うん……。そうだね……」

すっかり力が抜《ぬ》けたまま、僕はお告げのメッセージを読み上げた。

「『今年は色香にほんろうされ、悶絶《もんぜつ》し続ける一年となるでしょう。凶運《きょううん》を防ぐには、決して誘惑《ゆうわく》に惑《まど》わされず、快楽に溺《おぼ》れない強い信念が必要です。しかし、信念を持って決断する力があれば、未来を切り開ける一年となるでしょう』……だって」

「色香……、先生が、色香にほんろうされるなんて……」

わなわなと恐《おそ》ろしそうな表情で芽吹《めぶき》さんは震《ふる》えている。

彼女は両手で力強く僕の手を握《にぎ》りしめた。

「め、芽吹《めぶき》さん⁉」

ぐいっと顔を寄せ、息がかかるほどの間近で僕を見つめながら、勇気づける口調で言った。

「心配しないでください！　わたしが先生を色香の誘惑《ゆうわく》から守ってあげます！　誰《だれ》にも、先生が悶絶《もんぜつ》して苦しむことなんかさせませんから、安心してください！」

「ああ、うん。そうだね……」

どう考えても僕を色香でほんろうして悶絶《もんぜつ》させそうな相手は、すぐ目の前にいるとしか思えないのだけど……。

芽吹《めぶき》さんの手の感触《かんしょく》に鼓動《こどう》を速めながら、僕は冷静でいるのに必死だった。

＃

神社の境内《けいだい》には屋台の出店もあって、焼きそばやホットドッグなどの軽食が売られている。

歩きまわったし、おなかもすいてきたので一休みしたいところだ。ここは僕のおごりで四本入りのみたらし団子を一皿買って、二人で分けて食べることになった。

僕と芽吹《めぶき》さんは広場にあるベンチに座り、それぞれみたらし団子の串《くし》を手に持った。帰りも電車で揺《ゆ》られるのだから、今のうちに腹ごしらえだ。

「屋台のみたらし団子なんて、食べるの久しぶりです。懐《なつ》かしい味がするなあ〜」

芽吹《めぶき》さんは団子を一つ口に入れ、ほっぺをゆるめている。

「屋台も出てるなんて知らなかったな。お祭りみたいだよね」

参拝客で賑《にぎ》わう境内《けいだい》を眺《なが》めながら、僕は二つ、三つと団子を食べていった。

一本目の串《くし》の団子が残り一つになったとき、芽吹《めぶき》さんが気づいたように僕の顔を見る。

「先生、ほっぺにタレがついてますよ」

「え、ほんと？」

「まったくもう。先生ってば、ケーキもお団子も、丁寧《ていねい》に食べないとダメですからね」

言われてみればちょっと前のファミレスでも、ケーキのクリームを顔につけていたっけ。

芽吹《めぶき》さんは顔にタレをつけることもなく、膝《ひざ》にハンカチを敷《し》いて、タレが落ちても晴れ着が汚《よご》れないようにしている。さすがだなあ。

僕は汚《よご》れた顔を拭《ふ》くためハンカチを取り出そうとしたのだけど、困った。

右手はみたらし団子の串《くし》を持っていて、左手は皿を持ったままだ。皿には芽吹《めぶき》さんの二本目

の団子もあるから、食べかけの串《くし》を置くわけにもいかない。

「ほら先生、わたしが拭《ふ》いてあげますから」

両手がふさがって困っていると、芽吹《めぶき》さんが膝《ひざ》のハンカチを手に取った。

なんだか芽吹《めぶき》さんに拭《ふ》いてもらう癖《くせ》がついてしまいそうだ。

ところが今回はそう簡単にいかなかった。僕たちが持つのはタレの落ちやすいみたらし団子。お行儀《ぎょうぎ》のよいデザートと違《ちが》い、お祭りの熱気に満ちた屋台のお菓子《かし》だ。

芽吹《めぶき》さんが身を乗り出したとき、串《くし》からタレが落ちかかり、彼女はあわててハンカチを膝《ひざ》に戻《もど》す。

間一髪《かんいっぱつ》、落ちたタレをハンカチが受け止めて、晴れ着が汚《よご》れずに済んだ。

「う～ん、どうしましょう……」

芽吹《めぶき》さんは困った様子で僕のほっぺについたタレを見つめている。

そして意を決したように手を伸《の》ばし、人差し指で直接僕のほっぺに触《ふ》れた。

そのまま唇《くちびる》の端《はし》まで、タレをすくい取るように指先でなぞる。

二回、三回と繰《く》り返《かえ》し、タレが拭《ふ》き取《と》られると、ようやく彼女の指が離《はな》れた。

「もうタレをつけちゃダメですよ、先生」

「う、うん。気をつけます……」

芽吹《めぶき》さんはタレのついた指先を拭《ふ》こうとするけれど、片手しか使えず、晴れ着を汚《よご》すわけにもいかず、どうしたものか迷っている。

すると彼女は指先を口元に運び……舌を出してペロッとなめた。

その横顔がなんとも魅惑《みわく》的で、僕はつい呆然《ぼうぜん》と見つめてしまう。

芽吹《めぶき》さんは視線に気づいて、恥《は》ずかしそうに指を引っ込めた。

「は、はしたないですから、見ないでください……」

「ご、ごめん……」

僕は目を離《はな》し、気持ちを落ち着かせるように残っていた団子をパクリとほお張った。

もちろん、ほっぺにタレがつかないよう気をつけながら。

今年は色香にほんろうされないよう、注意しなければ。


初詣《はつもうで》も無事に終わり、僕たちは帰りの電車に乗っていた。

座席に並んで座り、僕は向かいの車窓から走りすぎてゆく町並みを眺《なが》めていた。

小さな川を渡《わた》ったとき、河原で子どもたちが凧《たこ》あげをしているのが見えた。今日はどの場所も元日の穏《おだ》やかな空気に包まれている。

座席に揺《ゆ》られていると、初詣《はつもうで》の疲《つか》れもあって少しばかり眠《ねむ》くなってくる。

僕の左隣《ひだりどなり》では芽吹《めぶき》さんが手のひらサイズのメモ帳を開いて、熱心に読みふけっていた。

そっと見ると、英単語の解説が書かれ、ところどころで彼女による手書きの英文や英単語が記入されている。英語学習用のポケット単語帳だ。

受験生としては、正月でものんびりしてばかりいられない。

家庭教師たる僕も教え子の前でだらけてはいけない。うっかり眠《ねむ》ってしまわないよう、自分のほっぺをつねって眠気《ねむけ》を覚ました。

電車が駅で停車すると、芽吹《めぶき》さんは急に気づいたように英単語帳から顔を上げた。

「…………!! もう駅に着きました!?」

「大丈夫《だいじょうぶ》。まだ降りる駅じゃないよ」

「よかった〜。乗り過ごしたかと思いました」

英単語帳に集中していて、電車が今どこを走っているか気づかなかったらしい。

「駅に着いたら教えるから、気にせず勉強していいよ」

「でも先生ウトウトしてましたし、駅に着いたとき、あわてて起きて一人で降りちゃうかも」

「いくら僕でも、そこまでおっちょこちょいじゃないと思うけどな……」

すると芽吹《めぶき》さんは右腕《みぎうで》を僕の左腕《ひだりうで》にまわし、腕《うで》を組んできた。

「これなら先生がどれだけおっちょこちょいでも、わたしのこと忘れずに済みますね」

ニコッと笑うと、彼女は腕組《うでぐ》みしたまま両手で英単語帳を広げ、学習を再開する。

ただでさえ隣《とな》り合《あ》って座っているのにますます密着して、僕は眠気《ねむけ》も吹《ふ》き飛《と》んだ。これでは芽吹《めぶき》さんを忘れるどころか、頭の中が彼女のことでいっぱいになってしまう。

『急停車します。ご注意ください』

車内にアナウンスが流れた。ほどなくして電車が急速にスピードを落とし、停車する。

列車が静止し、僕は踏《ふ》ん張《ば》るように投げ出されそうになる体を支えた。

同時に左側から、勢いづいた芽吹《めぶき》さんの体が体重をかけてくる。

彼女の横顔が僕の肩《かた》に乗り、頭部の髪《かみ》が僕のほっぺにこすりつけられた。

「芽吹《めぶき》さん、大丈夫《だいじょうぶ》かな？」

声をかけても、彼女は英単語に没頭《ぼっとう》したまま気づかない。

電車が再び走り出しても、彼女は僕に体重を預け、頭を肩《かた》に乗せたままでいる。

せっかく集中しているのにじゃまするのも悪く、動かずに座り続けるしかない。

これだけ密着したのでは高鳴る鼓動《こどう》が彼女に伝わるんじゃないかと心配になるけど、勉強中で気づかれないことを祈《いの》るしかない。

そのまま電車は走り続け、いくつかの停車駅を過ぎて、僕たちが下車する駅が近づいた。

「芽吹《めぶき》さん、そろそろ着くよ」

そっと肩《かた》を揺《ゆ》すると、彼女は現実世界へ戻《もど》されたようにハッとして顔を上げた。

左右を見まわそうとして、ようやく頭を僕の肩《かた》に乗せていたことに気づく。跳《と》びはねるように体を離《はな》し、組んでいた腕《うで》を引《ひ》き抜《ぬ》いた。

「すす、す、すみませんっ!!　せ、先生、ご迷惑《めいわく》をかけてしまいましたっ！」

「謝らなくていいよ。迷惑《めいわく》なんてしてないから」

「なんだか先生がいるのが当たり前な気がして……。でもおかげで、一人で電車やバスに乗るときよりも集中できました」

学習の成果に満足した様子で、彼女は英単語帳をパタンと閉じる。

電車が駅のホームに差しかかり、僕と芽吹《めぶき》さんは座席から立ち上がった。

電車から降りると、午後の日差しが暮れかかっている。時が流れるのは早いもので、今年の元日ももう過ぎゆこうとしていた。

僕にとって、そして芽吹《めぶき》さんにとって、今年はどんな一年になるのかな。

1月・2　大人になるってどんなこと？

一月の二週目になると、新年の晴れやかな雰囲気《ふんいき》も薄《うす》らぎ、日常が戻《もど》ってきた。

冬休みも最後の日。今日から僕たちは、芽吹《めぶき》さんの家で家庭教師の授業の再開だ。

彼女も元日の晴れ着姿からセーラー服姿になっている。

「先生、今年も授業をお願いします。晴れ着は来年までお預けですね」

授業の開始前、こたつで向かい合って座りながら芽吹《めぶき》さんは言った。

「そういえば今日、外で晴れ着姿の人をたくさん見かけたよ」

「成人の日ですからね。先生の晴れ着姿を見るのは、二〇歳になるまでお預けかなあ」

「二〇歳までに晴れ着を用意しないと。……でも今って、一八歳で成人だよね？」

先日見たニュースを思い出した。法律が変わり、二〇二二年の四月から成人年齢《ねんれい》が一八歳に引き下げられているんだ。

「市の成人式は二〇歳の人が対象だそうですけど、法律上は一八歳で大人という扱《あつか》いになるんですよね」

二〇歳と聞くと、まだ遠い未来の話に思える。

けれど一八歳となると、あと二年。高校生のうちに達する年齢《ねんれい》だ。

「そんな早く大人になると言われても、ピンとこないよね。社会的にはできることが増えるんだろうけど」

「先生は大人になったらしてみたいこととか、ありますか？」

「大人になったら、ねえ……」

以前見たニュースでは、こんな解説がされていた。

いろいろな契約《けいやく》が自分一人で可能になるとか、国家資格が取れるようになるとか、逆に女性は一八歳にならないと結婚《けっこん》できなくなったとか。

しかしどれも、今の僕には具体的な予定のないものだ。

考えていると、ふと僕の頭にある言葉が思《おも》い浮《う》かんだ。

昔、スマホでネットを見ていて、どこかのサイトに迷《まよ》い込んだときに表示された文章だ。

『ここから先は18歳未満は禁止です。あなたは18歳以上ですか？』

と、赤い警告マークとともに書かれていた。

当時は何やら危険なサイトに思えて、あとからお金を取られるんじゃないかと不安になって、ブラウザを閉じてしまったのだけど。

今では、あの先に何があったのか想像できる。

警告文のページには、やたらきわどい水着姿の美女の写真が載《の》っていた。

すなわち、あの『18歳未満禁止』の先にあるのは、エッチなコンテンツ。

美女たちのあられもない姿がこれでもかと詰《つ》まった夢のような……じゃなかった、イケナイ場所が広がっているに違《ちが》いない！

実際は、高校生なら隠《かく》れてそういうのを見てる人もいるはず。でも一八歳になれば、隠《かく》れることなく堂々と見に行けるんだ！

「……先生？　先生ってば！」

「うわあああああっ⁉」

突然《とつぜん》すぐそばで芽吹《めぶき》さんの声がして、思わず叫《さけ》び声《ごえ》をあげた。

いつの間にか彼女は僕のすぐ隣《となり》に来て、じーっと不思議そうな目で見つめている。

「どうしたんですか？　なんか……ニヤニヤ変な笑いを浮《う》かべてましたよ」

「そそ、そう？　べ、別に決して、大人になったら変なことしようなんて思ってないよ！」

「やっぱり先生……大人になったら、いけないことしたいって考えてるんですね？」

「ち、違《ちが》うよ！　全然そんなこと、これっぽっちも考えてないからっ！」

「そんなに否定するなんて、ますますあやしいなあ」

「わかった！　約束する！　大人になっても、そういうことは絶対にしない！」

すると芽吹《めぶき》さんは、ちょっとあわてた様子で首を横に振《ふ》った。

「いえ先生、絶対にダメなんて言いません！　あまり夢中になりすぎないほうがいいと思っただけですから」

「だって、みんなしていることですし……。先生が興味を持っても、おかしくないですよね。」

「そうなの？」

――ただ、ちょっと心配になっちゃって」

「大丈夫《だいじょうぶ》だよ、芽吹《めぶき》さん。そんなに不安がるほど大したものじゃないだろうし」

芽吹《めぶき》さんは名案を思いついたかのように手をたたいた。

「でしたら、わたしが大人になったら先生とご一緒《いっしょ》します。二人で楽しみませんか？」

「えっ？　僕たち二人で？」

突然《とつぜん》の提案に混乱した。芽吹《めぶき》さんが僕と、二人でイケナイことをしてくれる!?

「そんな、イケナイことってわかってるのに」

「わたしも、ちょっとくらいなら、いいかなって。先生となら……きっと気持ちよくなれそうな気がしますから……」

「僕と……気持ちよくなれる……」

いけない、そんなことを考えてはいけない！

芽吹《めぶき》さんは教え子で、僕は家庭教師。そんな関係になるなんて、許されるはずがない！

……でも僕たちの関係は現在のもの。大人になるころには、変化している可能性だってある。

そう、大人と大人の関係に……。

「先生。わたしが立てなくなったら、ちゃんと助けてくれないとダメですからね」

「も、もちろん……。芽吹《めぶき》さん、立てなくなるほど、するつもりなんだ……」

「経験のないことですから、自分でもどうなってしまうか、わからなくて……」

いつの間にか彼女の顔が赤く染まっている。そればかりか呼吸まで荒《あら》くなって、はあはあと大きく息をついている。

「落ち着いて芽吹《めぶき》さん！　大人になったらの話だから！　僕たちにはまだ早すぎるというか、い、イケナイことだから！」

「わ、わかってます。大人になったら、ですよね……。でもわたし、想像しただけで変な気分になりそうで……。やっぱり刺激《しげき》が強すぎるのかも……」

「顔が真っ赤だよ……」

「やっぱりわたし、大人になっても、あまり強くなれないかも……」

芽吹《めぶき》さんの言葉の意味が理解しきれず、聞き返した。

「強くなれないって？」

「たぶんわたし、あまり強くないと思うんです。匂《にお》いだけでも酔《よ》ってしまいそうで」

「……酔《よ》う？　あの、芽吹《めぶき》さんが言ってるのって」

「もちろんお酒ですよ。先生、一人だとお酒を飲み過ぎないか心配で。わたしが一緒《いっしょ》にお酒を楽しめば、飲み過ぎないように注意してあげられると思うんです。でも、わたしはお酒に強くなれなそうですから、先に酔《よ》って立てなくなっちゃうかも……」

「えっと、お酒は今でも二〇歳からじゃないと飲めないんだ」

「えっ、そうでしたっけ？」

「お酒やタバコは健康に影響《えいきょう》するから、これまでどおり二〇歳未満は禁止なんだよ」

「す、すみません。誤解してました。教えてもらえてよかったです……」

芽吹《めぶき》さんは胸をなで下ろし、それから気づいたように聞いた。

「あれ？　でしたら先生が考えてた、大人になってしたいことって、いったい……？」

「さて芽吹《めぶき》さん、そろそろ授業を始めようか」

僕はごまかすように参考書を開き、無理やり授業を開始した。

＃

今年最初の授業も無事に終了《しゅうりょう》すると、僕は今後の授業の方針について話した。

「それでは芽吹《めぶき》さん。受験まであと一か月と少し。それまでの期間は今までの仕上げにしよう。特に、出題が予想される応用問題へしっかり対処していくからね」

「はい！　本日もありがとうございました！」

芽吹《めぶき》さんは元気よくうなずいた。

今、この時期にもやる気に満ちているのは、家庭教師として実に頼《たの》もしい。

「ところで先生、お願いがあるんですけど、いいでしょうか？」

「構わないよ。どんなお願いかな？」

芽吹《めぶき》さんはスマホのアプリを起動して、画面を僕のほうに向ける。のぞき込むと、制服を着た男女高校生のイラストが描《えが》かれていた。

「『ARバーチャル制服』？」

「カメラで人物を写して、その上に制服の画像を重ねるんです。全国の中学や高校と提携《ていけい》していて、いろんな制服を試着できるんですよ。例えばこの高校の制服とか……」

芽吹《めぶき》さんはスマホをタップして、近畿地方《きんきちほう》にある高校のブレザーを表示させた。薄茶色《うすちゃ》で大人っぽい印象の上着に、緑と白のチェック模様が可愛《かわい》いスカート。襟元《えりもと》には赤い蝶《ちょう》ネクタイが結ばれている。

「試《ため》してみたいんですけど、試着して似合わなかったらと不安で……。高校の制服を着たら、子どもっぽく見えそうな気がするんです。それで先生に、高校の制服を着ても変にならないか、確かめてもらいたくて」

「それなら僕が写真を撮《と》ろうか？　制服画像に合わせて立つ必要があるから、自撮《じど》りだと難しそうだし」

「お願いします！」

芽吹《めぶき》さんは僕にスマホを渡《わた》し、部屋の壁際《かべぎわ》に立った。

僕は彼女の正面に立ち、スマホのカメラを構える。

画面に制服の画像が表示されているので、彼女の姿に重なるようにカメラを動かした。

「それじゃあ撮《と》るよ。笑って」

芽吹《めぶき》さんはニコッと可愛《かわい》らしい笑《え》みを浮《う》かべた。

シャッターをパチリ。撮影《さつえい》された画像には、薄茶《うすちゃ》のブレザーを着た芽吹《めぶき》さんが見事に写し出されている。

「どうでしょうか？　変な格好に見えませんか？」

「とんでもない！　想像以上に似合ってる！　大人っぽいブレザーもすてきだ」

「よかった……。先生がそう言ってくれるなら、本当にすてきってことですよね」

「もちろんお世辞じゃないけど……僕の言葉、そこまで信用してくれるの？」

「だって先生、わたしが新しい服を着たときは、いつも真剣《しんけん》に見てくれるじゃないですか」

「ま、まあ真剣《しんけん》というか、新鮮《しんせん》だなと感じてるだけだよ」

愛想笑《あいそわら》いを浮《う》かべてごまかした。

彼女の新しい服装を見るたびに可愛《かわい》らしさと美しさに目を奪《うば》われてるだなんて、言えない。

「そうだ！　今度は先生が、わたしに似合う制服を選んでもらえませんか!?　わたしに着せてみたい制服を教えてください！」

芽吹《めぶき》さんに着せたい制服……。

僕はアプリに目を向け、全国各地の学校から登録された女子用の制服を順に見ていった。オーソドックスなセーラー服に、モダンなブレザー服、中には、まるでアイドルが着そうなキュートな制服まで存在している。

今のセーラー服ですらとんでもない美少女っぷりなのに、いろんな制服をよりどりみどりに着《き》せ替えたら、僕の理性は保つんだろうか？

どの制服も芽吹《めぶき》さんの新鮮《しんせん》な可愛《かわい》らしさが引き出されそうで、一つに決められない。

夢中で制服を選んでいる僕に、芽吹《めぶき》さんが不安そうに聞いた。

「やっぱり、わたしに似合う制服、無いでしょうか？」

「逆だよ！　どれも似合いそうで選べないんだ。どの制服もそれぞれ異なるよさがあるから、どれを着ても芽吹《めぶき》さんの魅力《みりょく》を引き出せると思う。僕に、芽吹《めぶき》さんに着てほしい制服を選べというなら……全部の制服を着てほしい‼」

芽吹《めぶき》さんは、ポッとほっぺを赤くしてうつむいた。

「そ、それは先生、欲張りすぎです……」

……しまった。やってしまった。

芽吹《めぶき》さんの様々な制服姿を想像するあまり、つい本音で叫《さけ》んでしまったじゃないか！

「そ、そうだ、芽吹《めぶき》さん。このアプリに時乃崎《ときのさき》学園の制服はないの？」

「確認《かくにん》しましたけど、登録されてないんです。試着したかったんですけど……」

「それは残念だね。でも、もうすぐ実際に着られるさ」

「そうですね。本当に着るときの楽しみに取っておきます。時乃崎《ときのさき》学園のブレザー、似合うといいなあ。――ね、先生」

「うん？」

「わたしが時乃崎《ときのさき》学園の制服を着たら、一番に見てくれませんか？　新しい制服が似合うか、先生の目で確かめてほしいんです。先生なら真剣《しんけん》に見てくれますから」

「わかった。やっぱり僕が一番着てほしいのは、芽吹《めぶき》さんの志望校の制服だよ」

「受験が終わるころにはもう少し大人になれますから、高校の制服が似合うと嬉《うれ》しいです」

ふと、彼女の言葉で気がついた。……ということは。

もう少し大人になる。

「そういえばちゃんと聞いてなかったけど、芽吹《めぶき》さんの誕生日って、もしかして……」

「もうすぐなんですよ。二月五日がわたしの一五歳の誕生日なんです！」

「あと一か月もないじゃないか。危なかった……。気づかずに過ぎてしまうところだったよ。それなら誕生日のお祝いをしないとね」

「いえそんな！　受験直前で、先生だって大変なときなんです。お祝いの気持ちをいただけるだけでも嬉《うれ》しいですから」

「もちろん今は受験が一番大切だってことは忘れないよ。負担にならないような、ささやかなお祝いを考えてみる。芽吹《めぶき》さんがまた一つ大人になって、受験へ立ち向かう日なんだ。お祝いしたってバチは当たらないよ」

　芽吹《めぶき》さんは照れつつも嬉《うれ》しそうな笑《え》みを浮《う》かべた。

「は、はい……。わたしも先生にお祝いしてもらえたら、自信がつくような気がします」

「自信って？」

「子どものころ、自分の誕生日があまり好きじゃなかったんです。学年でも遅《おそ》くて、まわりのみんなが誕生日を迎《むか》えるのに、自分だけ取り残されていくように思えて……」

「言われてみれば、四月に生まれた子と三月に生まれた子だと、学年は同じでも一年近く歳《とし》が離《はな》れてるんだよね」

「それでわたし、自分はなかなか大人になれないような、そんな気がしてたんです」

「僕は六月生まれだけど、自分が早く大人になれたなんて考えたことないなあ。むしろ誕生日が近いのに一学年上の人のほうが、先を進んでるように感じてたよ」

「自分で気がつかないだけですよ。先生、わたしには大人っぽく見えます！」

　もっとも、彼女からそう見えるのも無理ないのかもしれない。

　六月生まれの僕は、今は一六歳。彼女は現在一四歳だから、学年は一つ下でも、年齢《ねんれい》は二歳《さい》離《はな》れてることになる。

「誕生日だけじゃないですよ。お姉ちゃんのことだって、わたしが小さなころから大人に見えてましたから」

芽吹《めぶき》さんと姉のあかりさんとは、一〇歳近く歳《とし》が離《はな》れてる。確かに小さな子の目には、生まれたときから相手がずっと大人に見えていただろう。

「それでわたし、みんなより人一倍がんばらなきゃって、子どものときから感じていたんです。そうしてやっと一人前になれるんだって」

「それでも僕の目には、芽吹《めぶき》さんは少しも子どもっぽく見えないよ。体育祭のときなんて、あんなに活躍《かつやく》してたんだ。一人前どころか、もう一・五人前くらいだよ」

「そ、それは言い過ぎですよお……」

「じゃあ一・二五人前くらいだ。これ以上は下げられないな」

芽吹《めぶき》さんは恥《は》ずかしそうに、きゅーっと肩《かた》を縮こまらせてうつむく。

「ううう……。でしたら先生、これからはわたしのこと、ちゃんと大人扱《あつか》いしてくださいね」

「もちろん、子《こ》ども扱《あつか》いなんてしてないさ」

「わたしと先生は、大人の関係ということですね」

「ま、まあ大人同士の関係なら、そういう表現になるのかな」

「それでは、今から大人っぽいこと、してもいいですか？」

芽吹《めぶき》さんはうつむいたまま、上目づかいに僕を見た。

＃

芽吹《めぶき》さん後ろ手に両手を組み、妙《みょう》に色気を感じる目で僕を見ている。

「大人っぽいことって、どんな？」

「ふふ。先生、目を閉じてください」

「め、目を閉じるって、なんで……？」

「あれ？　先生、声が震《ふる》えてますよ。大人の世界が怖《こわ》いのかなあ」

「ここ、怖《こわ》くなんかないさ。──これでいい？」

言われたとおり、僕はキュッと両目を閉じた。

芽吹《めぶき》さんが一歩前に出て、間近に迫《せま》る気配がする。

それこそ、彼女の胸が僕の体に当たってしまいそうなほどに。

さらに彼女は背伸《せの》びして身を乗り出し、少しでも動いたら触《ふ》れてしまいそうな至近距離《きょり》に顔を寄せる。

「大人にしてあげますからね、先生……」

息が拭《ふ》きかかるほど近く、耳元でささやく声がした。

脳の奥までつらぬくような甘く鋭《するど》い声に、背筋がゾクゾクして張《は》り詰《つ》める。

彼女は両手を僕の首筋にまわし、なでるように指先を襟元《えりもと》にすべらせた。

そして僕の制服のネクタイに手をかけると、無防備にさせるかのようにほどいていく。

「ま、待って、芽吹《めぶき》さん！　やっぱりこういうのは、せめて一八歳になってから……！」

「待ってたら、いつまでも大人になれませんよ？」

「そ……そうだけど……っ‼」

「目、開けちゃダメ」

僕は開きかけた目を再びつむった。

もはや何も言えず、身動きも取れないまま、芽吹《めぶき》さんの手に身を任せるしかできない。

そのまま彼女は、僕の胸の前で両手を動かしている。何をしているのか、何をされるのか、目を閉じている僕には想像もできない。

芽吹《めぶき》さんはその両手で、大人への扉《とびら》をこじ開けてしまうのか……！

やがて彼女の手が僕の首のあたりに触《ふ》れて、ネクタイが軽く引っ張られた。

「はい、できました。目を開けていいですよ」

「……え、もう終わり？」

「見てください。先生のネクタイ、きちんと結び直しましたから」

「ネクタイ……？」

自分の体を見下ろしながら制服のネクタイに触《ふ》れると、きれいな形に整えられている。

「バーチャル制服アプリにネクタイの締《し》め方の講座があったんです。それを見てたから、先生のネクタイが崩《くず》れてるのが気になって」

「だったら目を閉じてる必要ないような」

「結び方を間違《まちが》えたら恥《は》ずかしいですし」

「もしかして大人っぽいことって、ネクタイを直してくれたこと？」

「いいですか、先生。ずぼらな結び方してないで、きれいにネクタイを結ばないと、大人には見えませんよ」

「は、はい……。これから気をつけます……」

いつの間にか僕のほうが子ども扱《あつか》いされてるみたいだ。

大人になるって、難しい……。


帰りの時間になり、僕は芽吹《めぶき》さんの部屋を出て玄関《げんかん》に向かった。

彼女と一緒《いっしょ》に階段を下りていくと、廊下《ろうか》で芽吹《めぶき》さんの母親と出くわした。

髪《かみ》をボブカットに整えた顔立ちは、四〇代の後半とは感じさせない美貌《びぼう》を保っている。

かつてはテレビにも出演していたタレントだけあって、そのたたずまいは今も上品だ。

夕食の準備前なのか、大きなエプロンを着けて料理の本を持っている。

「こ、こんばんは！　ひなたさんの授業でおじゃましました」

僕は緊張《きんちょう》しながら挨拶《あいさつ》をした。

「おつかれさま、若葉野《わかばの》さん」

素っ気ない口調でそれだけを言うと、母親は再び歩き出して僕たちの前を通り過ぎる。

キッチンの扉《とびら》の向こうに姿が消えると、思わずホッと胸をなで下ろした。

「先生、知ってます？」

芽吹《めぶき》さんがそっと耳打ちするように小声で言った。

「お母さん、最近わたしと話してるときも、先生の名前を呼ぶようになったんですよ。今までは『家庭教師の人』みたいな呼び方だったのに」

「そうなんだ。ちょっとでも認めてくれたのなら、嬉《うれ》しいなあ」

「遅《おそ》すぎるくらいですよ。先生が来てくれるようになってから、四か月以上も経《た》ってるんですから。今ごろになってやっと先生を認めるなんて」

芽吹《めぶき》さんはぷんぷんと怒《おこ》ってみせる。

しかし今、僕の心に響《ひび》いたのは、彼女が言った月日のほうだった。

「もう四か月か。早いなあ」

「そうですよね……。このままだと、入試の日もあっという間に来ちゃいます」

入試本番まで、あと一か月と少し。本格的な受験勉強の開始を去年の九月とすれば、およそ六か月の期間のうち四か月が経過したことになる。

それは三分の二の期間。割合に直せば、六・六六割。もう一月の二週目に入っているから、実際には約七割。

僕の家庭教師としての生活も、七割ほどが過ぎたということだ。

こうして数字にして表すと、その事実につい考え込んでしまう。

僕は家庭教師として、七割以上の力を出せただろうか？

芽吹《めぶき》さんに対して、その月日にふさわしい授業ができただろうか？

そして家庭教師の契約《けいやく》期間が過ぎたあと、僕はもう、芽吹《めぶき》さんの授業にこの家を訪《おとず》れることも、帰りがけに彼女に見送られることも無くなる……。

「先生、どうかしましたか？　考えごとみたいな顔して」

「なんでもないよ。時が過ぎるのは早いなあって感じてさ」

「本当に、先生の授業は楽しくて、時間があっという間に経《た》ってしまいます」

芽吹《めぶき》さんの笑顔《えがお》に、僕はほほ笑《え》みを返した。

しかし僕が感じた時の早さは、彼女が言うようなポジティブなものではない。

毎週の家庭教師の授業も、今のように芽吹《めぶき》さんと過ごせる時間も、終わりが来るのだという当たり前の事実を、意識せずにはいられなかった。

1月・3　雪が積もった日

朝、ベッドの中で目を覚ますと、部屋の空気が一段と冷えていた。

暖かい毛布から顔を出すと、カーテンを透《す》かして見える外の光が妙《みょう》に明るい。

窓際《まどぎわ》に立ってカーテンを引くと一面がまっ白だ。

昨夜から降り始めた雪は、一晩中衰《おとろ》えなかったらしい。

街はすっかり雪景色に覆《おお》われていた。


午後には少し勢いが収まったものの、雪はまだ降り続いている。

しかし雪の日だろうと、家庭教師の授業を止めることはできない。高校での授業が終わると、僕はその足で芽吹《めぶき》さんの家に向かった。

道路は溶《と》けた雪でぬかるんで、移動のバスは徐行《じょこう》運転。時間に遅《おく》れそうだと芽吹《めぶき》さんに連絡《れんらく》を入れたけど、授業の時間が減ってしまいそうで、座席に揺《ゆ》られながらやきもきしてしまう。

バスを降りて彼女の家へ向かうときも、凍結《とうけつ》した道に注意して歩かなければならない。

傘《かさ》を差しながら、一歩ずつ踏《ふ》みしめるように進む。普段《ふだん》なら五分くらいでたどり着く道も、今日は倍以上かかってしまいそうだ。

冷たい風が吹《ふ》き抜《ぬ》けて僕の首筋を凍《こご》えさせ、思わず身震《みぶる》いした。

「寒っ……！」

マフラーが乱れて、隙間《すきま》から冷えた空気が入り込んでいる。

僕は立ち止まり、いったん首からマフラーを外した。

巻き直そうとするものの、鞄《かばん》を肩《かた》にかけているうえ、傘《かさ》を持っているからやりにくい。

再び突風《とっぷう》が吹《ふ》いて、マフラーが吹《ふ》き飛《と》ばされてしまった。

「待って！」

マフラーは宙を舞《ま》い、少し離《はな》れた道路に落ちて止まる。

拾い上げると、道のぬかるみでびっしょりと濡《ぬ》れていた。

しかたなくマフラーを畳《たた》んで小脇《こわき》に抱《かか》え、再び歩き始めた。

「うぅ……寒い……」

首筋から体温が逃《に》げてしまいそうで、冬眠《とうみん》中の亀《かめ》みたいに縮こまる。

「せんせーい！」

呼びかける声に気づくと、道の前方から向かってくる姿があった。

傘《かさ》を差し、セーラー服の上にコートを着て、下は長靴《ながぐつ》を履《は》いている。

彼女の首筋には、赤いチェック柄《がら》のマフラーが巻かれていた。大きめのマフラーが口元まで温かそうに包んでいる。

「芽吹《めぶき》さん！」

「なかなか先生が到着《とうちゃく》しないから、途中《とちゅう》で転んでしまったんじゃないかと心配で……」

「迎《むか》えに来てくれたんだ。ありがとう。転ばないように歩いてたから、遅《おそ》くなっちゃったよ」

彼女は安心した表情で、白く大きな息をはいた。

「先生、マフラーを巻かないんですか？」

「さっき落として、溶《と》けた雪で濡《ぬ》れたんだ」

「今日は寒いですし、風邪《かぜ》をひいてしまいますよ。わたしのマフラーを使ってください」

自分のマフラーを取ろうとする彼女を押しとどめた。

「芽吹《めぶき》さんこそ寒くなるよ。僕は大丈夫《だいじょうぶ》。あと少しの距離《きょり》だし」

そう言った瞬間《しゅんかん》、またも冷たい突風《とっぷう》が吹《ふ》いて僕の首筋から体温を奪《うば》っていく。

「うぅ……さ、寒いなあ……」

「ほらもう、無理しないでください。——では先生、こうしませんか？」

芽吹《めぶき》さんは自分の傘《かさ》を折りたたみ、僕の傘《かさ》の中に入ってくる。

そのままぐっと顔を寄せ、マフラーの片方を伸《の》ばして僕の首筋に巻いた。

「このマフラー、大きめなんです。こうして一緒《いっしょ》に使えば二人とも温かいですよ」

「う、うん。温かいけど……」

肌《はだ》のぬくもりが残るマフラーに首を包まれながら、真正面に立つ彼女を見つめ返した。

芽吹《めぶき》さんは密着するほど近くに立ち、息がかかるほどの至近距離《きょり》に顔を寄せて、二人で一緒《いっしょ》にマフラーを巻いている。

「向かい合ったままじゃ歩けないよね……」

「そ、そうですね……」

「…………」

「…………」

僕と芽吹《めぶき》さんは雪が降る中、傘《かさ》の下で立《た》ち尽《つ》くしたままお互《たが》いの顔を見つめてしまう。

「そそ、それでは、こうしたらどうでしょうか？」

芽吹《めぶき》さんは僕のすぐ左横に移動して正面を向いた。

しかし頭を離《はな》したらマフラーがほどけそうで、どうしてもお互《たが》いの横顔が寄ってしまう。

「これなら歩けるのではないでしょうか」

「もう少し離《はな》れないと歩きづらいような」

「少しくらい歩きにくくても平気ですよ。家までもうすぐですから。それでは先生、早く家に行きましょう」

芽吹《めぶき》さんがゆっくりと足を踏《ふ》み出《だ》し、遅《おく》れないように僕も足を運ぶ。

まるで、足の代わりに首のマフラーで結ばれた二人三脚《ににんさんきゃく》だ。

前に立っている彼女に雪がかからないよう、右手に持った傘《かさ》を二人の頭上にかかげた。

すると芽吹《めぶき》さんは、僕の手袋《てぶくろ》を見て感激の声をあげた。

「先生、クリスマスプレゼントの手袋《てぶくろ》、使ってくれてるんですね！」

「この手袋《てぶくろ》、すごく温かくて使いやすいんだ。芽吹《めぶき》さんが選んでくれただけのことはあるね」

彼女は嬉《うれ》しそうに、傘《かさ》を持つ僕の手に手を重ねた。

そのまま一緒《いっしょ》に傘《かさ》を持ち、僕たちは芽吹《めぶき》さんの家に向かって歩き続ける。

しかし、やはり無理な体勢だったらしい。

「ひゃっ⁉」

凍《こお》った地面を踏《ふ》みしめたらしく、彼女は体のバランスを崩《くず》しそうになった。

僕はとっさに彼女の肩《かた》に左手を伸《の》ばし、転ばないように支える。

「す、すみませんっ……。助かりました、先生」

「道があちこち凍《こお》ってるから気をつけて」

「慎重《しんちょう》に進みましょう。お互《たが》いに支え合っていれば、転ばずに歩けますよ」

そう言いながら彼女は右手を僕の背にまわした。

僕は右手に傘《かさ》を持ち、左手で彼女の肩《かた》を抱《だ》きかかえている。

マフラーでつながれた二人の横顔は、今にもくっついてしまいそうだ。

「あの、一つ疑問なんだけど……」

「なんでしょうか？」

「マフラーを外したほうが歩きやすいような……」

「なんですか？　先生は、このほうがあったかいって思わないんですか？」

「そりゃ、思うけど……」

「だったらいいじゃないですか。このまま進みましょう」

そうして僕と芽吹《めぶき》さんは一緒《いっしょ》に傘《かさ》を持ち、もう片方の腕《うで》でお互《たが》いの体を支えながら、真横にぴったりくっついて歩き出した。

二人の歩調を合わせるように一歩、また一歩。

普通《ふつう》に歩けば三分もかからない道を、その倍……いや四倍以上もの時間をかけて進む。

それでもマフラーと、寄《よ》り添《そ》う芽吹《めぶき》さんの体温で、少しも寒さを感じない。

雪の降る住宅街は人通りもほとんどなく、この白い世界に二人だけになった気分だ。

やがて角を曲がり、彼女の家の玄関《げんかん》が見えたところで、芽吹《めぶき》さんがつぶやいた。

「着いちゃいましたね……」

「……なんか、がっかりした声だね」

「そっ、そんなことありません！　あと一息ですからね、先生！　家に入ればあったまりますから、急がずゆっくり進みましょう」

芽吹《めぶき》さんはますます慎重《しんちょう》な足取りになり、僕たちは最後の道のりを一歩ずつ踏《ふ》みしめるように歩き続けた。

#

芽吹《めぶき》さんの家の玄関《げんかん》に着いて、ようやく僕は彼女の体から手を離《はな》した。

首に巻いていたマフラーの片側をほどき、芽吹《めぶき》さんに手渡《てわた》す。

「ありがとう。おかげでずっと温かかったよ」

家の玄関《げんかん》に入ると暖房《だんぼう》が効いていて、突《つ》き刺《さ》さるように冷たい冬の空気から解放された。

「どうぞ先生、上がってください」

「おじゃまします」

玄関《げんかん》に傘《かさ》を置いて靴《くつ》を脱《ぬ》ぎ、客用のスリッパに履《は》き替《か》える。

「あっ、やっぱり待ってください」

廊下《ろうか》に上がろうとしたところで、芽吹《めぶき》さんが僕を制した。

彼女は自分のコートのボタンに手をかけ、上から手早く外していく。

「ここでコートを脱《ぬ》ぎましょう！　雪で濡《ぬ》れてますから、脱衣所《だついじょ》で乾《かわ》かします」

見ると、僕のコートの肩《かた》にもうっすらと雪が積もっている。このまま家に上がったら屋内を濡《ぬ》らしそうだ。

僕はコートを脱《ぬ》ぎ、雪をはたき落としてから芽吹《めぶき》さんに手渡《てわた》した。

「先生のマフラーも渡《わた》してください」

「マフラーは地面のぬかるみに落として汚《よご》れたんだ。今日は使わないから、適当な場所に置いてくれればいいよ」

「濡《ぬ》れたままじゃ持って帰るのも大変です。コートと一緒《いっしょ》に干せば少しは乾《かわ》きますから」

「じゃあ、お願いしてもいいかな」

「それでは、先生は先に部屋へ行っていてくださいね」

そう言うと、二人分のコートとマフラーを抱《かか》えてパタパタと廊下《ろうか》を駆《か》けていく。

僕は一人、階段を上って芽吹《めぶき》さんの部屋へ向かった。


今日の授業では、参考書に載《の》っている歴史年表を前に日本史の復習をしていた。

「――このように本能寺《ほんのうじ》の変《へん》が起きた結果、織田信長《おだのぶなが》に代わって豊臣秀吉《とよとみひでよし》が天下統一を果たすことになったんだ」

「豊臣秀吉《とよとみひでよし》って、織田信長《おだのぶなが》に仕えていたんですよね」

「奉公《ほうこう》していたころは木下藤吉郎《きのしたとうきちろう》と名乗ってたそうだね」

「全然別の名前になるなんて、不思議な感じがします」

バスが遅《おく》れたこともあって、授業開始は予定より三〇分遅《おく》れ。終了《しゅうりょう》も六時半過ぎと、いつもより遅《おそ》くなった。授業も普段《ふだん》より短めで、どうしても駆《か》け足《あし》気味になってしまう。

「よし、今日はここまでにしよう。おつかれさま、芽吹《めぶき》さん」

「ありがとうございました。先生もおつかれさまです」

こたつの両側から互《たが》いに一礼して授業を終える。

もっと続けたいけど、もうすぐ夕食の時刻だ。このあたりで切り上げるしかない。

「さて、遅《おそ》くなったし今日はこれで失礼するね」

いつものように壁《かべ》のハンガーのほうを見て、戸惑《とまど》った。

「コートが無い……？」

「そういえば、コートとマフラーは脱衣《だつい》所で乾《かわ》かしてましたね。すぐ持ってきます」

芽吹《めぶき》さんは駆《か》け足《あし》で部屋を出て行く。

部屋に一人で残った僕は、することもなく床《ゆか》に座って待ち続けた。

しかし、コートやマフラーを取りに行っただけにしては妙《みよう》に遅《おそ》い。

何かあったのか心配し始めたとき、やっと廊下《ろうか》から足音が聞こえて芽吹《めぶき》さんが戻《もど》ってきた。

彼女は僕のコートを抱《かか》えているけど、マフラーが見当たらない。

「あれ？　僕のマフラーは？」

「思ったより濡《ぬ》れていたから、まだだいぶ湿《しめ》ってるんです。乾燥《かんそう》機にかけると傷んでしまいそうですし……」

「今日は授業時間が短かったからね。気にしなくていいよ。脇《わき》に抱《かか》えて持って帰ろう」

「でも先生、マフラーをしないと帰り道が寒いですよ」

「心配しないで。帰り道くらい平気だよ」

「いえ、ちゃんと温かくして帰ってください」

「と言われても、どうすれば……」

「わたしのマフラーをお貸ししますから、来週までそれを使っていただけますか？」

「芽吹《めぶき》さんが使うマフラーは大丈夫《だいじょうぶ》なの？　替《か》えのマフラーがあるならいいけど」

「あるにはあるんですが、小学生のころのマフラーだから少し小さいんです」

「だったら芽吹《めぶき》さんこそ無理しないほうがいいよ」

「それでお願いなんですが、代わりに来週まで先生のマフラーを使わせてもらえればと……」

「マフラーを交換《こうかん》するってこと？」

「ダメでしょうか？」

「いやダメじゃないけど、そこまでしなくても……」

「いいですか、先生。今は受験前の大切な時期なんです。マフラーもしないで帰って、風邪《かぜ》なんてひいちゃダメですからね」

　彼女はピッと人差し指を立てて、生活指導教諭《きょうゆ》みたいな表情で言う。

　だからといって、芽吹《めぶき》さんが普段《ふだん》身に着けているマフラーを一週間も着用するなんて……。

　それだけで胸が高鳴って落ち着かなくなってしまう。

とはいえ、かたくなに拒否《きょひ》しても、かえって彼女のことを意識してるみたいだ。

「わ、わかった。芽吹《めぶき》さんが貸してくれるなら、ありがたく使わせてもらうことにしよう」

「あのマフラー、温かかったでしょう？　ぬくぬくしてくださいね！」

芽吹《めぶき》さんは嬉《うれ》しそうにほほ笑《え》んだ。

いくら身に着けるものだとしても、マフラーなんて体の一部に巻くだけ。彼女の肌《はだ》に触《ふ》れるものだからといって、ドキドキする必要などない。落ち着いて使えばいいだけだ。

「それでは、今、マフラーを出しますね」

「……出す？」

きょとんとする僕の目の前で、芽吹《めぶき》さんは突然《とつぜん》、セーラー服のファスナーに手をかけた。

「め、芽吹《めぶき》さん⁉　ぬ、脱《ぬ》ぐんじゃありません！　なんで急に脱《ぬ》ぎ出して……⁉」

「ひゃ⁉　ぬ、脱ぐんじゃありません！　先生はあっち向いてて！」

わけもわからず、僕は反対側を向いた。

するすると彼女が制服をはだけさせる音が室内に響《ひび》く。

「先生、もういいですよ。冷えないうちにマフラーを巻いてくださいね」

振《ふ》り返《かえ》ると、芽吹《めぶき》さんは元どおりに制服を着て、その両手にマフラーを持っている。

まるで手品のような出来事に呆然《ぼうぜん》としてしまった。

「そのマフラー、どこから？」

「冷たいマフラーを貸すわけにいきませんから、服の中に入れて温めておいたんです」

「芽吹《めぶき》さん……。そこまでして僕のためにマフラーを温めてくれるなんて……」

僕は驚《おどろ》きのあまり彼女をまっすぐに見つめながら――。

木下藤吉郎《きのしたとうきちろう》かっ⁉

と、心の中でツッコミを入れずにいられなかった。

かつて、織田信長《おだのぶなが》に奉公《ほうこう》していた木下藤吉郎《きのしたとうきちろう》――のちの豊臣秀吉《とよとみひでよし》は、主君の草履《ぞうり》をふところに入れて温めたという。

芽吹《めぶき》さん、将来は天下を取るほどの大物になるのかもしれない。

＃

翌朝は快晴の青空が広がっていた。道路は雪かきされてアスファルトが顔を出し、道の両側に白い垣根《かきね》が続いている。

通学のバスを降りると、冷たく乾《かわ》いた空気が肌《はだ》を刺《さ》した。

晴れていても大気が空まで抜《ぬ》けるせいか、凍《こお》りつきそうなほど冷えている。

「今朝も寒いなあ……」

首のマフラーを強めに巻いて歩き出した。

赤いチェック柄《がら》のマフラー。僕が身に着けるには少々可愛《かわい》らしいデザインだ。

昨日、芽吹《めぶき》さんが着用していたマフラーが、僕の首筋に巻かれている。

彼女の肌《はだ》に触《ふ》れたマフラーが、僕の肌《はだ》に触《ふ》れているんだ。そう考えると、ますますマフラーが温かく思えて、彼女のぬくもりに包まれているような感覚になる。

私立時乃崎《ときのさき》学園高等学校の正門に向かうと、同じく登校してきたクラスメイトの男子生徒に声をかけられた。

「よお、若葉野《わかばの》。おはよー」

「おはよう。今日も寒いね」

眠《ねむ》そうな目をしていた男子生徒は急に足を止め、僕のマフラーをまじまじと見つめ出した。

「ん〜……？」

「な、なんだよ？」

「お前、そんなマフラーしてたか？」

「初めて着けたんだけど、おかしいかな？」

内心で焦《あせ》りながら、隠《かく》すようにマフラーを手で覆《おお》う。

芽吹《めぶき》さんのマフラーを着けていること、感づかれたのだろうか？

「若葉野《わかばの》が買ったにしちゃ、やけに女っぽいマフラーだと思ってたなあ」

「そそ、そうかな？　男女兼用《けんよう》のデザインだと思うけど」

「だとしても、だ。ファッションなんか興味なさそーなお前が、こんなマフラーを買うなんておかしい。女だ。俺にはわかる。これは女が選ぶセンスだ！」

「早く学校に行こう。遅刻《ちこく》するぞ」

「ごまかすな！　正直に言え！　そのマフラー、自分で買ったマフラーじゃねーよな⁉」

「だ、誰《だれ》が買ったマフラーだっていいだろ？」

男子生徒の追及《ついきゅう》に、冷《ひ》や汗《あせ》でどんどん体温が下がっていく。

その様子を見て、彼はニヤニヤ笑いながら詰《つ》め寄《よ》った。

「隠《かく》すことねーよ。恥《は》ずかしがるな。男子たる者、誰《だれ》もが通る道だからな」

男子生徒はビシッと僕を指さし、周囲の生徒たちに聞こえるほどの大声で叫《さけ》んだ。

「そのマフラー、かーちゃんが買ってきたんだろ⁉」

かーちゃんに買ってもらったんじゃなくて芽吹《めぶき》さんに借りたんだ。と言い返したいけれど、よけい追及《ついきゅう》されそうなのでやめておこう。

男子生徒は勝手に納得《なっとく》した顔で、同情するように僕の肩《かた》をポンポンとたたいた。

「気持ちはわかるぞ。俺のかーちゃんもな、スーパーで安かったからって、超微妙《ちょうびみょう》なセンスのシャツを買ってきて着せるんだ。それに比べりゃ若葉野《わかばの》のかーちゃんはセンスいいじゃねーか。うらやましいぜ」

完全にかーちゃんが選んだマフラー扱《あつか》いされてる。

この会話、芽吹《めぶき》さんに聞かれたらなんて思われることやら……。

その日、一日の終わりのホームルームが始まる直前、担任教師が僕の席にやってきた。

僕たちのクラスの担任は、二〇代後半の女性の教師だ。

「若葉野《わかばの》くん、そろそろレポートの準備をしておいてね」

「レポートですか？」

「家庭教師を始めてもうすぐ半年でしょう？　活動成果を報告するレポートを出さないと」

そうだった。

この時乃崎《ときのさき》学園では、生徒のアルバイトは禁止されていない。ただし自由に認められるわけではなく、学業に支障をきたさず、生徒自身の身に付く活動であることが条件とされる。

アルバイトを始めるにあたって、申請書《しんせいしょ》にその仕事の意義を書いて提出し、許可される必要がある。僕も去年の夏休みに、家庭教師のアルバイトの申請書《しんせいしょ》を書いていた。

さらに、定期的にアルバイト活動の報告をする必要があった。

それまでの期間でどのような成果を得て、どのように成長できたかをレポートにまとめて、提出しなければならない。

面倒《めんどう》ではあるけど、メリットもある。レポート内容が評価されれば、校外活動の実績として加点される。それによって進学時の推薦《すいせん》などを得やすくなるのだ。

もっとも僕は、実績目当てで家庭教師を始めたわけじゃない。だから芽吹《めぶき》さんの授業に集中していたけど、提出すべきものは守らないと。

「レポートの締め切《しき》りは来月末だからね」

二月の末で、去年の九月に家庭教師を始めてからちょうど半年になる。

しかし二月の下旬《げじゅん》には、肝心《かんじん》の芽吹《めぶき》さんの受験がある。一番大事な時期にレポートの作成も重なるとなると、かなり忙《いそが》しくなりそうだ。

そもそも何を書けばいいんだろう。

僕の授業は芽吹《めぶき》さんを合格に導けるだろうか？

僕は家庭教師の活動を通じて、何かを身に付けただろうか？

まだ受験の結果も出ていない今、その答えはわからない。それなのにレポートに取り組んだところで、中途半端《ちゅうとはんぱ》なことしか書けないんじゃないか？

けれどやるしかない。

「わかりました。来月中にレポートをまとめます」

担任教師に返事をしていると、近くの席から男子たちの噂話《うわさばなし》が聞こえてきた。

「なあ、あいつがやってる家庭教師の生徒、女の子だって噂《うわさ》だぞ」

「マジで⁉　いいなー、俺も家庭教師やろうかなあ……」

担任教師が教壇《きょうだん》に戻《もど》りながら、いさめるように手をたたいた。

「ほらそこ、ホームルームだからおしゃべりしない！」

……やっぱり、芽吹《めぶき》さんとマフラーを交換《こうかん》していることは誰《だれ》にも秘密にしておかなければ。

これは僕と彼女の二人だけの秘密だ。

——中学校の教室で一日の授業を終えた芽吹《めぶき》ひなたは、鞄《かばん》に教科書やノートをしまって帰りの準備をした。

座席の背にかけていたコートを手に取り、セーラー服の上に着用する。

最後に、鞄《かばん》に入れておいたマフラーを取り出して首に巻いた。

（先生のマフラー、あったかいな……）

夕べ手洗いしたばかりの、瑛登《えいと》のマフラー。巻くだけで体中がぬくぬくとして、つい両手で押さえてほっぺに当てて、感触《かんしょく》を楽しんでしまう。

「芽吹《めぶき》さーん、途中《とちゅう》まで一緒《いっしょ》に帰らない？」

「う、うん！　いいよ、帰ろう！」

クラスメイトの女子生徒から声をかけられて、ひなたはあわててマフラーから手を離《はな》す。

女子生徒はひなたの前に来ると、何かに気づいたように見つめた。

「あれ？　芽吹《めぶき》さん、マフラーを替《か》えたんだ？」

「たまには変化がほしいなーって。このマフラー、似合うかなあ？」

「うーん、似合うっていうか……もしかして、彼氏《かれし》？」

ギクリ、と、ひなたは心臓が止まりそうになって言葉を詰《つ》まらせる。

「な、何が？　なんのことかなあ？」

「やっぱり～？　芽吹《めぶき》さんのマフラーにしては地味というか、男っぽい気がしたんだよね～」

「違《ちが》うよ！　彼氏《かれし》とか、そんなのじゃなくて、これは先生の……」

言いかけてとっさに口をつぐんだが、しっかりと相手に聞かれたようだ。

「せ・ん・せ・い？」

「高校受験のお世話になってるだけで、その、絶対に彼氏《かれし》とかじゃないからっ!!」

「彼氏《かれし》じゃないなら、片思いの人～？」

「そうじゃなくって、それはつまり……」

しどろもどろになりながら、ひなたはどう説明するか必死に考える。

「あ……憧《あこが》れの人っ!!」

つい口に出た言葉が、それだった。

自分で言ったのに、恥《は》ずかしくて、その場から逃《に》げ出《だ》したくなる。

けれどそうもいかず、ぼそぼそと続けた。

「べ、勉強ができる人だから、憧《あこが》れてるだけ……」

するとクラスメイトの好奇《こうき》の視線が、ふいに優《やさ》しくなった。

「憧《あこが》れかあ……。わかるなあ……」

「わかるって？」

「憧《あこが》れの人がいると活力になるよね。あたしの憧《あこが》れてる相手はＹｏｕＴｕｂｅでしか会えないから、たくさんコメント送らないと覚えてもらえないけど。向こうから見たら、あたしなんてただのリスナーだし」

彼女の言葉がひなたの胸に重く響《ひび》いた。

憧《あこが》れの人が活力になる。

そのとおり。瑛登《えいと》の授業を受けていると元気になれる。

続いてひなたの頭に疑問が浮《う》かんだ。

でも、先生から見たわたしは？

疑問を抱《いだ》いたとき、ひなたは少し胸が苦しい気がした。

ただの教え子でしか、ないのかな……。

そんな自分のことを覚えてもらうには、たくさん勉強をしないと……。

1月・4　目指せ、アイドル⁉

芽吹《めぶき》さんの入学試験本番まで、あと一か月を切った。

授業の時間も惜《お》しく、限られた時間で少しでも多くの練習問題に取り組んでいる。

一度マスターした問題でも油断は禁物。何度も繰《く》り返《かえ》して練習し、確実に身に付けなければならない。

今は、一日一日をおろそかにできない重要な時期。

……の、はずなんだけど。

「はあ……」

授業の途中《とちゅう》、ふと芽吹《めぶき》さんが小さなため息をついた。

「……芽吹《めぶき》さん、大丈夫《だいじょうぶ》？」

無意識のため息だったらしく、彼女はあわてて元気そうな笑顔《えがお》を向ける。

「す、すみません。ちょっと気がゆるんでしまいました」

「集中力にも限度があるからね。勉強の合間に、適度に気を休めたほうがいい」

「そうですね……。最近は休みの日も一日中勉強漬《づ》けですし」

「気分転換《てんかん》はしてるかな？」

「勉強のあとにストレッチをしたり、音楽を聴《き》いて頭をリラックスさせたりするんですけど、そのくらいしか……。気晴らしに何かしようと思っても、その時間で勉強しなきゃって考えて、結局机に向かっちゃうんです」

「なるほど……」

　休む間も惜《お》しんで勉強するというのは一見頼《たの》もしい。しかし過ぎたるは及《およ》ばざるがごとし。あまりに疲労《ひろう》を蓄積《ちくせき》させては能率も落ちる。

　いっぽうで受験まで残り約一か月。息抜《いきぬ》きしてる間があったら勉強しなきゃと、焦《あせ》る気持ちもよくわかる。

「平気ですよ、先生。しっかり集中しますから！」

　芽吹《めぶき》さんはこたつに入ったまま、ピンと背筋を伸《の》ばしてまじめな視線を僕に向ける。

「よし。あと少し、がんばろう」

　僕たちは再び勉強に集中し、今日の授業も無事に乗り切った。


　授業後に勉強の後片付けをしていると、芽吹《めぶき》さんがスマホを操作していた。

　ちらりと画面が見えると、ミュージックプレイヤーのアプリを操作しているようだ。

「さっき、音楽を聴《き》いて気張らししてるって言ってたね。どんな音楽を聴《き》いてるの？」

「最近の曲が多いんですけど、気分が明るくなるものを選んでます。先生も聴《き》きますか？」

「僕は流行《はや》りの音楽をあまり知らないから、どんなのか知りたいな」

芽吹《めぶき》さんは音楽を再生した。

スマホから流れ出したのは、女性アイドルグループのヒット曲だ。

今や日本で知らない人はいないほど有名なグループで、老若男女《ろうにゃくなんにょ》問わず人気がある。芸能に詳《くわ》しくない僕でも、この曲がテレビなどで流れてくるのを何度も聞いている。

芽吹《めぶき》さんは明るくテンポのいい曲に合わせて、リズミカルに体を揺《ゆ》らしていた。

「こうして元気になれる曲を聴《き》いて、ほんの少しの間だけ頭をからっぽにするんです」

「それほど時間もかからないし、いい気分転換《てんかん》だね」

一緒《いっしょ》に曲を聴《き》きながら、僕はアイドルグループのセンターに立つ芽吹《めぶき》さんの姿を想像した。フリフリの可愛《かわい》い衣装《いしょう》を身にまとって、軽快なリズムのダンスを踊《おど》りながら、マイクを手にピュアなラブソングを歌う芽吹《めぶき》さん……。

あまりにハマっていて、想像しただけで圧倒的《あっとうてき》なリアリティを感じられるほどだ。

そのとき僕は思いついた。

「今度の日曜日、カラオケボックスに行ってみない？」

「楽しそうですけど、試験も近いですし……」

「もちろん、ただ遊びに行くんじゃないよ。勉強と気晴らしを両立させるんだ」

「カラオケボックスで勉強するんですか？」

「カラオケボックスって防音が効いていて、意外と集中しやすい環境《かんきょう》なんだ。料金さえ払《はら》えば歌わなくてもいいから、友だち同士でおしゃべりするために行く人もいるそうだよ」

「いいのでしょうか？　授業のない日にまで、先生に勉強を見てもらえるなんて……」

「一日くらい特別さ。僕も学校の提出物とかいろいろあって、気晴らししたいんだ」

すると芽吹《めぶき》さんは「ふふふっ」と楽しそうな表情を浮《う》かべた。

「では、わたしも先生の気晴らしにお付き合いします。勉強のあとに一曲くらい歌ってもいいですよね」

「もちろん。歌えばストレス解消になるよ」

「それでは先生、お願いします。日曜までに歌の練習しなくちゃ！」

「べ、勉強も忘れないでね」

スマホから流れるアイドルソングをバックに、目をキラキラさせる芽吹《めぶき》さんだった。


日曜日の午後、僕と芽吹《めぶき》さんは市内の繁華《はんか》街で待ち合わせ、目当てのカラオケボックスへとやってきた。

気晴らし目的もあるとはいえ、することは勉強。というわけで僕も芽吹《めぶき》さんも、日曜日だけど普段《ふだん》どおりコートの下に制服を着ている。

休日のため店内はそこそこ混んでいて、受付で十五分ほど待たされた。その間、芽吹《めぶき》さんは物珍《ものめずら》しそうに店内の様子を眺《なが》めまわしていた。

「カラオケのお店って、こんなふうになってるんですね」

「芽吹《めぶき》さん、カラオケに来るの初めてなんだ」

「クラスの子に誘《さそ》われたことはあったんですけど、なかなか時間が合わなくて……。わたしの学校、校則でカラオケは午後六時までって決められてるんです」

「中学校だとそうかもね」

「だから今日は、大人の店に来た感じがしてドキドキしちゃってます」

芽吹《めぶき》さんはわくわくした様子でほほ笑《え》んだ。

もちろん教え子に校則を破らせるわけにいかないから、僕たちも午後六時までには店を出なければならない。けれどまだ午後二時過ぎ。四時間近くあるし、勉強の時間には問題ない。

順番が来て受付を済ませると、僕と芽吹《めぶき》さんは指定の部屋へ向かった。

エレベーターで三階に上がり、狭《せま》い廊下《ろうか》を歩くと、左右の各部屋からカラオケの歌声が漏《も》れ聞こえてくる。

「みんな楽しそうですね～」

芽吹《めぶき》さんは歩きながら、歌声のする部屋のほうを楽しそうに見ていた。

指定された部屋に着いて扉《とびら》を開けたところで、僕は思わず立ち止まる。

「……この部屋、ですか？」

室内をのぞき込んだ芽吹《めぶき》さんも、少し戸惑《とまど》った声になった。

二人しか入れない小さな部屋だ。正面にカラオケのモニターが置かれて、テーブルを挟《はさ》んだ反対側に二人がけのソファがある。

何よりも、部屋中ピンクの壁紙《かべがみ》に覆《おお》われた、妙《みょう》にファンシーな雰囲気《ふんいき》の内装だった。カップル向けの部屋……なんだろうか。男女二人だから誤解されたらしい。

「ずいぶん小さな部屋だね。替《か》えてもらおうか」

「わたしはここで大丈夫《だいじょうぶ》ですよ」

「また受付で待つのも時間がもったいないし、狭《せま》いけどこの部屋で我慢《がまん》しようか」

中に入って扉《とびら》を閉めると、他の部屋の歌声が一気に小さくなった。少しは聞こえてくるけど、勉強に集中すれば気にならない音量だ。

僕たちは脱《ぬ》いだコートをハンガーにかけて、ソファに並んで座った。

さっそく参考書やノートをテーブルに並べていくわけだけど……思った以上に距離《きょり》が近い。

つい横目で芽吹《めぶき》さんを見てしまう。

彼女もコートを脱《ぬ》いでセーラー服姿。間近で見て、ちょっとドキリとしてしまった。

「芽吹《めぶき》さん、狭《せま》くないかな？　僕、もっと端《はし》に寄ろうか」

「気にしないでください。他の部屋の歌が聞こえますから、近くにいたほうが先生の声が聞き取りやすいです」

「そう？　それじゃ、今日の特別授業を始めよう」

お互《たが》いの肩《かた》が触《ふ》れるほどの距離《きょり》に座り、テーブルにノートを広げ、参考書のページを開いた。

どこかの部屋から、色っぽいラブソングの歌声が聞こえていた。

#

さすが芽吹《めぶき》さんは受験生。どんな環境《かんきょう》でも、ひとたび勉強に入ればしっかり集中している。

「――このように、数値をxに代入することで解が導かれるわけだね」

解説しながらノートに数式を書くと、彼女はしっかり見ようと、顔を寄せて僕の手元をのぞき込む。

ちらっと横目で見ると、彼女の顔の下、セーラー服の襟《えり》の間に鎖骨《さこつ》が浮《う》かび上《あ》がっている。

これじゃ僕のほうが集中できそうにない……。

「ここの、二乗する部分で質問なのですが――。……先生？　先生ってば」

耳元で呼ばれ、ハッとして彼女を見返した。

まさに目と鼻の先というほどの距離《きょり》から、芽吹《めぶき》さんの大きな瞳《ひとみ》が見つめている。

「先生、疲《つか》れてないですか？　日曜日なのに授業をしてもらって……」

「い、いや大丈夫《だいじょうぶ》。勉強を続けよう。質問は何かな？」

「ここの二乗なのですが――」

一通り質問に答えると、芽吹《めぶき》さんはそれを自分のノートに書き留めた。

それから彼女はノートを閉じ、ホッと緊張《きんちょう》から解き放たれたように息をつく。

「やっぱり休憩《きゅうけい》にしましょう。今日は先生の気晴らしも目的なんですから」

「そうだね。まだ時間はあるし、ひと休みしようか」

「じゃあ、歌ってもいいですか⁉」

芽吹《めぶき》さんはモニターの前に設置された、二本のマイクに目を向ける。

カラオケに来るのが初めてだと言うし、だいぶ楽しみにしているようだ。

リモコンの操作を説明して曲の選び方を教えると、彼女はモニターの前に立ってマイクを手にした。選んだのは、先日スマホで聴《き》いていたアイドルソングだ。

「立って歌うなんて、芽吹《めぶき》さん、気合いが入ってるね」

「この曲、振《ふ》り付《つ》けもすてきなんですよ！　一度自分でも踊《おど》ってみたくて」

曲のイントロが流れ出すと、芽吹《めぶき》さんは澄《す》ました表情で左腕《ひだりうで》をビシッと真横に伸《の》ばし、歌い出しのポーズを決める。

「おおっ……‼　本物のアイドルみたいだ！」

そのオーラは現役《げんえき》のアイドルにも引けを取らない。テレビやネットの向こうでしか見たことのないアイドルが、本当に目の前に現れたようだ。

しかも曲の歌詞は一〇代の初恋《はつこい》を描《えが》いた内容。セーラー服の芽吹《めぶき》さんにぴったりのイメージじゃないか。

感動のあまり、勉強の疲《つか》れも、芽吹《めぶき》さんの鎖骨《さこつ》にドギマギする気持ちも吹《ふ》き飛《と》んで、僕だけのアイドルに見入ってしまった。

そして、芽吹《めぶき》さんは一曲を歌い終えた。

運動神経のいい彼女だけに振《ふ》り付《つ》けは素晴《すば》らしく、キビキビと軽快に踊《おど》る様子は目を奪《うば》われずにいられないほど。

……なのだけど。

曲が終わったとき、僕はテーブルの上で額に手を当てたまま、じっと硬直《こうちょく》していた。

「せ、先生。わたしの歌……どうでしたか……？」

その問いかけには、明らかに不安の声が混じっている。

でも傷つけるわけにはいかない。僕は慎重《しんちょう》に言葉を選んで答えた。

「芽吹《めぶき》さん……歌は、あまり得意じゃないんだね」

「ううっ⁉」

グサリと胸に言葉が突《つ》き刺《さ》さったような表情を浮《う》かべる。

しかし最大限に配慮《はいりょ》しても、この表現が精一杯《せいいっぱい》なんだ。

『得意じゃない』どころではない。はっきり言おう。

芽吹《めぶき》さんは明らかに、誰《だれ》がどう聞いても、超《ちょう》ド級《きゅう》といっていいほどの――『音痴《おんち》』だ。

明らかに彼女の歌はキーを間違《まちが》えまくってる。この世界からドレミファソラシドという概念《がいねん》を消し去ったかのように音程を無視しきっている。

運動も勉強もこなせる完璧《かんぺき》な美少女たる芽吹《めぶき》さんに、こんな欠点があったなんて。

「そそそ、そんなことありませんっ！　ほら見てください。採点が出ますから！」

芽吹《めぶき》さんはモニターの採点画面を指さした。

『あなたの歌唱力は――』という表示に続けて、点数の数字がドラムロールのようにぐるぐるまわっている。

僕たちは固唾《かたず》をのんで採点結果を見つめた。やがて数字の回転がゆっくりと静止して――。

プツン、と画面がブラックアウトした。

しばらくして画面がつくと、何ごともなかったようにミュージシャンのミュージックビデオが流れ出した。選曲の受付画面に戻《もど》ったんだ。

「採点不能……」

おそるおそる芽吹《めぶき》さんのほうを見ると、彼女はマイクを両手で握《にぎ》りしめたまま涙目《なみだめ》でこっちを見つめている。

「きょ、今日はちょっと調子が出なかっただけですからっ！」

「調子が出ないってレベルじゃないような……」

芽吹《めぶき》さんはソファに戻《もど》って隣《となり》に座ると、キッと僕をにらみつけた。

「じゃあ今度は先生が歌ってください！　そこまで言うならお手本を見せてくれますよね!?」

「悪かったって。僕だってそんなにうまいわけじゃないからさ」

ともあれ、せっかくカラオケに来たのだから一曲くらい歌ってみよう。

もう一本のマイクを手に持つと、リモコンを操作しながら歌う曲を決めた。

選んだのは中学一年生のころに見ていたアニメの主題歌。熱い男性ボーカルの曲で、音程も取りやすく、歌の難易度も低めだ。

振《ふ》り付《つ》けはできないし、棒立ちで歌うのも見栄《みば》えがしないので、ソファに座ったまま歌おう。

イントロが流れ、歌い出しの歌詞を熱唱する。

「……あれ？」

なぜか音が響《ひび》かない。僕の歌声が小さく、まるで迫力《はくりょく》が出ない。

マイクのスイッチを確認《かくにん》すると、入ってるはずなのに電源ランプが消えたままだ。

「このマイク、壊《こわ》れてるのかな？」

「わ、わたしが壊《こわ》しちゃったんでしょうか!?」

「そんなはずないよ。店員さんに交換《こうかん》してもらおう」

僕は壁《かべ》につけられた受話器に手を伸《の》ばそうとした。

しかし芽吹《めぶき》さんが、手を押さえて制止する。

「わたしの歌で壊《こわ》したなんて思われたら恥《は》ずかしいです……！」

「いや、誰《だれ》もそう思わないから」

しかし芽吹《めぶき》さんは納得《なっとく》せず、代わりに彼女が持っているマイクを僕のほうに差し出した。

「こっちのマイクがありますから。二人で一緒《いっしょ》に使いましょう」

芽吹《めぶき》さんが使ったマイクだけど、まあ、今はそれでもいいか。

僕はマイクを受け取り、あらためて歌い出した。

歌は魔力《まりょく》だ。歌い出すと気分が高揚《こうよう》し、いつの間にか熱唱し始めている。

二回目のサビに差しかかったとき、突然芽吹《とつぜんめぶき》さんがマイクを持つ僕の手を握《にぎ》り、一緒《いっしょ》に歌い出した。

一回目のサビを聴《き》いて曲を覚えた……と思うけど、相変わらず音程がずれまくっている。

彼女に引きずられそうになりながら、僕はなんとか曲の一番を歌い終える。

「芽吹《めぶき》さんも歌うの？」

「先生と歌えば少しは上達するかなって。家庭教師として、音楽の授業もお願いしますね」

「これも授業なの⁉」

間奏が終わって二番が始まり、僕と芽吹《めぶき》さんは一つのマイクを握《にぎ》りしめたまま歌い続ける。

熱唱のためか、音程を外さないことに必死なためか、いつの間にか一緒《いっしょ》にマイクを握《にぎ》る僕の手に力がこもっていた。

#

カラオケボックスの店から出ると、もう夕方だ。

「結局、あまり授業できなかったね」

カラオケボックスに来たのも、気晴らししつつ勉強する目的だったはず。

でも実際は最初の一時間ほど勉強しただけで、あとはずっと歌ってしまった。

芽吹《めぶき》さんの音程の不正確さは、知っている曲ですらまったく別のものに思えてくる。もはや一周まわって芸術的なのではと感心するほどだ。

一緒《いっしょ》に歌うことで芽吹《めぶき》さんの歌がうまくなるどころか、むしろ僕のほうが彼女の音につられてしまう。歌えば歌うほど僕まで音痴《おんち》に……もとい、芸術的になるようだった。

無念。これは家庭教師としての敗北かもしれない。

ちなみに、退店時にカラオケボックスの受付でマイクの故障を伝えたところ、単なるバッテリー切れのようだった。

もっと早く気がつけばよかったのか、それとも気づかなくてよかったのか、ずっと芽吹《めぶき》さんとマイクを握《にぎ》り合っていた僕としては判断に迷うところである。

その彼女は、歌い続けた疲《つか》れも見せず晴れやかだ。

「いい気分転換《てんかん》になりました。思いっきり歌うと気分がスッキリしますね。今日は楽しかったです。家に帰ったら受験生に戻《もど》りますから」

「気晴らしになってよかったよ。僕も帰ったらレポートをやらないと」

「何かのレポートがあるんですか？」

「学校に、家庭教師の活動についてのレポートを書いて、提出しないといけないんだ。期限は来月中だから内容を考え始めてるんだけど、頭の中でまとまらなくて」

「先生、授業だけでなく、他にもいろいろと大変なんですね……。あの」

芽吹《めぶき》さんは立ち止まって僕に向き直ると、改まった様子でペコリとお辞儀《じぎ》をする。

「わたしの家庭教師をしていただいて、感謝しています。今日だって休みなのに、こんなふうに気晴らしに付き合っていただいて」

「そんな、お礼なんていいよ。これも芽吹《めぶき》さんのためだ」

もちろん、こんな可愛《かわい》い女の子と一緒《いっしょ》にいられるなら、誰《だれ》だって苦労もいとわないだろう。

けれど僕には一つ、特殊《とくしゅ》な事情がある。

僕は一年近く前、すでに芽吹《めぶき》さんに失恋《しつれん》しているんだ。

恋《こい》の見込みのない相手の家庭教師を引き受けたのは、彼女の受験合格への熱意に触《ふ》れ、応援《おうえん》したいと思ったからに他ならない。

芽吹《めぶき》さんが時乃崎《ときのさき》学園に合格できるよう、できるだけの力を貸そうと決めたんだ。

けれど……と、僕はふと考えた。

「芽吹《めぶき》さん。僕は、家庭教師として役に立ってるのかな？」

顔を上げた彼女は、一瞬《いっしゅん》、きょとんとした顔を向けた。

「もちろんですよ！　先生のおかげでわたしは成績を伸《の》ばせたし、模擬《もぎ》試験でも時乃崎《ときのさき》学園の受験にA判定を出せて、お母さんの説得までできたんですから！　先生がいなければ、わたしは今ごろ希望の進路を諦《あきら》めていたはずです！」

「自分のことを過小評価するわけじゃないんだ。家庭教師として、できる限りの力を尽《つ》くしてるつもりだし」

「そのとおりですよ。珍《めずら》しいですね、先生が弱気になるなんて」

「弱気というかさ、レポートの内容を考えて、自分の活動を振《ふ》り返《かえ》ってしまって」

「でしたら先生、レポートにこう書いてください。『教え子から最高の家庭教師だと評価された』って。証拠《しょうこ》にわたしのサインをしてもいいですから」

ちょっと大げさだけど、そこまで言われると僕も嬉《うれ》しい。

「ありがとう。芽吹《めぶき》さんの言葉で安心したよ」

「わたし、先生のためにも絶対に時乃崎《ときのさき》学園に合格しますから！」

「そうだね。僕も最後まで芽吹《めぶき》さんの受験に立ち向かうよ。あと少しだ」

彼女は頼《たの》もしく、力強い表情になってうなずく。

僕たちは再び帰り道を歩き出した。

芽吹《めぶき》さんは受験に合格し、希望の進路を自分のものにするはずだ。

僕はそう確信している。

そのために費《つい》やしたこの半年の充実《じゅうじつ》を疑いなどしない。

なのに僕は、内心にモヤモヤした気持ちを抱《かか》えているのを感じずにいられなかった。

家庭教師を終えたとき、僕はどんなふうになっているんだろう？


「では先生、わたしはここで失礼します」

バスが自宅の最寄《もよ》りの停留所に近づいたところで、芽吹《めぶき》さんは座席を立った。

「また次の授業でね。まだまだ寒いから、風邪《かぜ》をひかないように気をつけて」

「先生も無理しないでくださいね。わたし、きっと先生が思っているよりずっと多くのものを受け取っているんですよ。教えてもらったこと、ノートを見返して何度も復習してますから」

バスが停車して、芽吹《めぶき》さんは降車口から降りていく。

歩道に立つと、僕が座る窓のほうを向いて軽く手を振《ふ》った。

僕も手を上げ、バスが発車して彼女の姿が見えなくなるまで振《ふ》り続けた。

一人になるとスマホを取り出し、今後のスケジュールを確認《かくにん》する。

一月も残りわずか。二月の下旬《げじゅん》には、いよいよ入学試験の本番がある。

そして三月。芽吹《めぶき》さんが時乃崎《ときのさき》学園に合格できない可能性だってあるから、家庭教師の契約《けいやく》は三月の最終週まで続く。

しかしそれでおしまい。今年の三月が終われば、僕の家庭教師は終了《しゅうりょう》する。

それまで、あと約二か月。

ふと、カラオケボックスを出たときに芽吹《めぶき》さんが言っていた言葉を思い出した。

『今日は楽しかったです。家に帰ったら受験生に戻《もど》りますから』

楽しい一日が終わるように、僕の充実《じゅうじつ》した家庭教師も終わる。

僕は生計を立てるために家庭教師をしているわけじゃない。だから、芽吹《めぶき》さん以外の生徒を持つ理由もない。

芽吹《めぶき》さんとの契約《けいやく》が終われば、僕は、普通《ふつう》の高校生に戻《もど》る……。

そのときの僕は、どんな人間になるんだろう。

家庭教師になる前と同じように、ちょっと勉強ができるだけの、つまらない優等生?

家庭教師と教え子という関係が終わったとき、僕と芽吹《めぶき》さんの関係はどうなるんだろう。

振《ふ》られた男子と振《ふ》った女子という、どこにでもありそうな関係に戻《もど》るんだろうか?

一年前、中学生だった僕は芽吹《めぶき》さんと一緒《いっしょ》に勉強して、充実《じゅうじつ》した日々を送っていた。

それがあの告白の過《あやま》ちで、すべてを壊《こわ》してしまった。

何一つやる気の出ない怠惰《たいだ》な毎日に突《つ》き落《お》とされてしまった。

そんなことが繰《く》り返《かえ》されるんだろうか？

バスの座席でそんなことを考え続け、モヤモヤする気持ちを振《ふ》り払《はら》うように頭を横に振《ふ》った。

やめよう。

今は芽吹《めぶき》さんにとって重要な時期。

自分のことはどうでもいい。僕は家庭教師に徹《てっ》しなければならない立場。

彼女の受験のことだけを考えるべきなんだ。

1月・5　家庭教師ってなんだろう？

受験勉強も大詰《おおづ》めで、芽吹《めぶき》さんとの授業もこれまでの復習が中心となっている。

「——では芽吹《めぶき》さん、式がこのように変換《へんかん》できる理由を説明できるかな？」

「ん……」

「芽吹《めぶき》さん？」

ノートに向かいながらうつらうつらとしていた芽吹《めぶき》さんは、ハッとして顔を上げた。

「っ！　すみませんっ、集中します！」

「なんか眠《ねむ》そうだったけど、大丈夫《だいじょうぶ》？　夜、ちゃんと寝《ね》てるかな？」

「なるべく早く寝《ね》るようにしてるんですけど、昨日はつい遅《おそ》くなっちゃって……」

芽吹《めぶき》さんは小さくため息をついた。

まじめな彼女が遊びで夜更《よふ》かししてるとは思えない。

「ずっと勉強してるの？」

「少しでも今日の準備をしておきたくて、予習と復習をしてたんです」

「夜更《よふ》かしの癖《くせ》がつくと、試験本番で調子が出せなくなる。あまり根《こん》を詰《つ》めないほうがいい」

芽吹《めぶき》さんはこくりとうなずいた。

先週の授業中も彼女は集中力が途切《とぎ》れかけていた。今までの疲労《ひろう》の蓄積《ちくせき》もあるだろうけど、それだけじゃない。おそらく、迫《せま》る受験へのストレスも相当なはずだ。

どうしたものか考えていると、ふと芽吹《めぶき》さんが僕の顔を見て言った。

「先生も疲《つか》れた顔をしてますよ。先生こそ無理してませんか？」

言われて戸惑《とまど》ったものの、思い当たることはある。

「前に話した家庭教師のレポート、なかなか進まないんだ。長い文章を書き慣れなくてさ」

そう説明したけど、実際の理由は他にある。

レポートが進まないのは、僕が家庭教師としての自己評価を決められないからだ。

家庭教師の活動を終えても僕の身に付く何かを得られているのか、わからないせいだ。

でも家庭教師として、自分の不安を教え子に見せるわけにいかない。

「これも勉強のうちだと思って取り組むよ」

「がんばってください、先生。わたしも受験をがんばりますから」

「そうだね。僕は家庭教師だけど、同時に学生でもある。一緒《いっしょ》にがんばろう」

「先生の家庭教師活動が最高の評価をもらえるように、わたし、絶対に合格しますから！」

彼女の言葉を聞いたとき、僕は唐突《とうとつ》に違和感《いわかん》を抱《いだ》いた。

そういえば先日も言った気がする。『わたし、先生のためにも絶対に時乃崎《ときのさき》学園に合格しますから！』……と。

あのときは大した疑問も抱《いだ》かず聞いてたけど、思い返せば何かが引っかかる。

僕のために、合格？

「僕のことは気にしなくていい。これは芽吹《めぶき》さんの受験だ。芽吹《めぶき》さんが時乃崎《ときのさき》学園に進学する。

それだけを考えていいんだ」

「でも……！　先生にこれだけお世話になって、先生だって自分の勉強があるのに、わたしの受験勉強を第一に見てくれて、それなのに、それなのにもし受験に失敗したら……」

一気に芽吹《めぶき》さんの表情に不安が広がり、彼女はうつむいた。

「わたしは、先生の半年間を台無しにしてしまうんですから……」

その言葉に、僕は何も言えなくなった。

いくら合格の可能性が高いと言っても、試験の結果は最後までわからない。

本番になって調子が出ないことだってありえる。

もし……もし万が一にも彼女が受験に失敗したら……。

僕の家庭教師活動は、無意味なものになるのだろうか？

呆然《ぼうぜん》としている前で、芽吹《めぶき》さんはため込んでいた気持ちを吐《は》き出《だ》すように続けた。

「わたし……わたし、みんなにお世話になって……。お母さんだってわたしのことを思って龍式《りゅうしき》学院を勧《すす》めてくれたのに、それを断って自分の希望を押し通して、なのに最後は認めてくれて……。お姉ちゃんも自分の家庭があるのに、いつもわたしを気にかけて、見守ってくれていて……。これだけ支えてもらいながら、何も結果を残せないなんて、絶対に許されるはず、ないですから！」

今度こそ言葉を失った。

彼女が無理をして夜遅《よるおそ》くまで勉強している原因を理解した。

芽吹《めぶき》さんは今、強いプレッシャーを感じている。

彼女を支える家族、そして家庭教師の僕。それらに対する感謝が、恩に報《むく》いなければという気持ちが、そのままプレッシャーになってしまっている。

「今は勉強のことだけを考えよう。心配しなくても、芽吹《めぶき》さんは合格できるさ」

「はい……」

僕は彼女を落ち着かせ、授業を再開させるのが精一杯《せいいっぱい》だった。

翌日の放課後、学校を出た僕は時間を見計らってバスに乗り、自宅と別の場所へ向かった。

週に一度通い、今やなじみとなったバス停で降り、住宅街の街角に立つ。

ここは芽吹《めぶき》さんの家から五分ほどの近くにある場所だ。

今日は授業の日ではない。別の目的で、芽吹《めぶき》さんとは別の人に会うためにやって来たんだ。

僕は、芽吹《めぶき》さんのために格安で家庭教師を引き受け、彼女の合格を第一に考えてきた。

しかしその事実が今、彼女の重荷になっている。

今まで芽吹《めぶき》さんを見てきて気づいたのだけど、彼女は心の状態に影響《えいきょう》されやすい面がある。強いプレッシャーや不安を抱《かか》えていると、試験で実力を出し切れない恐《おそ》れがあるんだ。

ならばプレッシャーを取り除く必要があるのだけど、やっかいなのは、プレッシャーの相手が僕だということ。

それだけじゃない。芽吹《めぶき》さんを支え、応援《おうえん》する家族に対しても、同じようにプレッシャーを感じている。特に母親に対しては、推薦《すいせん》の提案を断ってまで希望を認めさせた事実がある。

どうしたらいいのか悩《なや》んでも、立ち止まる時間すら残されていない。

そこで相談のため、僕はこの場所に来て相手が現れるのを待つことにした。

しかし三〇分が過ぎても現れない。

今日は無理かと諦《あきら》めかけたとき、その姿が道の向こうに現れた。

上品なロングコートを着て、手提《てさ》げの買い物用バッグを持った女性だ。

芽吹《めぶき》さんの母親——芽吹日花里《めぶきひかり》さんを、僕は待っていたんだ。

本来なら電話で連絡《れんらく》すべきだけど、あいにく僕のスマホに日花里《ひかり》さんの番号は登録されていない。家庭教師の契約《けいやく》をするとき、僕は日花里《ひかり》さんからの信頼《しんらい》を得ていなかったため、保護者であるにもかかわらず連絡《れんらく》先を交換《こうかん》するタイミングを失っていた。

芽吹《めぶき》さんと直接連絡《れんらく》できているからいいかと放置していたのだけど、こうなるならしっかりしておくべきだった。

もちろん芽吹《めぶき》さんに聞けば教えてくれるだろうけど、彼女によけいな心配をかけそうだ。

となれば、残る手段はただ一つ。

直接会って話し合うのみ。

これまで芽吹《めぶき》さんの家に通った経験から、日花里《ひかり》さんは毎日、今ごろの時間に近くのストアへ食材の買い出しに出かけることがわかっていた。その時間を見計らって来たわけだ。

日花里《ひかり》さんは僕に気づいて、一瞬《いっしゅん》足を止めた。

「こ、こんばんは！　今、お時間はいいでしょうか⁉」

「……夕食の準備がありますので」

彼女は無視するように再び歩き出す。

当然だ。道ばたで待ち構えられたら誰《だれ》だって警戒《けいかい》する。

「申し訳ありません！　非常識なことは承知しています！　こうするしかなかったんです！

芽吹《めぶき》さんの……ひなたさんのために、どうか力を貸してください！」

娘《むすめ》の名を出されて、日花里《ひかり》さんは再び足を止めて僕を見た。

＃

「力を貸せとは、どういうことですか？」

半ばにらむように僕を見ながら、芽吹《めぶき》さんの母親——日花里《ひかり》さんが聞き返す。

「受験勉強のことなんです。ひなたさんは今、受験に強いプレッシャーを感じているんです。その気持ちを軽くしてあげるためにも、お母さんにも力添《ちからぞ》えをお願いしたいんです」

「プレッシャーを感じさせないのも家庭教師の役割ではありませんか？」

「それは、わかっています。ですが、ひなたさんがプレッシャーを感じる相手は僕なんです。受験に失敗したら僕に申し訳ないと考えてしまっているんです」

「それであれば、あなたから『そう考える必要はない』と伝えるべきでしょう？」

「もちろん伝えています。しかしプレッシャーの相手は僕だけじゃありません。お姉さんにも、お母さんにも、ひなたさんは同じように強いプレッシャーを感じています！」

するとと日花里《ひかり》さんは黙《だま》り込んだ。

「ひなたさんはお母さんの提案を断って、自分で進路を決めました。それだけに、絶対にこの受験を失敗してはならないと、自分を追い込んでいるんです」

日花里《ひかり》さんは黙《だま》ったまま僕を見ていた。

そして一言、冷たく言った。

「ほら見なさい」

「……え？」

「わたしの言うとおり龍式《りゅうしき》学院へ推薦《すいせん》入学していれば、ひなたにこんな思いをさせずに済んだのですよ。プレッシャーなど感じず、悩《なや》む必要もなかったのに」

「………」

今度は僕が黙《だま》り込んでしまった。

確かにそうかもしれない。だけどそれが正解なんだろうか？

「いえ違《ちが》います。そんなことはありません！　悩《なや》むのが悪いんじゃない。僕はひなたさんに、自分の道を信じてほしいんです！　どんな結果だろうと誰《だれ》かに申し訳ないなどと考えず、自分の選択《せんたく》は間違《まちが》ってなかったと自信を持ってほしいんです‼」

つい語気が強くなって、最後のほうはまるで叫《さけ》ぶような口調になってしまった。

教え子の保護者にこんな態度を取るなんて、家庭教師として失点だ。

「……すみません」

ハッと我に返って謝った。

「勝手に押しかけて、こんなことを言って……」

情けない気分になって、うなだれてしまう。

しばらく沈黙《ちんもく》が流れ、ふいに柔《やわ》らかな声がした。

「そうですね。きっと、それが正解なのですよ」

「えっ？」

思わず顔を上げて見返すと、日花里《ひかり》さんが優《やさ》しそうにほほ笑《え》んでいる。

「あなた自身もね。若葉野《わかばの》先生」

「僕……ですか？」

急に態度が変わって、戸惑《とまど》ってしまう。

もしかしてさっきの『ほら見なさい』って言葉、本気じゃなかった？

「いいでしょう。わかりました。ひなたのことは、わたしも考えましょう」

用件が済むと、日花里《ひかり》さんは自宅のほうに歩き出す。

事情は伝えたけれど、まだ事態が解決したわけじゃない。

彼女を見送りながら、今は芽吹《めぶき》さんの家族の支えを祈《いの》るしかなかった。


その夜、僕のスマホに着信があった。

表示された相手は『夏空《なつぞら》あかり』。芽吹《めぶき》さんのお姉さんんだ。

あかりさんが直接連絡《れんらく》をくれるなんて、年末に年越《としこ》し蕎麦《そば》のレシピをもらったとき以来だ。

電話に出ると、つやのある明るい声が響《ひび》いた。

「やっほ～、瑛登《えいと》くん、こんばんは！」

「こんばんは。あかりさん、お久しぶりです」

「さっきお母さんから電話があったよ。瑛登《えいと》くん、とうとうウチのお母さんにまで手を出したんだって⁉」

「出してませんっ。どんなふうに伝わってるんですか」

「お父さん、ずっと海外に行ってるから、今がチャンス！」

「なんのチャンスですか。あかりさん、実家を修羅場《しゅらば》にでもしたいんですか？」

「おおっ⁉　瑛登《えいと》くんって芽吹《めぶき》家を家庭崩壊《ほうかい》させるほどの男だったんだ⁉　その挑戦《ちょうせん》、受けて立とうじゃないか！」

「挑戦《ちょうせん》しませんし、受けて立たないでください」

「ま、わたしは自分の家庭があるから、高みの見物だけどね～」

「そんな人ごとみたいに……」

なんというか、独特のペースに乗せられてしまう。

「――もしかして、ひなたさんのことで電話をくれたんですか？」

するとあかりさんの声のトーンが落ちて、まじめそうな口調になった。

「瑛登《えいと》くん、明日、時間あるかな？　ひなちゃんのこと、会って話ができたらいいんだけど」

「もちろん構いません。時間なら取りますから」

返事をして、僕はあかりさんと待ち合わせの約束をした。

翌日の学校帰り、僕は商店街の一角であかりさんと待ち合わせをした。

約束の時刻になると足音が近づき、女性の声が話しかけてきた。

「瑛登《えいと》くん、こんにちは」

あかりさんは、どう見ても学校帰りの女子高校生にしか思えないけど、学校の鞄《かばん》の代わりにハンドバッグを持っているあたりがやっぱり違《ちが》う。

「立ち話もなんだから、落ち着ける場所に行かない？　ここから少し歩くけど、お気に入りのカフェがあるんだ」

あかりさんに案内されて来た先は、商店街から少し離《はな》れた場所にある、個人経営らしい質素なカフェだった。

僕たちが店に入ると、ひげを生やした老齢《ろうれい》の店主が窓際《まどぎわ》のテーブル席に案内してくれた。

他には離《はな》れた席に二組の客がいるだけで、店内は静かだ。

「あかりさんって、こういう落ち着いた環境《かんきょう》がお気に入りなんですね」

「そうでもないよ？　わたし、賑《にぎ》やかなのけっこう好きだから」

「でも、お気に入りの店だって」

するとあかりさんは、懐《なつ》かしそうな目で店内を眺《なが》めた。

「このカフェ、旦那《だんな》からプロポーズされた場所なんだ」

「そうなんですね！　あかりさんって、きっと独身時代はすごくモテましたよね？　その心を射止めるなんて、旦那《だんな》さんはすごいなあ……」

「ふふふ。瑛登《えいと》くん、わたしの高校生のころの写真、見る？」

「いいんですか⁉　見たいです！」

「おっ、瑛登《えいと》くん、ひなちゃんというものがありながら、わたしに惚《ほ》れちゃう？」

「そ、そういうつもりじゃないですけど。というか、ひなたさんは教え子ですから！」

確かにあかりさんはきれいだけど、高校時代を見たいのはむしろ好奇心《こうきしん》だ。今ですら高校生にしか見えないのに、現役《げんえき》だったころはどんな人だったんだろう。

あかりさんはスマホを取り出し、写真のアプリを開いてアルバムを探している。

「あった、あった。これだよ、高校生のわたし」

差し出されたスマホの画面をのぞき込んだ。

黒いセーラー服を着て道ばたに立つあかりさんの写真を見て、僕は思わず——。

「………………っ⁉」

あまりの衝撃《しょうげき》に……全身が硬直《こうちょく》した。

怖《こわ》い……あまりにも怖《こわ》い……。

濃《こ》いアイシャドウと深紅《しんく》の口紅のメイクをして、カエルを見つめる蛇《へび》がごとく、鋭《するど》い眼光でこちらをガンにらみしている。

黒く美しい長髪《ちょうはつ》はカミソリの刃《は》のように切れ切れで、足首まで届く長さのスカートが異様なまでの威圧《いあつ》感を放っていた。

なんと世にも恐《おそ》ろしきヤンキースタイル……！

これが、あかりさんの真の姿だというのか……っ⁉

#

あかりさんの、思いもよらない恐《おそ》ろしい姿を前に、僕は硬直《こうちょく》していた。

背筋を凍《こお》りつかせながら、同一人物とは思えないほど優《やさ》しそうな目の前の彼女を見返す。

「あ、あかりさんって、不良だったんですか？」

「ううん、普通《ふつう》だったよ。高校生のころ、毎週ラブレターもらったり告白されたりするようになって、断るのも大変だから、男子が寄ってこなそうなメイクして登校してたんだ」

「よく先生に怒《おこ》られませんでしたね」

「最初は揉《も》めたけど、学校の課題や委員の仕事はちゃんとやってたから、そのうち何も言われなくなったかな。お母さんは最初からあきれて、ほったらかしだったし」

しかし何度写真を見ても、モテ防止の偽装《ぎそう》ヤンキーとは思えないほどの眼力だ。

「このロングスカート、ネットで不良少女の服を調べて買ったんだけど、結構いいよ。冬でも暖かいし！」

「そういう問題じゃないような……。これで男子から告白されなくなったんですか？」

「断る面倒《めんどう》が無くなって、しばらくは快適な学校生活が送れてたんだけどね。二年生のとき、隣《となり》のクラスの男子が一人、ガタガタ震《ふる》えながらわたしの前に来て」

はあ……とあかりさんは思い出したようにため息をついた。

「『好きです、付き合ってください』……って言われちゃって」

「度胸ある人ですね……」

「ずっと不良キャラしてたから、どんな言葉で断ったらいいかわからなくて、つい『うん』って返事しちゃったんだ。そうして付き合うようになったのが、今の旦那《だんな》ってわけ」

「そんな出会いだったんですね。すごいというか、あかりさんらしいというか……」

けれど思い出を楽しそうに話す彼女を見るに、その選択《せんたく》は正しかったんだ。

「あかりさんって他人の目に動じない人ですよね。いい意味で、我が道を行くというか」

「そうかもね。わたしは受験なんかで将来を決められたくないって考えるタイプだから、受験勉強もあまり本格的にやらなかった。自分の成績で楽に入れそうな高校を選んで進学したの。お母さんもわたしの性格を知ってるから、諦《あきら》めてたし」

「なんだか、ひなたさんと逆の性格ですよね」

何気なく言ったつもりだけど、それを聞いたあかりさんは表情を曇《くも》らせた。

「うん……。そうなんだ。わたしとひなちゃんは、姉妹《しまい》だけどだいぶ性格が違《ちが》ってる。だからね、わたしはいつもひなちゃんの味方でいようって決めてるけど、本当にひなちゃんの悩《なや》みに共感できてるか、自信が無くなることもある」

「そんなことないと思います。味方でいてあげるだけでも、ひなたさんの気持ちも楽になるんじゃないでしょうか」

「瑛登《えいと》くん、言ったじゃない。わたしたちがひなちゃんのプレッシャーになってるって。その話を聞いたとき、やっぱりひなちゃんを支えきれてないんだって愕然《がくぜん》としたの」

言いながら、あかりさんは少し寂《さび》しそうにほほ笑《え》んだ。

「瑛登《えいと》くんはどうして一生懸命《いっしょうけんめい》、ひなちゃんのためにがんばるの？」

「それは家庭教師ですから、ひなたさんの受験に責任を持たないと」

「普通《ふつう》、家庭教師って勉強を教えるだけじゃない？　そりゃ、たまには悩《なや》みを聞くだろうけど、お母さんに直談判《じかだんぱん》したり、今日みたいにわたしに付き合ってくれたりして……」

どうしてだろう？

芽吹《めぶき》さんが、かつて好きだった女の子だから？　彼女のことが気になる理由の一つではあるかもしれないけど、最も重要な理由ではない気がする。

「以前の僕は自分のことを、ちょっと勉強ができるだけのつまらない人間だと考えていました。でも家庭教師という役割を得て、人に勉強を教えるだけでなく、一緒《いっしょ》に悩《なや》んだり、解決の方法を考えて実行したりしてきました。自分しかできないこと、自分がやるべきことがあるんだと気づかされたんです」

話しながら、だんだん自分でもわかってきた。

どうして芽吹《めぶき》さんの問題に、ここまで向き合おうとするのか。

「今、ひなたさんが勉強に困難を抱《かか》えているなら、その解決を手助けしたい。どうすればいいのか正解はわからなくても、そこには自分にしか見つけられない解答があると思うんです」

するとあかりさんは、何かを得たような表情になった。

「それを、ひなちゃんに伝えたらどうかな？」

「でもこれは、僕の問題ですし……」

「そんなことないと思うな。ひなちゃんが自分の受験に向かい合っているように、瑛登《えいと》くんも自分の家庭教師に向かい合っている。そこにはそれぞれの答えがある。瑛登《えいと》くんの言葉を聞いて、そんなふうに感じたよ」

あかりさんに言われて、僕は今まで気づかなかったものが見えるように思えた。

僕と芽吹《めぶき》さんは同じ目標に向かうと同時に、それぞれが自分の探す答えを見つけようとしている。そして僕は、それを見つけかけている。

もうすぐ彼女の誕生日。芽吹《めぶき》さんのお祝いをして、そして僕が彼女の家庭教師を通じて受け取ったものを伝えよう。

複雑な方程式がシンプルな式へと解かれていくように、先行きの見えない悩《なや》みに明瞭《めいりょう》な道筋が見えつつあった。

——夜、自分の部屋のベッドに座りながら、ひなたはスマホで電話をしていた。

相手は姉であるあかりだ。

「ひなちゃん。受験が終わったら、まっちゃんの面倒《めんどう》を見に来てよ。毎日『ひなお姉ちゃんと遊びたい～』って言ってるから」

「ほんと⁉ おみやげ持っていくから、ちょっとだけ待っててねって、まっちゃんに伝えて！」

今夜の電話は、あかりの娘《むすめ》の話題で盛り上がった。

通話を終えるまで、姉からは大した用件もなかった。相変わらず受験勉強で忙《いそが》しい時期でも構わず気楽に電話をしてくる。

けれど、ひなたは気づいていた。

姉はわざと、このタイミングでこんな日常的な話をしてくるのだと。

ひなたの受験結果がどうであろうと、その後も変わらない日常があることを伝えるために。

いつでもひなたの居場所があることを教えてくれるために。

勉強に戻《もど》ろうとベッドから立ち上がったとき、部屋の扉《とびら》がノックされた。

扉《とびら》を開けると、母が立っている。

「押し入れを整理してたら懐《なつ》かしいものが出てきてね。見て、これ」

母は持っていた小さなお面を額に当ててみせた。

鬼《おに》の面だ。怒《いか》りの形相をした真っ赤な鬼《おに》の顔。だけど可愛《かわい》げのある丸顔でどこか憎《にく》めない。

「節分のお面？　そういえば豆まきなんて子どものときにやったきりだよね」

「昔、仕事をしていたころね、節分のイベントで、三人くらいでこのお面をつけて歌ったの。みんなで『巫女《みこ》さんの格好のほうがいいよね』なんて文句を言いながら」

ひなたは巫女《みこ》姿の母を想像して、複雑な気分になった。可愛《かわい》い鬼《おに》の面も似合ってる気がするけど、それは言わずに黙《だま》っていた。

「若いころはいろんなことをやったり、やらされたりしたものよ。うまくいったこともあるし、いかなかったこともある」

「……うまくいかなかったときは、どうするの？」

「何をやってもうまくいかないときは、最後は諦《あきら》めるしかないわね。望んだものが大きいほど、手放すときの喪失《そうしつ》感も大きいもの。それを受け入れるには、長い時間が必要になる」

若いころタレントとして華々《はなばな》しい仕事をした母も、いろんな挫折《ざせつ》を味わったのかもしれない。そう、ひなたは感じた。

「ひなたに同じような苦しみを味わってほしくない。わたしはそう考えていたわ。でも最近、考えが変わってきたの」

母は言葉を探すように少し間をおいた。

「無謀《むぼう》なことにもめげず熱心に行動する姿って、生き生きして、うらやましく思えてね。昔は自分もそうだったのに、いつの間にか安全な道だけを歩くようになってしまったわ」

「……ううん。わたしが時乃崎《ときのさき》学園を受験すること、認めてくれたもん。安全な道だけなんて、歩いてないよ」

「あらそう？　親としては、少しでも勉強して安全な道にしてほしいものだけど」

そんなふうに言いつつも、母は優《やさ》しく笑《え》みを浮《う》かべる。

母も受験が大変なことくらいわかっている。その上で見守ってくれている。

そのことを、伝えに来てくれたんだ。

「……ありがと、お母さん。でもわたし成績が上がってるよ。無謀《むぼう》な受験じゃないからね」

「ひなたの合格を疑ってるのではないわよ。無謀《むぼう》だと言ったのは、別の人のこと」

「別の人？」

「ほんと、熱心な人ね。若葉野《わかばの》先生は」

「先生？　先生が、どうかしたの？」

「なんでもないわ。おやすみ」

軽くほほ笑《え》んでみせると、母は一階へ戻《もど》っていった。

一人になって再び参考書とノートを開いたとき、ひなたは気がついた。

いつの間にか、勉強に向かう気持ちが楽になっていることに。

2月・1　芽吹さんの誕生日

二月の五日。今日は芽吹《めぶき》さんの誕生日。

彼女が一五歳を迎《むか》える日だ。

その日、僕は彼女の家に家庭教師として訪《おとず》れた。

「先生、こんにちは！」

彼女の家のインターホンを鳴らすと、いつものように芽吹《めぶき》さんが出迎《でむか》えてくれた。

セーラー服を着た彼女は今日も可愛《かわい》らしい。

けれど、少しだけ大人びたように思える。年齢《ねんれい》を一つ重ねたせいだろうか？

もちろん誕生日だからといって、一日で急激に変わるはずがない。

それでも、一つ上の年齢《ねんれい》になったという彼女の自覚が、そんな雰囲気《ふんいき》を出させているのかもしれない。

「芽吹《めぶき》さん、調子はどうかな。勉強で疲《つか》れてない？」

家に上がり、彼女の部屋へ向かいながら聞いてみた。

先週の芽吹《めぶき》さんの様子が心配だったけど、今日はだいぶ調子が戻《もど》っているようだ。

「なんとか平気です。勉強もちゃんとできてますよ。――それと先生、いつの間にお母さんの心まで動かせるようになったんですか？」

「心を動かす？」

たぶん、先日彼女の母親に相談したことを言ってるんだ。あかりさんみたいに、妙《みょう》な誤解をしてないといいけど。

「いやその、決して芽吹《めぶき》さんの家庭を修羅場《しゅらば》にしようなんて思ったわけじゃなくてだね」

「修羅場《しゅらば》……ですか？」

彼女は目をぱちくりさせながら僕を見た。

「あれ、芽吹《めぶき》さん、誤解してないの？」

「先生が、わたしのこといろいろ心配してくださったようで……」

「あ、ああ、そういうことだね。今日は元気そうで安心したよ」

「先生のおかげです。お母さんやお姉ちゃんが話をしてくれて、気持ちが軽くなりました」

彼女の言葉に、僕は胸をなで下ろした。

芽吹《めぶき》さんの家族が支えになってくれる。部外者の家庭教師としても、そんな家庭の姿を見られるのは嬉《うれ》しい。

「それで先生。修羅場《しゅらば》というのは、なんのことでしょうか？」

「その話は忘れてください。お願いします」

どうにかごまかしながら、芽吹《めぶき》さんの部屋に着く。

今日もさっそく授業だ。

しかしその前に、一つ大切なことがある。

僕は持ってきた紙袋《かみぶくろ》の中から、ラッピングされた小箱を手に取った。

そして芽吹《めぶき》さんの前に立ち、彼女の前に差し出した。

「誕生日おめでとう、芽吹《めぶき》さん」

「………………！」

彼女は息をのむようにハッとして小箱を見つめ、両手で抱《かか》えるように受け取る。

「あ……ありがとうございます！」

口元が嬉《うれ》しそうにやわらぎ、じんわりと目をうるませている。

「開けてみてもいいですか？」

「もちろん。芽吹《めぶき》さんが気に入ってくれるといいんだけど」

「先生がどんなプレゼントをくれるか、ドキドキしちゃいます」

芽吹《めぶき》さんはこたつの前に座ると、小箱を置いて丁寧《ていねい》にラッピングの紙をはがし始めた。

僕も向かいに座り、彼女の手元を見守る。

彼女の繊細《せんさい》な指先が器用に包みを解いていく様子は、まるで楽器を奏《かな》でるように流麗《りゅうれい》で、紙の音がメロディーにすら感じられた。

包まれていたのは、高級シャープペンシルの箱だ。

「すごい……！」

芽吹《めぶき》さんは感嘆《かんたん》の声を漏《も》らした。

「誕生日プレゼントをどうしようか考えたんだけど、これから受験に向かい、そのあとは進学だから、長く使えるものがいいかなって」

芽吹《めぶき》さんは抱《だ》きしめるように小箱を抱《かか》えた。

しかし直後、彼女の表情が少し不安そうに陰《かげ》る。

「でも……いいのでしょうか。わたし、先生に高級なものをいただいて……。こんなにもよくしていただいて……」

「値段なら気にしないで。僕には家庭教師のアルバイト代があるからね。それと、これはただのお祝いじゃない。感謝のプレゼントでもあるんだ」

「感謝、ですか？」

芽吹《めぶき》さんはきょとんとした目で見返した。

「そう、芽吹《めぶき》さんへのお礼なんだよ。——最近ずっと、家庭教師をしてきたことの意味を考えていた。僕にとって家庭教師の活動は間違《まちが》いなく充実《じゅうじつ》したものだ。だけど、家庭教師の契約《けいやく》を終えたとき、その充実《じゅうじつ》を失ってしまうんじゃないかと、怖《こわ》かった」

先日、あかりさんと話したことで気づかされた。

僕が家庭教師の活動を通じて得たものを、芽吹《めぶき》さんに伝えてあげたい。

いや、伝えなければならないのだと。

「家庭教師をする前までの僕は、与《あた》えられた問題を解く立場だった。けれど家庭教師を始めて、教え子に問題を出す立場になった。どんな出題がいいのか、どんなふうに教えたら学習を身に付けさせられるか、いろいろ悩《なや》まなきゃならない。どこにも正解なんて書いてない。試行錯誤《しこうさくご》して自分なりの正解を見つけなければならなかった。それは大変だけど——自分だけの答えを見つけることは、自分にしかできないんだ」

「自分にしかできないこと……」

「それまでの僕は、ただ決まり切った正解を解答するだけの人間だと思っていた。でも、そうじゃないって知った。芽吹《めぶき》さんの家庭教師をしたことで、自分自身の新たな一面を見つけられたんだよ」

「わたしは自分の力が知りたくて、自分で進学先を希望し、合格を目指そうって決めたんです。それが、先生が自分を知るきっかけになったのなら——」

芽吹《めぶき》さんは満足感に包まれたように、そっと目を閉じた。

「すごく、嬉《うれ》しいです……」

小箱を抱《かか》える彼女の手に僕の手を重ね、そっと握《にぎ》りしめる。

「僕は芽吹《めぶき》さんの家庭教師をすることで、大切な経験を得られたんだ。この活動が今さら無駄《むだ》になることなんかない」

「先生……」

「このお礼のプレゼント、受け取ってくれるかな」

「はい！　ずっと大切に使わせていただきます！」

芽吹《めぶき》さんは小箱をそっと握《にぎ》りしめた。

その手は可愛《かわい》らしく、しかし目標へ向かう強さの感じられる、一つ大人になった手だ。

#

芽吹《めぶき》さんはプレゼントされた高級シャープペンシルの箱を見つめ、それから僕を見返した。

「先生、このシャープペンシル、受験のときに使ってもいいですか？　きっと、先生がそばで見守ってくれるように感じると思うんです」

「大事なときに使ってくれるなんて、僕も嬉《うれ》しいな。使うなら受験前から使い込んで、慣れたほうがいい。試験のときは神経を研《と》ぎ澄《す》ますからね。ペンの太さが違《ちが》うだけでも気が散ることだってある」

「なるほど……。それじゃあ、さっそく今日の授業で使わせてもらいますね」

芽吹《めぶき》さんは包装用の箱を開けて、木製のペンケースを取り出した。

ケースを開き、中に収まっているシャープペンシルを手に取って芯《しん》をセットする。

ノックボタンを押すと、カチリと心地《ここち》いい音が響《ひび》いた。

「準備できました！　このシャープペンシルで最初に勉強するのは、なんの教科ですか？」

「芽吹《めぶき》さんのものだから、希望に合わせるよ。重点的に勉強しておきたい教科はある？」

「英語で、コツを教えてほしい勉強法があるんです。ディクテーションなんですが……」

それは英語のスピーチを聞きながら、同時に英文を書き取るという勉強法だ。

リスニングを鍛《きた》える効率のよい方法として知られたものである。

「何度も試《ため》してるんですが、リスニングのスピードに書き取りが追いつかなくて。コツを教えてもらって、もっとうまくできるようになりたいんです」

「試験でも、リスニングは特殊《とくしゅ》な感じだよね。頭の知識だけでは対応できないというか、体で覚えなきゃならないというか。よし、今日はディクテーションから始めよう」

さっそく僕たちは英語の参考書とノートをこたつの上に並べた。

次に芽吹《めぶき》さんは自分のスマホを横に置いて、英語のスピーチが録音された学習用のアプリを起動させる。

「まずどのくらいできるか、やってみてくれるかな」

芽吹《めぶき》さんはノートに向かい、構えるようにシャープペンシルを持つと、一度深呼吸してからスマホをタップした。

スマホのスピーカーから、英語を話す女性の音声が流れ出す。芽吹《めぶき》さんは聞き取りながら、内容をノートに書《か》き綴《つづ》った。

出だしはよかったけど、だんだん書き取りが遅《おく》れていき、半分ほどを残して音声が先に終《しゅう》了《りょう》した。内容を思い出せないらしく、芽吹《めぶき》さんの手も止まってしまった。

「こうなっちゃうんです……。どうしたらいいでしょうか？」

「まず、イヤホンを使ったらどうかな？　そのほうが聞き取りやすいと思う。それと芽吹《めぶき》さんは丁寧《ていねい》に文字を書こうとして遅《おく》れてるみたいだ。きれいな文字で書く必要はないから、聞いたままのスピードで文字にするように意識したほうがいい」

「わかりました！　もう一度挑戦《ちょうせん》します！」

芽吹《めぶき》さんはスマホにイヤホンを挿《さ》して両耳につけた。

あらためてノートに向かい、再挑戦《ちょうせん》だ。

今回は僕には英語音声が聞こえないので、芽吹《めぶき》さんの手元に着目して観察した。

しかし次も似たような結果だった。書き取りが遅《おく》れ、間に合わなくなってしまう。ノートの英文を見ると、最初は正確に聞き取れているものの、途中《とちゅう》から不正確さが目立っていた。

「やっぱりまだ書くことに気を取られているね。意識が散漫《さんまん》になって、途中《とちゅう》からリスニングに集中できなくなってる」

「二つのことを同時にするって、難しいです……」

「ディクテーションは勉強法だからね。完璧《かんぺき》にこなせる必要はないよ。リスニングさえできていれば問題ないんだ。途中《とちゅう》で一時停止しながら、少しずつ進めてみるのはどう？」

「それはもう試《ため》して、少しずつ進めれば最後まで書き取れるんです。でもこのままだと、長文のリスニングができるか自信がなくて……。先生、もっとコツを教えてください！」

「コツって言われても……。繰《く》り返《かえ》し練習して、体で覚えるくらいしかないと思うなあ」

「では、どんなふうに書き取ればいいか、体で教えてください！」

「体で教えるって、どうやって？」

芽吹《めぶき》さんは立ち上がり、僕の左隣《ひだりどなり》に寄ってきた。

そのまま肩《かた》が触《ふ》れ合《あ》う近さで真横に座ると、目の前にノートを広げて、シャープペンシルを持つ手を構える。

「わたしの手をつかんで一緒《いっしょ》に動かしてくれれば、体で覚えられるはずです」

「じゃ、じゃあ、少しだけだよ」

僕は右手を伸《の》ばし、ペンを握《にぎ》る彼女の手の上に重ね合わせた。

何度もその手を握《にぎ》っているはずなのに、初めて女の子の手を握《にぎ》るかのように心臓がドキリと高鳴ってしまう。

「二人でリスニングするなら、スマホのイヤホンは使えないか」

「大丈夫《だいじょうぶ》ですよ。先生はこっちのイヤホンを使ってください」

芽吹《めぶき》さんは左耳のイヤホンを外し、僕の左耳につける。

彼女の指が僕の耳に当たってくすぐったくて、つい背をくねらせてしまった。

「ほら先生、動いちゃダメですってば」

僕の耳にイヤホンを取り付けると、彼女はスマホの画面をタップして音声を再生させた。

高鳴る鼓動《こどう》を抑《おさ》えてスピーチに集中し、僕は芽吹《めぶき》さんの右手を握《にぎ》ったまま手を動かす。

なかなかいい感じで、勢いづいたような速さで英文が書かれていったのだけど……。

半分ほどを過ぎたところで、芽吹《めぶき》さんがシャープペンシルを落としそうになった。

「ひゃっ⁉」

「ご、ごめん。力が入りすぎたみたいだ」

「ですが調子よかったですよ。今度こそ最後まで書き取りましょう！」

「この体勢は無理がない？　僕が手を伸《の》ばさないと届かないし」

僕も芽吹《めぶき》さんも右利《き》きだ。隣《となり》に座っていると、二人の手の距離《きょり》が体一つ分離《はな》れてしまう。

「そうですねえ……。でしたら先生、後ろからわたしの手を持ってくれますか？　右腕《みぎうで》の位置を合わせれば動きやすくなりますよ」

「後ろからって、さすがにそんな格好は……」

「先生がプレゼントしてくれたシャープペンシルなんですから、最初の勉強を成功させたいんです。そうしたらきっと、これからの勉強も、受験も、うまくいくような気がして……」

うむむ……。気持ちの問題とはいえ、ここで芽吹《めぶき》さんの心意気をくじかせたくはない。

「わ……わかったよ。ディクテーションを成功させよう！」

僕は観念すると、いったんイヤホンを外し、こたつから出て芽吹《めぶき》さんの背後に座る。

右手を伸《の》ばして彼女の手に重ね合わせると、どうしても彼女の背中に抱《だ》きつく格好になってしまう。けれど他にどうしようもない。

ますます高鳴る鼓動《こどう》が、彼女の細い背に響《ひび》きそうでならなかった。

#

僕の胸から腹にかけて、芽吹《めぶき》さんの背がぴったりと密着している。

気のせいか、彼女が呼吸で背中を上下させる動きまでが伝わってくるようだ。

「せ……先生、イヤホンもつけてくださいね」

僕は外していたイヤホンを取って、左耳につけた。

芽吹《めぶき》さんは右耳のイヤホンをつけている。さっきとは体勢が変わったため、両側のイヤホンの距離《きょり》が離《はな》れてしまった。

イヤホンが外れないように背を丸めると、ますます芽吹《めぶき》さんに密着してしまう。

僕の横顔を彼女の髪《かみ》がくすぐり、少し動いただけでお互《たが》いのほっぺがくっつきそうだ。

二人羽織《ににんばおり》のような格好で、僕たちはこの姿勢に慣れるため少し待った。

「め……芽吹《めぶき》さん、授業を再開しよう」

「は、はい。今度こそ最後まで書き取りましょう」

芽吹《めぶき》さんは左手をスマホに伸《の》ばし、スピーチを再生させた。

そうだ。これは授業。今は授業中だ。勉強に集中しなければ。

僕はイヤホンから流れるスピーチ音声に耳を澄《す》ませ、芽吹《めぶき》さんの手を誘導《ゆうどう》するように右手を動かした。

腕《うで》の位置が近くなったせいか、さっきよりも調子がいい。

今回は三分の二ほどの量を書き取れた。

「今までより多く進められたね。この調子だ」

「なんとなくスピードの感覚がわかりました。先生、もう一度お願いできますか？」

芽吹《めぶき》さんはスピーチを再生させ、二人で書き取っていく。

しかしやっぱりスピーチが先に終了《しゅうりょう》し、芽吹《めぶき》さんは最後のほうのリスニングが不明瞭《ふめいりょう》になって全文を書き取れない。

「ううーん、どうして書ききれないんでしょう……」

「一度シャドーイングをしてみようか。聞いたスピーチを自分で発声するんだ。発音のほうが書くよりも早いし、繰《く》り返《かえ》して話すことでリスニングの内容を記憶《きおく》できる」

「わかりました。やってみます！」

芽吹《めぶき》さんは左手を伸《の》ばし、同じスピーチを再生させる。

それと同じ内容を、僕と芽吹《めぶき》さんで一緒《いっしょ》に発音した。

「いい感じだ。この感覚を意識して、ディクテーションをしよう」

再びスピーチを聞きながら、発声した内容をイメージしつつ書き取っていく。

その結果は、見事に成功。スピーチの最後まで書き取った。

「でも惜《お》しいね。一つ単語のつづりを間違《まち》えてる」

「先生、次こそは完璧《かんぺき》に成功させましょう！」

僕たちはさらにディクテーションに挑《いど》み、ついに書き取りを完成させた。単語も文法も一字一句間違《まち》いなしに、だ。

「できましたね、先生！」

「そう、この調子だよ。しっかりリスニングできた証拠《しょうこ》だ」

「次は別のスピーチで練習してもいいですか？　この例文はどうでしょう」

彼女が操作するスマホの画面を見ると、『ケイコとマイクの思い出』というタイトルが表示されている。

「会話形式なんだね」

「連続ドラマになっていて、途中《とちゅう》まで聞いたのですが、なかなか面白《おもしろ》いですよ。内容も二人の英会話ですから、この教材でディクテーションを成功させられれば自信がつけられます！」

「またシャドーイングから始めよう。僕がマイクのセリフを担当するから、芽吹《めぶき》さんはケイコというのはどう？」

「いいですね！　ではスタートしますね」

芽吹《めぶき》さんが再生ボタンを押すと、最初にケイコの音声がイヤホンから流れてきた。

ケイコのセリフを追いかけるように、芽吹《めぶき》さんが発声する。

「ハイ、マイク！　アー、ユア……」

日本人留学生のケイコが、アメリカ人学生のマイクに話しかけている内容だ。

ケイコのセリフが終わると、次にマイクの音声が流れた。

「ホワイ？　イット、イズ……」

僕も英語を話し慣れてるわけじゃないので、どうしてもカタカナ英語のような発音になってしまう。それでも実際に英会話をしてるつもりになって発声した。

そうして二人の会話が交互《こうご》に繰《く》り返《かえ》された。何気ない日常の一コマで、フットボールの試合についての会話をしている。

何度目かのセリフを発声していると、最後にマイクはケイコに向かって突然《とつぜん》言った。

「アイ、ラブ、ユー……」

「ひぅっ⁉」

僕のすぐ横で、芽吹《めぶき》さんが引きつった声をあげる。

「せせ、先生、そんなことささやかないでください……」

「ぼ、僕が言ってるんじゃなくて、マイクのセリフだってば」

すぐにケイコの返答が始まり、芽吹《めぶき》さんが発声を続けた。

ケイコは驚《おどろ》いた声をあげたのち、自分の気持ちも同じだと伝え、最後にこう返答したのだ。

「ア……アイ、ラブ……ゆぅ……」

すぐ耳元で、芽吹《めぶき》さんの恥《は》ずかしさに消え入りそうな声が響《ひび》き、僕は脳の奥がくすぐられるような思いだった。

そっと横目で見ると、彼女は耳まで真っ赤になってうつむいている。

二人が愛の告白をしたところで、この音声教材は次回に続くようだ。というか、このマイクとケイコはどんな関係なんだ。

シャドーイングの次に同じ英会話のディクテーションをやってもらうものの、恥《は》ずかしさを思い出したのか、書き取った文字が途中《とちゅう》からヘロヘロになっている。

「芽吹《めぶき》さん、音声を変えない？」

「もう一度挑戦《ちょうせん》しましょう。動揺《どうよう》しただけです。次は最後まで書き通しますから！」

というわけで、僕と芽吹《めぶき》さんは今の音声教材を繰《く》り返《かえ》すことになった。

「アイ、ラブ、ユー……」

「ひうぅ……」

そして最後には例のセリフが待ち構えているわけで……。

「アイ、ラ、ラブ、ユー……」

「くぅっ……」

お互《たが》いの顔が触《ふ》れるほど真横から芽吹《めぶき》さんの声で言われると、どうしても心臓が跳《は》ね上《あ》がりそうになってしまう。

そうしてシャドーイングとディクテーションを繰《く》り返《かえ》すこと約一〇回。

立ちはだかるアイラブユーを乗《の》り越《こ》え、僕たちは困難な課題をやり遂《と》げたのだ。

「や、やっと成功した……」

「つ、疲《つか》れましたね……」

達成感どころか、二人ともぐったりしている。まったくマイクもケイコも、もう少しまじめに勉強してほしいものだ。

「英語はこれで終わりにしようか。他の教科もやらないと」

「そうですね……。先生、ご指導ありがとうございました」

僕は芽吹《めぶき》さんから離《はな》れて立ち上がろうとした。

そのとき、ふいに思いついたんだ。

「そうだ。最後にもう一つだけ、ディクテーションをしてみない？」

「ええ、いいですけど。どのスピーチにしましょう」

「最後は僕の言葉でいいかな。ほんの短い文章だから」

もう一度芽吹《めぶき》さんと手を重ね合わせ、ノートの上でシャープペンシルを走らせながら、その一文を伝えて聞かせた。

「ハッピーバースデー、ひなた」

「…………！」

芽吹《めぶき》さんはハッと息をのみ、そして……。

「先生っ!!」

感極《かんきわ》まった様子で僕の胸に寄りかかってくる。

僕はまたしばらくの間、彼女の体に密着しながら座り続けるはめになるのだった。

2月・2　バレンタインチョコの意味は？

二月の休日、僕は駅前のショッピングモールへ筆記具の買い出しに出かけていた。

芽吹《めぶき》さんの家庭教師だけでなく、自分が通う高校の勉強もある。

学年末試験まであと一週間。毎日の勉強で替《か》え芯《しん》や消しゴムの消費量も多くなる。

買い物を済ませてエスカレーターで下へ向かうと、食料品売り場のフロアがあった。

エスカレーターの上から眺《なが》めていると、買い物客の中によく知った後ろ姿を見つけた。

芽吹《めぶき》さんだ。私服のセーターを着て、手に買い物袋《ぶくろ》を持っている。

声をかけたいけど、距離《きょり》が離《はな》れている。

フロアについてエスカレーターから下りたときには、彼女の姿を見失っていた。

まあ、しょうがない。用事があるわけじゃないし、買い物をじゃまするのも悪い。

（芽吹《めぶき》さん、何を買いに来たのかな）

彼女が歩いてきた方角を見ると、食料品売り場でひときわ混雑している場所があった。

洋菓子《ようがし》店のショーケースだ。多くの女性客がショーケースをのぞき込み、商品を探している。

店の壁《かべ》には、チョコレートのポスターが貼《は》られていた。

二月十四日のバレンタインデー。

言わずと知れた、女性が男性にチョコレートを贈《おく》り、愛の告白をする日だ。

といっても生まれてこのかた、僕には縁《えん》のない日だけど。

（そういえば去年、チョコレートをもらわなかったな……）

去年の今ごろ、僕は高校受験に合格したら芽吹《めぶき》さんに告白するんだと決めていた。

でも彼女から、バレンタインデーのチョコレートをもらえなかったんだ。

当時は、芽吹《めぶき》さんは僕の告白を待っているからチョコをくれなかったんだなんて、都合よく考えた。本当はあのとき、彼女の気持ちを察するべきだったのかもしれない。

そして今年は……。

さっき見かけた芽吹《めぶき》さんは、この洋菓子《ようがし》店の紙袋《かみぶくろ》を持っていた。ということは、彼女はここで買い物をしたわけだ。

買ったのはバレンタインデーのチョコレート？

だとしたら、その相手は……。

ふと頭の中で、チョコレートをくれる彼女の姿を想像してしまう。

『先生、わたしの気持ち……受け取ってください』

いやいや。僕は家庭教師で芽吹《めぶき》さんは教え子。バレンタインのチョコレートをもらうような関係じゃない。

けれど本当に芽吹《めぶき》さんがチョコをくれたら、とても断れない……。

ドキドキしながら、彼女がどんなチョコを買ったのかショーケースをのぞいてみる。

ショーケースのポップには、こんな文字が書かれていた。

『プレゼント相手に最適！　タイプ別チョコレート』

ポップの下にはいくつかのチョコのサンプルが陳列《ちんれつ》されている。贈《おく》る目的に合わせてチョコの種類やラッピングを選べるようだ。

『家族に感謝を込《こ》めて』とか『職場でお世話になった人に』とか、さらには『がんばる自分へのごほうびに』なんてものまである。

本命の相手へ贈《おく》る『気になるあの人へ愛を込《こ》めて』というチョコレートもあるけど、様々なバリエーションの一つでしかない。

今やバレンタインデーのチョコレートは、必ずしも愛の告白だけの文化ではないようだ。

（まあ、そうだよね……）

芽吹《めぶき》さんは家族思いだから、家族に渡《わた》すチョコを買ったのかもしれない。

学校の友だち同士で交換《こうかん》するチョコかもしれない。

彼女からチョコレートをもらえるはずだと浮《う》かれて、去年と同じような失敗を繰《く》り返《かえ》すのはやめないと。

僕は洋菓子《ようがし》店の前を離《はな》れると、食料品売り場の出口に向かって歩き出した。

翌日の夜、芽吹《めぶき》さんとオンライン補習をおこなった。

入学試験ももう来週に迫《せま》っている。彼女の受験勉強も最後の追い込みだ。

「……ゆえに、解としてx＝3が導かれます」

「よくできたね。一瞬《いっしゅん》の迷いもなく解けたスピードだ」

芽吹《めぶき》さんは抱《かか》えていた悩《なや》みも吹《ふ》っ切《き》り、授業中の彼女は、本当に勉強のこと以外考えてないほど集中している。

「今日の補習はここまでかな」

そして勉強が終わると、芽吹《めぶき》さんは一息つくように表情をやわらげた。

「ありがとうございました！　そうだ、一つ質問があるのですが」

「どこか、わからない部分があるかな？」

「勉強のことじゃないんです。先生は甘いものは好きですか？　甘いお菓子《かし》とか」

聞かれて、とっさに昨日見た芽吹《めぶき》さんの後ろ姿を思い出した。

甘いものは好きかと質問するのは、やっぱり僕にチョコレートをくれるから？

鼓動《こどう》が速まりながらも、何も気づいてないふりをして答えた。

「もちろん大好きだよ。勉強してると甘いものが食べたくなるよね」

「よかったです！　甘いものが嫌《きら》いだったらどうしようかと心配で」

「どうして心配なの？」

すると芽吹《めぶき》さんはニコッとほほ笑《え》んだ。
「それはナイショです。では先生、また次回の授業でお待ちしています」
「おやすみ、芽吹《めぶき》さん」
オンライン接続を切って一人になったあとも、僕の鼓動《こどう》はトクトクと速まったままだ。
やっぱり芽吹《めぶき》さんは、僕にチョコレートをくれようとしている。
もしも告白されたら、どうすればいいんだろう。
けれど、戸惑《とまど》う気持ちより嬉《うれ》しい気持ちが勝っているのは否定できない。
(やっぱり僕は今も、芽吹《めぶき》さんのことを……？)
もちろん家庭教師と教え子の恋愛《れんあい》なんて許されない。
けれど家庭教師の契約《けいやく》が終了《しゅうりょう》したあと、芽吹《めぶき》さんと特別な関係になれるとしたら……。
次に芽吹《めぶき》さんの家でおこなう授業は二月十四日。
運命のバレンタインデーだ。
その日のことを考え出すと、僕は夜もなかなか寝付《ねつ》けなくなってしまうのだった。

#

そうして二月十四日がやってきた。

僕は放課後にいつもどおりバスに乗って、芽吹《めぶき》さんの家へ家庭教師の授業に訪《おとず》れた。

インターホンを鳴らすと、今日もセーラー服を着た芽吹《めぶき》さんが玄関《げんかん》まで出迎《でむか》えてくれる。

「先生、こんにちは！　お待ちしていました」

彼女の挨拶《あいさつ》も、いつもと同じ。

けれど、どことなくウキウキとした表情に見える。

「こんにちは。今日もおじゃまするね」

芽吹《めぶき》さんに続いて彼女の部屋へ向かう。おしゃべりする内容も、学校で起きた出来事などの日常的なものばかり。

しかし僕は上の空で、心の底では別のことを考えている。

今日がバレンタインデーだという事実が、頭から離《はな》れない。

芽吹《めぶき》さんの部屋に入って、脱《ぬ》いだコートをハンガーにかける。

振《ふ》り返《かえ》ろうとしたとき、彼女のあわてた声がした。

「先生、そのまま壁《かべ》のほうを向いていてください！」

「このままって、どうして？」

「こっちを向いちゃダメです！　恥《は》ずかしいですから……」

恥《は》ずかしい？　どんな恥《は》ずかしいことをしてるんだろう……。

僕は身動きできなくなって、壁《かべ》にかかった自分のコートを見つめ続ける。

しばらく待って、再び芽吹《めぶき》さんの声がした。

「い、いいですよ、先生。こっち、見てください……」

ちょっとばかり緊張《きんちょう》した声がする。

振《ふ》り返《かえ》ると、すぐ目の前に芽吹《めぶき》さんが立っていた。

彼女は後ろ手に何かを持って、モジモジと視線をそらしている。

この雰囲気《ふんいき》は……間違《まちが》いない。

ドラマやマンガでなら、何度も見たから知っている。

そして今日は、運命の日。

今、僕は誰《だれ》もが憧《あこが》れる美少女から、チョコレートを渡《わた》されようとしてるんだ！

しかも学校の廊下《ろうか》でも教室でも帰り道でもない。彼女の部屋で！

芽吹《めぶき》さんは一度深呼吸をして、意を決したようにまっすぐ僕の目を見る。

「あのですね、先生……」

「芽吹《めぶき》さん、どうしたのかな？」

僕は気づかないふりをしながら、聞き返した。

彼女はゆっくりと、後ろ手に持っていた小箱を差し出した。

「こ、これ、どうぞ……」

愛らしいピンク色の紙でラッピングされた小箱。

バレンタイン!
いつも
ありがとう!

間違《まちが》いなくあの洋菓子店《ようがし》で買ったチョコレートだ。

「これを、僕にくれるの？」

「今日、バレンタインデーですから……」

「あ、ありがとう……」

胸を高鳴らせ、両手で受け取った。

彼女の愛情に包まれた気分になり、鼓動《こどう》はますます高まって、胸が苦しいほど。

とうとう、芽吹《めぶき》さんが僕にバレンタインデーのチョコレートをくれたんだ……。

感激しながら受け取った小箱を見つめて、僕は気がついた。

（あれ……？）

小箱に貼《は》られたハート型のメッセージカードに、こんな文字が印刷されている。

『ハッピー・バレンタイン！　いつもありがとう！』

洋菓子《ようがし》店のショーケースを思い出した。確かこのカードは、親しい家族や友人に贈《おく》るときのメッセージとして用意されたもの。

これは愛の告白なんかじゃない。

芽吹《めぶき》さんは、家庭教師のお世話になっているお礼としてチョコレートをくれたんだ。

高鳴っていた鼓動《こどう》が急速に静まっていく。

「本当はじっくりチョコレートを選びたかったんですが、勉強もしなければならないですし、

「気にしなくていいよ。こうしてチョコを贈《おく》ってくれるだけで嬉《うれ》しい」
あまり時間をかけられなくて……」

僕の心はすっかり冷静さを取《と》り戻《もど》していた。

バレンタインデーに浮《う》かれている僕のほうが間違《まちが》ってたんだ。

今は芽吹《めぶき》さんの受験直前の大切な時期。チョコレートなんかより大切なことがある。

去年の今ごろ、芽吹《めぶき》さんを好きになって一人で浮《う》かれていた過去を思い出した。危《あや》うくあのときの過《あやま》ちを繰《く》り返《かえ》してしまうところだった。

勘違《かんちが》いしてはいけない。

僕は家庭教師で、芽吹《めぶき》さんは教え子。恋愛《れんあい》などできる間柄《あいだがら》ではない。

「プレゼントに見合うほどの家庭教師でいられるよう、これからもがんばるよ」

家庭教師としての自覚を伝えるために、そんなふうに礼を言った。

少しばかり芽吹《めぶき》さんの表情から元気さが失われた気がするのは、気のせいだろうか。

「そう、ですね……」

彼女は言葉少なに返事をした。

「しっかり味わって食べるからね」

「評判のお店のチョコレートですから、とってもおいしいはずですよ！」

芽吹《めぶき》さんは再び笑顔《えがお》になるけれど、それは普段《ふだん》どおりの彼女と同じものだった。

浮《う》かれた気分を振《ふ》り払《はら》い、僕たちは今日の授業を開始した。

受験直前の授業とあって、僕も芽吹《めぶき》さんもバレンタインデーのことを頭の隅《すみ》に追いやり勉強に没頭《ぼっとう》する。授業の大半はこれまでの復習だ。

「——では、次の単語だよ。『ぼうえきまさつ』を漢字で書いてみよう」

「こうですね。『貿』『易』『摩《ま》』……。あ、間違《まちが》えちゃった」

芽吹《めぶき》さんは最後の『擦《さつ》』の字を書き誤り、修正するために消しゴムを手に取ろうとした。

ところが指先が当たって、消しゴムが転がって床《ゆか》に落ちてしまう。

僕は拾ってあげようと手を伸《の》ばした。

すると芽吹《めぶき》さんも同じように手を伸《の》ばし、二人の指先が消しゴムの上で触《ふ》れ合《あ》う。

「あ……ごめんなさい……」

芽吹《めぶき》さんはすぐに謝って手を引っ込めた。

僕は消しゴムを拾って彼女の前に置いた。

……なんだか様子がおかしい。

僕たちの手が触《ふ》れ合《あ》うなんて、何度も経験したことだ。しっかり握《にぎ》り合ったことだって。

今さら指先が触《ふ》れたくらいで謝る必要、ないのに。

今日の芽吹《めぶき》さん、いまいち覇気《はき》がないように見える。

勉強疲《づか》れだろうか？　いや、そうは思えない。

僕が部屋に来た直後は、彼女はウキウキした様子だった。勉強に疲《つか》れていたり、受験を前にナーバスになっていたりする様子ではなかった。

芽吹《めぶき》さんの様子が変わったのは、あの瞬間《しゅんかん》からだ。

チョコレートをプレゼントされて、僕がお礼を言ったとき。

あの瞬間《しゅんかん》から、彼女の元気が薄《うす》れたように感じられる。

どうして？　『家庭教師としてがんばるよ』なんて、素っ気ない返事をしたから？

芽吹《めぶき》さんはもっと別の返事を期待していた？

それはまさか……愛の告白に対する返事だったのか？

だとしたら僕は、取り返しのつかない間違《まちが》いをしてしまったんだろうか……。

#

僕には芽吹《めぶき》さんの真意がわからない。プレゼントのチョコレートにどんな思いを込《こ》めたのか、心が読み取れない。

どう返事をしたらよかったんだろう？

芽吹《めぶき》さんが好きだ、と返事をして、彼女にそんな気持ちがなかったら……。

それは一年前と同じ過《あやま》ちの繰《く》り返《かえ》しになる。それも受験の直前という重要な時期に、彼女の心を乱すことになる。

それだけは絶対に避《さ》けなければならない。

そもそも僕と芽吹《めぶき》さんは、家庭教師と教え子。

恋愛《れんあい》関係になることは、家庭教師の規約でも禁止されていることだ。それは芽吹《めぶき》さんだってわかっているはず。

しかし元気を失っている彼女を、このまま放っておくこともできない。

「芽吹《めぶき》さん、白状してもいいかな？　実は僕、女の子からバレンタインデーのチョコレートをもらったのって、初めてなんだ」

今は授業中だけど、緊急《きんきゅう》事態。彼女の元気を取《と》り戻《もど》すことが先決だ。

元気なほうが授業にも身が入る。受験直前だからこそ少しの時間も大切にしなければ。

芽吹《めぶき》さんは僕の顔を見て、クスッとほほ笑《え》んでみせた。

「わざわざ白状しなくても、そうだと思いましたよ、先生」

「あっ、それはひどいなあ」

「だけど嬉《うれ》しいです。先生に初めてチョコレートをあげた女の子になれて」

「そのせいで、さっきはぎこちないお礼をしちゃって……。本当はすごく喜んでるんだ。どう表現したらいいかわからなくてさ。社交辞令的なお礼だと思わせてたら、ごめん」

「そんなこと思ってないです！　先生が受け取ってくれただけでも安心したんですから！」

「安心って？」

「わたし、迷ってたんです。家庭教師の先生にチョコをあげるなんて変なことかなって。でもせっかく一年に一度の日ですから、どうしてもと思って」

「実は僕も、芽吹《めぶき》さんがチョコレートをくれるんじゃないかってドキドキしてたんだ」

話してるうちに、芽吹《めぶき》さんの表情に明るさが戻《もど》ってきた。

それでも彼女が僕のことをどう思っているのか、その気持ちはわからない。

そして僕は――僕は、彼女のことをどう考えているんだろう？

僕はやっぱり今でも芽吹《めぶき》さんが好きなんだろうか？　それとも心の底から教え子として応援《おうえん》したいんだろうか？

僕自身でも自分の気持ちがはっきりしない。

僕は芽吹《めぶき》さんと、どんな関係になりたいんだろう。

「あの、先生、わたし……」

ふと芽吹《めぶき》さんが、少しばかり沈《しず》んだ声をあげた。

「一人になるのが不安なんです。子どもっぽいって笑われるかもしれませんが、支えてくれる人がいると安心できるんです。家庭教師の先生にこんなことまで頼《たの》むなんて、わがままだと、わかってますけど……」

「わがままじゃないよ。試験は一人で受けるものだ。だからこそ、孤独《こどく》が不安になるんだ」

そうだ。今の僕にとって大切なのは、芽吹《めぶき》さんと恋人《こいびと》になれるかどうかじゃない。

受験に一人で立ち向かう彼女を一人にしないこと。

彼女が進んでいる道は正しいのだと、共感してあげること。

どうすればそれを伝えられるのだろう。

考えて、僕はさっきもらったチョコレートの小箱を持って、こたつの上に置いた。

「芽吹《めぶき》さん、このチョコレート、受験のときに食べてもいいかな」

「わたしが試験を受けているときに、ですか？　賞味期限は大丈夫《だいじょうぶ》ですけど」

「高校が受験会場だから、その日、僕は休校になるよね。そこで、芽吹《めぶき》さんの受験に合わせてチョコレートを食べようと思う。そうすれば試験会場にいる芽吹《めぶき》さんのことを感じられるような気がするんだ」

芽吹《めぶき》さんは最初、奇妙《きみょう》な提案に驚《おどろ》いた様子で僕を見返していた。

やがてその表情に笑《え》みが浮《う》かび、大きくうなずいた。

「はい！　そのチョコレートは、わたしの心と通じてますから。チョコレートがおいしいときは、わたしの心がウキウキしているんです。試験のときにおいしかったら、それは受験が調子よくいってる証拠《しょうこ》なんですよ」

「それは楽しみだ。僕はおいしいチョコレートが大好物だからね」

「よお〜く味わってくださいね、先生」

照れた様子の芽吹《めぶき》さんを見ていると、この部屋の雰囲気《ふんいき》まで甘くなってきそうだ。

しかし忘れちゃいけない。今は授業中。

「それではチョコレートをもっとおいしくするために、気合いを入れて勉強しよう」

「最後まで厳しくご指導お願いします、先生！」

芽吹《めぶき》さんはすっかり元気を取《と》り戻《もど》し、僕たちはまた勉強へ没頭《ぼっとう》していった。


──その夜、芽吹《めぶき》ひなたは受験勉強のラストスパートをかけていた。

最後まで手を抜《ぬ》くことはできない。試験ではどんな問題が出るかわからないのだから、少しでも多くの学習内容を頭にたたき込まなくてはならない。

勉強の合間に手を止め、ひなたはバレンタインデーのことを考えた。

本来なら今ごろの時間、瑛登《えいと》がチョコレートを食べているはずだった。

けれど彼の提案により、ひなたの受験のときに食べてくれることになった。

不思議な食べ方だけど、バレンタインデーの気持ちが通じたみたいで嬉《うれ》しい。

「先生にチョコレートをプレゼントして、よかった……」

彼女がチョコレートを贈《おく》ったのには、理由がある。

ひなたは自分の気持ちが知りたかった。自分の瑛登《えいと》に対する気持ちは、なんなのだろう？

憧《あこが》れの先生？　頼《たよ》りになる仲間？　それとも……。

そこでバレンタインデーのチョコを贈《おく》って、自分の気持ちを確認《かくにん》したかった。

けれど愛の告白なんてしたら、彼を困らせてしまう。だから『いつもありがとう』のチョコにしたのだ。

それを受け取った瑛登《えいと》の返事は、当たりさわりのない家庭教師としてのもの。

その無難な態度を見たとき、ひなたは——急に寂《さび》しくなるのを自覚した。

でもそのあと、彼が試験当日にチョコレートを食べると言ったとき、心が一気に温かくなるのを感じた。

そんな心の変化に、ひなたは自分の気持ちを確信しかけている。

「やっぱり、わたしは先生のことが——」

足元で、クリスマスに彼からプレゼントされたスリッパが、いつも以上に彼女を温めてくれているようだった。

2月・3　入学試験

長かった受験勉強もいよいよ大詰《おおづ》めだ。

今日は私立時乃崎《ときのさき》学園高等学校の一般《いっぱん》入学試験の前日。

芽吹《めぶき》さんが受験に挑《いど》む、一日前である。

僕は彼女の家で、仕上げの授業をしていた。

これまでの半年間、僕たちは学習の理解を積み上げ、内容を頭に定着させるため復習を繰《く》り返《かえ》してきた。

そうした習慣を忘れずに明日へとつなげる、橋渡《はしわた》しのような授業だ。

だから中学校で習うすべての学習範囲《はんい》を対象に、五教科の最終確認《かくにん》を進めていく。

芽吹《めぶき》さんが着実に学習を進めたおかげで、教えてきた内容はしっかりと頭に入っている。

そのため受験直前にもかかわらず、授業は穏《おだ》やかな雰囲気《ふんいき》だった。

芽吹《めぶき》さんの体調も問題なし。精神的にも余裕《よゆう》が見られ、不安の色も消え去っている。

そんな安心感のせいか、僕はつい……。

「ふぁ……」

授業中だというのに、軽くあくびをしてしまった。

「もう、先生ってば」

「ご、ごめん。つい……」

家庭教師としてあるまじき失態。眠気《ねむけ》を吹《ふ》き飛《と》ばすように自分のほっぺを両手でたたく。

「もしかして先生、寝不足《ねぶそく》ですか？」

「学年末試験の勉強で、睡眠《すいみん》時間が減ってるんだ」

「わたしの家庭教師もしてくれてるのですからね……。今日の授業は大丈夫《だいじょうぶ》ですから、お昼《ひる》寝《ね》していきませんか？　わたしのベッドを使っていいですから」

「い、いや、そんなの悪いって。ベッドを使わせてもらうなんて」

「どうしてですか？　前に一度、一緒《いっしょ》に寝《ね》たじゃないですか」

他人が聞いたら思いっきり誤解されそうなことを言う。

一緒《いっしょ》に寝《ね》たなんて言われて、一瞬《いっしゅん》で眠気《ねむけ》が吹《ふ》き飛《と》んでしまった。

「心配ないよ。僕の学年末試験はもう終わったからね」

「うう～、先生、試験が終わってうらやましいです～」

「でも他にもあるんだ。これから家庭教師のレポートを書かないと」

「前に先生が言っていたレポートですよね。大変そうですか？」

「家庭教師の自己評価をどんな内容にしようか、ずっと悩《なや》んでたんだ。ようやく書くべき文章が頭の中でまとまってきた。明日は僕は休校になるから、一気に書き上げる予定だよ」

「わたしの試験と同じ日ですね！」

「僕も試験を受けるような気分だ」

「二人でがんばりましょう！　わたし、先生に負けませんから」

「僕だって。一緒《いっしょ》に、いい結果を残そう」

「はい！　一緒《いっしょ》に合格です！」

気合いを入れ直したところで僕たちは授業に戻《もど》り、試験前の最後の仕上げをしていった。


そうして、授業の時間も終わりを迎《むか》えた。

「――よし。これで今日の授業は終了《しゅうりょう》だ。芽吹《めぶき》さん、今までおつかれさま」

「先生もありがとうございました。終わりじゃないですよ。本番は明日ですから」

「そうだね。今日はしっかり眠《ねむ》って、明日に備えるんだよ」

家庭教師の仕事だって、これで終わるわけじゃない。

僕が芽吹《めぶき》さんと交《か》わした契約《けいやく》は、三月いっぱいまで続く。

試験の結果によっては、すぐにも次の高校の受験に向けて準備しなければならない。

いっぽう無事に合格したら、高校の勉強の予習をする予定だ。そうすれば進学後もスムーズに学習に入っていけるだろう。

どちらにしても、明日の入学試験が最大の山場であることは間違《まちが》いない。

こたつの上の参考書とノートを片付けると、僕は立ち上がって芽吹《めぶき》さんに向かい合った。

「芽吹《めぶき》さんは本当に教えがいのある生徒だよ。おかげで充実《じゆうじつ》した家庭教師になれた。芽吹《めぶき》さんは自ら選んだ道を、しっかり歩いてきたんだ」

「先生が導いてくれたおかげです。先生が家庭教師を引き受けてくれていなかったら、わたしはここまで来られませんでした」

芽吹《めぶき》さんが手を差し出し、僕も握《にぎ》り返した。

可愛《かわい》い女の子の手……というよりも、今ばかりは、一緒《いつしよ》に受験勉強を駆《か》け抜《ぬ》けた仲間の手《て》に感じられる。

固い握手《あくしゆ》をかわし、少しなごり惜《お》しい気分で手を離《はな》す。

「先生、明日のチョコレート、忘れないでくださいね」

「もちろん。ちゃんと冷蔵庫に入れて取ってある。試験の時間に合わせて、おいしいチョコを食べさせてもらうからね」

冷蔵庫のチョコに関して、先日、会社から帰宅した父に食べられそうになり、あわてて取り返したという事件があったのだけど、まあ、どうでもいい話だ。

コートを着て帰りの準備を済ませ、僕は芽吹《めぶき》さんと一緒《いつしよ》に部屋を出た。

ふと、去年の夏に初めて彼女の部屋を訪《おとず》れたときを思い出す。

緊張《きんちよう》しながら失恋《しつれん》相手の女の子の部屋へやって来た日。

まだ半年前なのに、ずいぶん昔のことのように思える。

それほど僕と彼女は、濃密《のうみつ》な日々を過ごしてきたのかもしれない。

玄関《げんかん》まで来ると、芽吹《めぶき》さんはいつものように僕を見送ってくれる。

「では先生、気をつけて帰ってくださいね。寝不足《ねぶそく》だからって、途中《とちゅう》で寝《ね》たらダメですよ」

「さすがに寝《ね》ないよ。……と思ったけど、バスの中でウトウトしちゃいそうだなあ」

「でしたら、バスを降りる時間に電話して起こしてあげます！」

そんなこと悪いよ――と、いつもなら言うところだけど。

今日はなごり惜《お》しさのせいか、もっと彼女の声が聞きたかった。

「手間取らせてしまうけど、頼《たの》もうかな。芽吹《めぶき》さんが起こしてくれるなら、安心して一休みできそうだ」

「任せてください！」

そんな約束をして、彼女の家に背を向けて歩き出した。

僕の家庭教師生活も、あと少し。

芽吹《めぶき》さんの部屋で授業をする日も、もうすぐ終わる。

帰り道を歩く一歩ずつを、貴重なものに感じながら道を進んだ。

なお、その後のバスの座席で、僕は芽吹《めぶき》さんからの電話を心待ちにするあまり、目が冴《さ》えてちっとも眠《ねむ》れないのだった。

#

朝、目覚ましが鳴るよりも早く目が覚めた。

体を起こすと、まぶたが重く視界がぼんやりしてる。

昨夜は学校に提出するレポートに取りかかっていて、寝《ね》るのが遅《おそ》くなってしまったんだ。

なのに不思議な緊張《きんちょう》感に包まれて、妙《みょう》に頭が冴《さ》えていた。

時計を見ると、まだ朝の六時過ぎ。

ベッドから出てカーテンを開くと、澄《す》んだ朝の青空が広がっていた。

今日は、芽吹《めぶき》さんの入学試験の日。

いよいよその日がやって来たんだ。

朝の準備を済ませると、僕は一足早く家を出て、彼女の家の前まで見送りに来た。

スマホのメッセージで来訪を伝え、家には上がらずに門の前で待ち続ける。

やがて玄関《げんかん》の扉《とびら》が開き「行ってきます」という声がした。

セーラー服の上にコートを着た芽吹《めぶき》さんが歩いてくる。

「おはようございます、先生」

僕の前で立ち止まると、彼女はペコリとお辞儀《じぎ》をした。

「おはよう、芽吹《めぶき》さん。夕べはよく眠《ねむ》れたかな？」

「しっかり熟睡《じゅくすい》できましたよ。目覚めた瞬間《しゅんかん》から、頭の中がいい調子です。朝ご飯もおいしくいただけました」

「忘れ物の確認《かくにん》は大丈夫《だいじょうぶ》？　受験票と学生証と、筆記具とサイフとハンカチと……あと腕時《うでど》計《けい》も持ったかな」

　つい、心配性《しょう》な親みたいになって聞いてしまう。

「バッチリです。腕時計《うでどけい》もお母さんに借りましたから」

　彼女が左手を上げると、シンプルで上品な腕時計《うでどけい》が、正確な時刻を示している。

「まさにベストコンディションだね。あとは実力を発揮するだけだ」

　芽吹《めぶき》さんは力強くうなずく。

　しかし、そのまま彼女は動こうとしない。目を伏《ふ》せ、じっと立《た》ち尽《つ》くしている。

　彼女が一歩前に出て体を傾《かたむ》け、頭を僕の胸に預けてきた。

「先生……。わたし、先生のいる学校に通いたい……」

　彼女の声を聞きながら、僕はそっと受け止めるように、彼女の肩《かた》に両手を置いた。

「待ってるよ」

　芽吹《めぶき》さんは顔を上げると、ニコッとほほ笑《え》んでみせた。

「ふふふっ、勇気がもらえました。これで完璧《かんぺき》です。がんばってきますね、先生！」

「全力を出してくるんだぞ」

彼女は歩き出し、バスの停留所へと向かう。

その後ろ姿を、僕はずっと見送っていた。


芽吹《めぶき》さんの見送りを終えた僕は、家に戻《もど》って軽い朝食を済ませ、勉強机に向かった。

今日、時乃崎《ときのさき》学園は入学試験のため休校になっている。

その間に家庭教師のレポートを書き上げてしまおう。

机には学校から借りたノートパソコンが置かれている。画面上のドキュメント用紙はすでに半分以上が文字で埋《う》まっているけど、まだ書き終わりそうにない。

レポートはこんな内容だ。

——以前の僕の勉強は、与《あた》えられた問題に対して決まった正解を答えるだけだった。しかし家庭教師になって、それだけでは活動できないと知った。教え子に合わせた問題を考え、生徒の悩《なや》みに対して、決まり切った正解のない解答を出さなければならない。それは大変だけど、考え、行動して出した答えは、自分にしか見つけられない解答だ。

芽吹《めぶき》さんの誕生日のとき、彼女に話した内容。

それが家庭教師の活動を通じて僕が見いだしたこと。

書き始めると次から次に言葉が思《おも》い浮《う》かび、そのたびに頭で文章を整理し直す。気がつくと何ページにも及《およ》びそうなレポートになっていた。

区切りのいいところで手を止めて時計を見ると、朝の九時前。

学校では、間もなく試験が始まるころだ。

僕は机に置いてあったチョコレートの小箱を開けた。

芽吹《めぶき》さんがくれた、バレンタインデーのチョコレート。

中に入っていたのは五つのチョコのセットだった。そういえば試験は五教科だけど、これは偶然《ぐうぜん》だろうか。

九時ちょうどの時間に合わせて、チョコレートを一つ手に取って一口食べた。

濃《こ》い色をしたビターチョコで、クリーミーなほろ苦さだ。

一度噛《か》むと、濃厚《のうこう》でおいしいカカオの味わいが舌の上に広がっていく。

「芽吹《めぶき》さん、がんばって」

遠くにいる彼女に向かって、祈《いの》るような気持ちで応援《おうえん》の言葉をつぶやいた。


——そのころ、芽吹《めぶき》ひなたは試験会場の席に座り、答案用紙に向かっていた。

時乃崎《ときのさき》学園の体育館に作られた試験会場。数百席もの机が並べられ、一つ一つの席に受験生が座っている。

誰一人《だれひとり》、一言も発することなく、広い会場には鉛筆《えんぴつ》やシャープペンシルが紙をたたく音と、数人の試験官の足音が響《ひび》くばかり。

静かで乾《かわ》いた空間に、張《は》り詰《つ》めた緊張《きんちょう》が広がっている。

ここにいる人たち全員が、同じ目標に向かう同志であり、点数を競《きそ》い合《あ》うライバルでもある。

そう考えると、自分のちっぽけさが恐《おそ》ろしくなってしまう。

大勢の中学生の中で、自分はたった一人でここにいるんだ。

みんな必死に受験勉強を重ね、この場所に来ている。黙々《もくもく》と試験に向かう彼らの気迫《きはく》が充《じゅう》満《まん》しているようで、その迫力《はくりょく》に飲み込まれそうだ。

ふと左手首を見ると、腕《うで》時計《どけい》が静かに一秒ずつ時を刻んでいる。

針の規則的な動きが、ひなたの命運を削《けず》り取《と》っていくように。

(テストに集中しなきゃ)

ひなたは雑念を振《ふ》り払《はら》い、出題文を熟読した。最初の試験は理科だ。

物理式の出題を頭の中で整理し、解答を記入するためにシャープペンシルを手に取る。

その瞬間《しゅんかん》、触《ふ》れ慣れた感触《かんしょく》に体中の緊張《きんちょう》がやわらいだ。

瑛登《えいと》が誕生日にくれたシャープペンシル。

指先で握《にぎ》ると、遠くにいるはずの彼が、すぐ隣《となり》で手を添《そ》えてくれる気がする。

ひなたの頭に、今までに繰《く》り返《かえ》した彼との授業がよみがえる。

「芽吹《めぶき》さん、次の問題だ。この運動の式から、物体Bの速度を答えてみよう」

まるで、テストの出題文を読み上げる彼の声が聞こえそうだ。

(先生。この問題の答えは、こうですよね)

心の中で返事をすると、解答欄《らん》に記入し始めた。

試験中だというのに、ひなたは次第《しだい》に楽しい気持ちになってくる。

答案用紙の上で、彼女の持つシャープペンシルが軽《かろ》やかに舞《ま》い始めた。

#

レポートの最後の一行を書き終えたとき、窓の外の日差しは傾《かたむ》きかけていた。

バレンタインデーのチョコレートの箱は、もう空だ。

一時間に一つずつ、芽吹《めぶき》さんの試験に合わせて食べ続け、数時間かけて食べ終えた。

二つ、三つと食べるごとにチョコレートの味わいが口に広がった。最後のスイートチョコの甘い味覚が、今も舌に残っている。

(芽吹《めぶき》さんの試験、どうだったかな……)

予定どおりなら、試験が終了《しゅうりょう》している時刻だ。

彼女は無事に終えられただろうか。全力を出し切れただろうか。

気になるけど、今は待つしかない。

それから、書き上げた五ページに及《およ》ぶレポートを読み返した。

書き進めている間にも書き足したいことや新しい表現が思い浮《おもう》かび、何度も書き直した結果、予定より大幅《おおはば》に増えたレポートとなった。

読み返しても、文章のまとまりの悪い部分がたくさんある。だけど僕が家庭教師として経験した重要なことは、書き尽《つ》くせたと思う。

レポートのファイルをUSBメモリに保存し、無くさないよう机の引き出しにしまった。

「ふぁ〜……」

とたんに口から大きなあくびが出てしまう。

考えてみれば昨晩からレポートを書き始めて、明け方まで起きていた。芽吹《めぶき》さんの見送りがあるから少しは寝《ね》たものの、それがなければ徹夜《てつや》するところだった。

時計を見ると午後の三時半。今から家を出れば芽吹《めぶき》さんの帰宅時間に間に合うはず。

洗面所に行って顔を洗い、眠気《ねむけ》を覚ますと、バスに乗って彼女の家へ向かった。

芽吹《めぶき》さんの家の門前に立ち、僕は彼女の帰りを待った。

彼女の母親が「中で待ったらどうですか？」と声をかけてくれたけど、一刻も早く芽吹《めぶき》さんの顔を見たくて、ここで待たせてもらうことにしたんだ。

二月の終わりの、日が暮れ始める時刻。

住宅街の道はゆったりとして、たまに人が通っていくだけ。

静かな風に吹《ふ》かれながら、今朝、芽吹《めぶき》さんが歩いていった道の先を見つめ続けた。

電話やメッセージアプリで連絡《れんらく》は取れるけど、試験が終わって疲《つか》れているだろうし、せかすのはやめておこう。

スマホの時計を見ると、そろそろバスが近くの停留所に止まるころだ。

彼女を待ちわびる時間が、やたらと長く感じられる。普段《ふだん》ならネットでも見ながら暇《ひま》つぶしするところだけど、今日ばかりはそんな気にもなれない。

五分ほど時間が流れたとき、住宅街の角を曲がる人影《ひとかげ》が現れた。

小柄《こがら》な体にセーラー服とコートを着て、学校の鞄《かばん》を肩《かた》にかけ、柔《やわ》らかな髪《かみ》を揺《ゆ》らしながら、こちらへと歩いてくる。

芽吹《めぶき》さんは僕に気がつくと、まっすぐ向かってきた。

僕もその場で立ったまま、帰宅する彼女を出迎《でむか》えた。

彼女は僕の正面で立ち止まり、向かい合って大きな瞳《ひとみ》で見上げる。

「お帰り、芽吹《めぶき》さん」

「先生、ただいま戻《もど》りました」

簡単な挨拶《あいさつ》をかわし、無言で見つめ合う。

芽吹《めぶき》さんは普段《ふだん》と変わらず、落ち着いた様子でたたずんでいた。

「……試験、無事に終わったかな？」

聞くと、彼女は今日一日を思い返すようにそっと目を閉じた。

一度大きく息を吸い込み、ゆっくりと吐《は》き出《だ》し、呼吸を整えている。

再び目を開けて僕を見ると、静かに口を開いた。

「全力を、出せたと思います」

言って、小さくほほ笑《え》んでみせる。

あまりにも控《ひか》えめな態度だ。

だけどそれが、むしろ彼女の自信を表しているようだ。

その瞬間《しゅんかん》に僕は確信した。

芽吹《めぶき》さんは試験で実力を出し切ったのだと。

そして彼女の成績であれば、実力を発揮したとなれば、その結果は……。

僕はその確信を伝えるように、彼女にうなずいてみせる。

「がんばったね」

「はい」

短い言葉で十分だ。

芽吹《めぶき》さんは、やり遂《と》げたんだ。思い残すことはない。

あとは合格発表を待つだけ。

もちろん試験は結果が出るまでわからない。喜びに浸《ひた》るのは早すぎる。

それでも僕は、家庭教師の役割を成《な》し遂《と》げたのだという実感が、心の底から湧《わ》き上《あ》がるのを抑《おさ》えられなかった。

緊張《きんちょう》に満ちた受験勉強の日々が終わり、解き放たれたような開放感に満ちる。

そのとたん、体中から張《は》り詰《つ》めていた力が抜《ぬ》けていくようだった。

体が支えを失ったようにふらつき、頭がぼんやりとして視界がかすむ。

「……先生？」

芽吹《めぶき》さんの声が聞こえても言葉を返せない。

立つこともできなくて、道ばたに片膝《かたひざ》をついた。

「先生、どうしたんですか⁉ しっかりしてください‼」

異変に気づいた芽吹《めぶき》さんが僕の体を抱《だ》きとめ、悲痛な声をあげる。

意識がもうろうとして、何も考えられなかった。

まぶたが重い。視界が暗くふさがれる。

僕の体はかろうじて芽吹《めぶき》さんに支えられながら、ゆるやかに倒《たお》れていった。

「先生！ 先生っ……‼」

彼女の声が、遠くかすかに聞こえていた。

2月・4　寝込んじゃった……

「う、う〜ん……」

眠《ねむ》りの底から意識を取《と》り戻《もど》し、僕はベッドの上で体を起こした。

カーテンが引かれて、室内は薄暗《うすぐら》い。夜遅《よるおそ》くまで勉強していた机も、今日は教科書も参考書もノートも、何一つ載《の》ってない。

窓の外から、通り過ぎる車や街路樹のざわめきの音など、雑多な騒音《そうおん》がかすかに聞こえる。

学校帰りらしい子どもたちの騒《さわ》ぎ声がした。もう夕方だ。

ベッドのシーツが汗《あせ》に濡《ぬ》れている。昼の間、ずっと眠《ねむ》り続けていたようだ。

昨日、入学試験から戻《もど》る芽吹《めぶき》さんを出迎《でむか》えた僕は、その場で倒《たお》れ込んでしまった。

彼女の試験が順調に終わったことを聞いて、安心感から一気に気がゆるんだらしい。前日の夜から徹夜《てつや》同然でレポートを書いていたせいで、押し寄せる睡魔《すいま》に勝てなかったんだ。

芽吹《めぶき》さんの前で倒《たお》れた僕は、すぐに意識を取《と》り戻《もど》して目を覚ました。芽吹《めぶき》さんは彼女の家で休むように言ったけど、爆睡《ばくすい》しそうだったので家に帰ることにした。帰りは、芽吹《めぶき》さんの母親がタクシーを呼んでくれた。今度、ちゃんとお礼を言っておかないと。

夜になっても体のだるさが取れない。

そして今朝になって熱を出した。微熱《びねつ》だったけど、念のため病院へ行って検査してもらったところ、感染症《かんせんしょう》などによる風邪《かぜ》ではなく、疲労《ひろう》のための発熱だと診断《しんだん》された。

今月は学期末試験もあって試験勉強もしなければならなかったし、芽吹《めぶき》さんの受験のため、家庭教師の準備にも時間が必要だった。そのうえ、苦労してレポートを書き上げた。

いろいろなことが重なって、知らない間に疲《つか》れがたまっていたんだろう。

そんなわけで今日は一日学校を休み、家で眠《ねむ》って過ごしたんだ。

夢も見ないほどぐっすり眠《ねむ》ったせいか、だいぶ体が軽くなっている。

目覚めてしばらくすると、頭もはっきり冴《さ》えてきた。額に手を当てても、熱っぽさはない。

体調は回復したようだ。

ホッとしながらのんびり過ごしていると、玄関《げんかん》のインターホンが鳴った。

母が出るかと思っていたけど、誰《だれ》も出る気配がない。考えてみれば、今日はパートの仕事に行ってる日だ。

しかたなく僕はベッドから起きて、廊下《ろうか》にある玄関《げんかん》モニターのスイッチを入れた。

すると画面に映ったのは、芽吹《めぶき》さんじゃないか。

学校帰りらしく、セーラー服の上にコートを着て通学用の鞄《かばん》を持っている。

僕はインターホンのマイクに向かって話した。

「待ってて、今開けるから！」

それから急いで玄関《げんかん》に向かい、扉《とびら》を開ける。

彼女は僕の顔を見ると、ホッと胸をなで下ろすように大きな息をついた。

「先生！　昨日、だいぶ体調が悪そうでしたから、不安で。体の調子はどうですか？」

「わざわざ来てくれて、ありがとう。朝から微熱《びねつ》があったんだけど、病気ではなく疲労《ひろう》が原因だって。一日寝《ね》てたから、熱も下がったみたいだよ」

「大ごとでなさそうで安心しました。お母さんも心配してましたよ」

「僕の母さんに話したら、タクシー代を渡《わた》してくれたんだ。今度返しに行くね」

話していると、マンションの廊下《ろうか》を風《ふ》が吹き抜《ぬ》けて僕は身震《みぶる》いした。

急いで出たから忘れてたけど、パジャマを着たままだ。

「先生、寒いですから中に入りましょう」

立ち話もなんだし、彼女を玄関《げんかん》に招き入れて扉《とびら》を閉めた。

玄関《げんかん》に入った芽吹《めぶき》さんは、静まりかえった室内を見まわしながら聞いた。

「先生一人だけなんですか？」

「父さんは会社だし、母さんも仕事に出てるんだ」

「体調を崩《くず》したのに大変ですね……。わたしがお世話しますから、先生はベッドで休んでいてください！」

「でももう、熱も下がったし……」

「あったかい部屋にいないと、また熱を出しちゃいますよ」

芽吹《めぶき》さんは有無《うむ》を言《い》わせない様子で、戸惑《とまど》う僕の背を押して部屋へ連れて行く。

ベッドに座らせると、鞄《かばん》を置いてコートを脱《ぬ》ぎ、張り切った表情で僕を見下ろした。

「さあ先生。必要なことがあれば、なんでも言いつけてください！」

「そこまで心配してくれなくて大丈夫《だいじょうぶ》だよ」

「わたしの家庭教師をして疲《つか》れて、体調を崩《くず》してしまったんです。ですから、今日はなんでもお世話しますから」

このままでは引き下がれないと言わんばかりの口ぶりだ。

しょうがない。とりあえず何か頼《たの》めないか考えてみた。

「それじゃ、水を飲みたいかな。寝汗《ねあせ》をかいて、のどがカラカラなんだ」

「わかりました！　すぐにお水を持ってきますね！」

芽吹《めぶき》さんはキビキビと動いて部屋から出て行った。

入学試験に一区切りついたからか、いつにも増して元気がいい。

待っていると、彼女は水の入ったコップを持って戻《もど》って来《き》た。

「先生、お水ですよ」

「ありがとう。朝からほとんど何も飲んでないんだ」

受け取ろうと手を伸《の》ばしたけど、彼女はコップを渡《わた》してくれない。

そのままベッドの隣《となり》に腰掛《こしか》け、コップを両手に持って僕の前に差し出した。

「飲ませてあげますから、口を開けてください」

「水くらい自分で飲めるよ」

「今日は、先生のわがままを聞いてあげちゃいますから」

わがままなんて言わないけど、しかたない。

僕は両手をベッドについたまま口を開けた。

芽吹《めぶき》さんが僕の口元にコップを近づける。端《はし》が唇《くちびる》に当たると、彼女は顔を寄せて僕を見つめながら、慎重《しんちょう》に傾《かたむ》けていく。

一口分の水が流し込まれたところで、彼女はコップを離《はな》した。

口内に入った水を飲み込むと、渇《かわ》いたのどがうるおっていく。

「生き返るなあ～」

「たくさんありますからね」

彼女は同じように二回、三回と繰《く》り返《かえ》し、コップ一杯《いっぱい》分の水を飲ませてくれた。

「おかげで水分補給できたよ」

「どういたしまして。他にもわたしにできることがあれば、遠慮《えんりょ》なく言ってください」

すぐ間近で笑顔《えがお》を見せてくれる彼女を、つい見つめ返してしまう。

考えてみれば、こんな天使みたいな美少女に至《いた》れり尽《つ》くせりにしてもらえるなんて、僕は今、世界一の幸せ者なんじゃないだろうか。

そんなことを考えていると、芽吹《めぶき》さんが心配そうに僕を見た。

「……なんだか顔が赤くなってますよ。やっぱり熱があるんじゃないですか？」

「赤い？　う〜ん、平気だと思うけどな。別に熱っぽくないし……」

というか顔が赤いのは、きっと芽吹《めぶき》さんがすぐそばにいるからだ。

「自己判断はダメですよ、先生」

芽吹《めぶき》さんは片手を僕の後頭部にまわし、引き寄せるように二人の顔を近づける。

「め、芽吹《めぶき》さん？　何を……？」

「動かないで、そのままでいてください。今、熱を見てあげますから……」

芽吹《めぶき》さんは目を閉じて顔を近づけ、僕の額に、額を押し当てた。

＃

病気の熱とは違《ちが》う温かさが顔中に広がっている。

芽吹《めぶき》さんの額が僕の額に密着し、彼女の顔が視界を覆《おお》っている。

呆然《ぼうぜん》と、黒くカールした彼女のまつげを見つめてしまった。

二人とも身動きしないまま、時間が過ぎていく。

ほんの短い時間なのだろうけど、時が止まったかと思えるほどに長く感じられる。彼女の、わずかな呼吸の気配が、大河の流れのようにゆったりと世界に動きを与《あた》えていた。

やがて芽吹《めぶき》さんは、そっと額を離《はな》して目を開けた。

「……熱は、ないみたいですね」

「そ……そうだね。体調も悪くないし」

「でも先生、やっぱり顔が赤い」

そりゃ芽吹《めぶき》さんにあんなに近づかれたら、誰《だれ》だって真っ赤になるよ……。

そう言いたいけど、こんなに間近で見つめられては口ごもってしまう。

「やっぱり、ちゃんと体温計で測ったほうがいいです！　体温計、ありますか？」

「今朝使ったから、勉強机の引き出しに入ってるはずだけど」

芽吹《めぶき》さんはベッドから立ち上がって机の前に歩き、引き出しの体温計を取り出した。

再びベッドの隣《となり》に腰《こし》掛《か》けると、体温計の計測ボタンを押して僕のほうに向ける。

「それでは熱を測りますから、脇《わき》を開けてくださいね」

なんだかナースみたいな口調の芽吹《めぶき》さんだ。

「さ、さすがにそれは自分でやるから！」

僕は奪《うば》い取《と》るような勢いで体温計を手に取った。

彼女に世話される前に測ってしまおう。体温計を脇《わき》の下《した》に差すため、手早くパジャマの前のボタンを外していく。

「ひゃっ⁉」

芽吹《めぶき》さんがしゃっくりみたいな悲鳴をあげた。

「ご、ごめんっ」

僕はベッドの上で座り直し、彼女に背を向ける。

はだけた部分が見えないよう隠《かく》しながら、体温計をパジャマの中に入れて脇《わき》に差した。

「これでよし。一分もすれば測れるから待ってて」

そう言って計測が終わるのを待とうとした。

突然《とつぜん》、芽吹《めぶき》さんが背後からガバッと抱《だ》きつくように両腕《りょううで》を僕の体の前にまわす。

「先生、しっかりと脇《わき》を締《し》めないとダメです！」

ギュッと力を込《こ》めて抱《だ》きしめながら、僕の両腕《りょううで》を締《し》めつける。

背中に密着されて、パジャマの薄《うす》い布地を隔《へだ》てた向こうから、柔《やわ》らかな感触《かんしょく》が押しつけられていた。

ちょっとでも動いたらますます胸の弾力《だんりょく》を感じそうで、身動きが取れない。

やたらと長く感じる一分が過ぎて、体温計がピピピッと計測完了《かんりょう》の電子音を鳴らした。

「測り終わったから、もう脇《わき》をゆるめて大丈夫《だいじょうぶ》だよ……」

「本当に大丈夫《だいじょうぶ》ですか？　長めに測ったほうが正確に測れるかもしれませんよ」

「あまり長すぎると、かえって不正確になると思うし……」

芽吹《めぶき》さんはやっと腕《うで》の力をゆるめ、僕の背中から離《はな》れた。

脇《わき》の下《した》から体温計を取り出すと、三六度八分。僕の体温にしては少し高めだけど平熱だ。

というか、このうち三分くらいは芽吹《めぶき》さんが密着して上がった気がする……。

「ほら見て。やっぱり熱はない」

「よかったです……。でも病《や》み上《あ》がりですから、無理しないでくださいね。先生も今日は勉強を休んで、夜も早く寝《ね》てください」

「そうだね。やるべきことは一通り終えたから、しばらくはゆっくりできそうだ」

合格発表は来週。それまではのんびりしよう。

「芽吹《めぶき》さんも試験の直後だから、今週は羽を伸《の》ばしたほうがいい。……って」

あらためて彼女の顔を見て、気がついた。

「なんだか顔が赤いけど……平気かな？」

「わ、わたしですか⁉　なんともない……と思いますけど、でもなんか、全身がボーッとしてるような……」

「もしかして、だるい？　まずいな。まさか僕の熱をうつしちゃったかな」

医者からはただの疲労《ひろう》だと言われてたけど、寝《ね》てる間に新たに風邪《かぜ》をひいた可能性もある。

油断はできない。

「気にしないでください、先生。わたしはなんともありませんから！」

「だといいけど……。ちょうど体温計もあるし、念のため測っておく？」

「そうですね……。本当に熱があるなら、すぐに帰ったほうがいいですし。それでは、体温計をお借りしますね」

僕は体温計の端《はし》をハンカチでぬぐい、芽吹《めぶき》さんに渡《わた》した。

彼女は体温計を脇《わき》に差すため、セーラー服のリボンをほどく。

上着のファスナーを中ほどまで下ろして前をはだけると、隙間《すきま》から白いインナーがちらりと見えて……。

「む、向こうを見てるから！」

僕はあわてて、またも彼女に背を向ける。

芽吹《めぶき》さんが体温計を服の中に入れる音を背後に聞きながら、窓のカーテンを見つめ続けた。

「あの……先生。お願いがあるのですが」

「な、何かな？」

「脇《わき》を押さえてほしいんです。体に力が入らなくて……」

「でも芽吹《めぶき》さん、服を脱《ぬ》ぎかけてるし」

「ちゃんと前を閉めましたから」

おそるおそる振《ふ》り返《かえ》る。

セーラー服のリボンがほどけてるし、ファスナーも半分ほど下ろしたまま。けど右手で上着を押さえて、インナーは見えない。

僕は向き直ると、できるだけ離《はな》れた位置から両手で彼女の両腕《りょううで》を押さえた。

「これでいいかな」

「んっ……。もうちょっと力を入れていただけると、嬉《うれ》しいです……」

僕はもう少し体を近づけて、両腕《りょううで》にキュッと力を込《こ》めた。

「こ……これなら、どう？」

「あ……。い、いい……です……」

しかし目のやり場に困った。こうして芽吹《めぶき》さんの両腕《りょううで》を押さえていると、少し視線を下げただけで彼女の胸が視界を覆《おお》ってしまうんだ。

「はあ……。やっぱりわたし、熱っぽいのかなあ……」

呼吸に合わせて大きく上下している彼女の胸を見ていると、僕まで熱っぽくなりそうだ。

芽吹《めぶき》さんの服の下から、ピピピッと体温計の電子音が響《ひび》いた。

「測れたみたいだ。体温計を取り出そう」

僕は彼女を押さえていた両手を離《はな》した。

とたんに芽吹《めぶき》さんの体が、支えを失ったようにふらりと揺《ゆ》れた。腰掛《こしか》けていた彼女の上半身が向こう側へ傾《かたむ》き、ベッドの上に倒《たお》れていく。

「んっ……」

「芽吹《めぶき》さん⁉」

もう一度彼女を支えようと手を伸《の》ばすが、間に合わない。

僕は勢いあまって両手をベッドにつき、両腕《りょううで》の間に、仰向《あおむ》けに投げ出された芽吹《めぶき》さんの体が挟《はさ》まれていた。

彼女の髪《かみ》がシーツの上に広がり、はだけたセーラー服の間から薄《うす》い布地のインナーが見えている。むき出しの肌《はだ》には、鎖骨《さこつ》の繊細《せんさい》な凹凸《おうとつ》が浮《う》かび上《あ》がっていた。

「せん……せ……い……」

芽吹《めぶき》さんは熱に浮《う》かされたような声で、ぼんやりと開いた両目で僕を見上げた。

#

僕の部屋のベッドで、セーラー服をはだけさせた芽吹《めぶき》さんは仰向《あおむ》けに寝転《ねころ》がった。

覆《おお》い被《かぶ》さるような格好で両手をベッドについたまま、僕は真下の彼女を見つめた。

彼女は夢でも見ているような目つきで見上げ、半開きの口から熱い息が漏《も》れている。

「せ……せんせ……い……わたし、熱があるんでしょうか……？」

「寒気とか、しないかな？」

僕はどうにか理性を保たせながら聞き返す。

「わからない……です……。寒いというより、温かいような……」

「熱っぽい？」

「いえ……。なんだか気持ちよくて……このままでいたいです……」

「と、とにかく体温計を見よう」

「ん……。先生、見てもらっても、いいですか……？」

体温計は今、芽吹《めぶき》さんの脇《わき》の下《した》だ。

つまり取り出すには、服の中に手を入れる必要があるわけで。

やむを得ない。本当に熱があったら大変なんだ。

「じゃあ芽吹《めぶき》さん、失礼するよ」

僕は左手をベッドについたまま、右手をセーラー服の襟《えり》の下に入れる。

「は、んっ……！」

手が彼女の鎖骨《さこつ》に触《ふ》れた瞬間《しゅんかん》、芽吹《めぶき》さんの体がビクリと反応した。

「す、すぐ終わらせるから」

なるべく肌《はだ》に触《ふ》れないように、慎重《しんちょう》に右手を奥へと滑《すべ》り込ませた。

人差し指の先に固いプラスチックの感触《かんしょく》が触《ふ》れる。これが体温計だ。

体温計を取ろうとしたとき、小指の先にひものようなものが引っかかった。

これは……この位置にあるのは、もしかして下着の肩《かた》ひも……。

つまり、芽吹《めぶき》さんがつけているブラの……。

「先生……脱《ぬ》がしちゃダメ……です……」

「ぬ、脱《ぬ》がさないから。あと少しで体温計が取れるんだ……」

できる限り彼女の肌《はだ》に触《ふ》れず、下着を引っ張らないように気をつけながら、体温計を指先でつまみ持った。

慎重《しんちょう》に、爆弾《ばくだん》の解除でもするかのように用心深く、脇《わき》の下《した》から体温計を引《ひ》き抜《ぬ》いていく。

ようやく僕の手がセーラー服の外に出て、続いて体温計が引《ひ》き抜《ぬ》かれた。

しかし油断した。体温計を持ち直そうとしたとき、器具の先が芽吹《めぶき》さんの胸を軽くこすってしまったんだ。

「ひゃあんっ⁉」

びくんと芽吹《めぶき》さんは背をのけぞらせ、反射的に振《ふ》られた彼女の腕《うで》が、ベッドについていた僕の左腕《ひだりうで》に当たってしまった。

僕は突然《とつぜん》の衝撃《しょうげき》で体を支えきれず、体をどさっと落下させてしまう。芽吹《めぶき》さんに覆《おお》い被《かぶ》さるような格好で。

「せっ、せんせ、いっ！」

「すぐにどくからっ」

もう一度左手で体を支えようとするが、焦《あせ》ったらしい。

シーツをつかもうとして、うっかり芽吹《めぶき》さんの手のひらをつかんでしまったんだ。

「ひぅ……」

彼女の手が反射的に閉じられて、僕の手を握《にぎ》りしめる。

「芽吹《めぶき》さん、手を離《はな》してくれないと、体を起こせない……」

「せ、先生が、握《にぎ》ってきたんです……」

そのまま二人とも身動きが取れなくなる。

お互《たが》いに荒《あら》い息をする音が聞こえ、胸を大きく上下させていた。

急速に早鐘《はやがね》を打ち始めた鼓動《こどう》が、彼女の胸に響《ひび》いてしまいそうだ。

「ご、ごめん、芽吹《めぶき》さん。恥《は》ずかしい思いをさせてしまって」

「いえ……。恥《は》ずかしく、ないです。先生は恥《は》ずかしいのですか？」

「僕は……恥《は》ずかしくない。むしろ、気持ちがやわらぎそうで……」

「わたしも……同じ気持ちです」

僕たちはじっと動かず、相手の呼吸音に耳を傾《かたむ》けていた。

この世界に彼女だけが存在しているかのようだ。

このまま彼女を抱《だ》きしめて、その存在をもっと深く感じ取りたい。

……のだけど。

僕は家庭教師。彼女は教え子。

「……芽吹《めぶき》さん。体を起こすよ」

「え……」

「これ以上こうしていたら、家庭教師の規約として確実にNGだからね」

「誰《だれ》も見てないじゃないですか」

「そうだけどさ。僕は最後まで堂々と、芽吹《めぶき》さんの家庭教師だと胸を張りたいんだ」

しばらく黙《だま》って、彼女は小さくうなずいた。

「……わたしにとっても、先生は自慢《じまん》の家庭教師です」

「そう言ってもらえると嬉《うれ》しい」

「最後まで、一緒《いっしょ》ですよ。先生」

このまま離《はな》れたくないけど、今は彼女の家庭教師でいよう。

僕は握《にぎ》っていた彼女の手を離《はな》そうとした。

その瞬間《しゅんかん》、カチャリと玄関《げんかん》のほうから鍵《かぎ》を開ける音がして、ビクリと固まってしまう。

「……母さんが帰ってきた」

僕はパジャマ姿で、芽吹《めぶき》さんは上着をはだけたセーラー服姿。

そして二人は、ベッドの上でお互《たが》いの手を握《にぎ》りながら体を重ねている……。

うむ。誰《だれ》がどう見ても一二〇パーセント誤解する状況《じょうきょう》だ。

熱に浮《う》かされていた空気は一瞬《いっしゅん》のうちにかき消え、僕たちはベッドから飛び起きて乱れた服を整え直すのだった。

その一〇分後。僕と芽吹《めぶき》さんは並んでリビングのテーブルに座っていた。

キッチンのほうから、母がお茶を入れる物音が聞こえてくる。

母は、僕の部屋から出てきた芽吹《めぶき》さんに驚《おどろ》いたものの、家庭教師の教え子がお見舞《みま》いに来たのだと説明すると納得《なっとく》した。芽吹《めぶき》さんはまじめな雰囲気《ふんいき》で、とても遊んでいる子には見えない。

おかげで疑われることもなく信用されたんだ。

そして母に誘《さそ》われて、僕たちは芽吹《めぶき》さんの挨拶《あいさつ》もかねてリビングに来たわけだ。

「芽吹《めぶき》さん、熱っぽかったのは大丈夫《だいじょうぶ》なの？」

「なんか、すっかり元気になっちゃいました」

「体温計も三六度四分だったけど……。さっきの熱っぽさはなんだったのかな」

「たぶん、空気ですよ。先生、ずっと窓を閉め切ってますよね？」

「朝、軽く暖房《だんぼう》をかけて寝《ね》たから、今日は一度も窓を開けてないな」

「部屋の空気を入《い》れ換《か》えないから、酸素不足で熱っぽくなっちゃったんです、きっと」

「そんなことあるのかなあ？」

しかし他に理由も思いつかないし、そういうことにしておこう。

「瑛登《えいと》〜、お茶が入ったから運んでちょうだい」

母に呼ばれてキッチンへ向かった。

お茶が載《の》ったお盆《ぼん》を受け取ると、母が小声で耳打ちした。

「ちょっと瑛登《えいと》、あんな可愛《かわい》い子の家庭教師だなんて、あんた本当に大丈夫《だいじょうぶ》なの？」

「だ、大丈夫《だいじょうぶ》って、何が？」

何ごともないような顔をするものの、さっきの部屋での出来事を思い返すに、あまり大丈《だいじょう》夫《ぶ》じゃないかもしれない……。

母はリビングに戻《もど》ると、ニコニコした顔で芽吹《めぶき》さんに話しかけた。

「本当におひなさまみたいに可愛《かわい》いわねえ。瑛登《えいと》の家庭教師で勉強になるのかしら？」

「もちろんです。若葉野《わかばの》先生は、世界で一番わかりやすく教えてくれる先生ですから！」

母は「この子がねえ」と言いたそうな顔で、驚《おどろ》いた目で僕を見つめるのだった。

三人で軽くお茶と雑談をしたあと、体調も回復した僕は、散歩がてら芽吹《めぶき》さんをバス停まで送っていくことにした。

「それにしても、部屋にいた所を母さんに見られなくてよかったよ……」

停留所で待っている間、僕はホッとしながらつぶやく。

「先生のお母さま、優《やさ》しそうじゃないですか。見られたとしても理解してくれますよ」

「理解って、どう理解してくれるのさ？」

「それはその、いろいろ、許してくれるってことです」

僕の母は芽吹《めぶき》さんを気に入ったようだから、どんな状況《じょうきょう》だったとしても彼女が怒《おこ》られることはなさそうだ。

バスが到着《とうちゃく》し、けど僕のほうは、なんて言われることやら。

芽吹《めぶき》さんは乗客の列に並んだ。

「来週は合格発表だね。僕も行くから」

「はい。結果がどうなるか、まだわかりませんし、発表を見るのが怖《こわ》い気もしますけど、先生がいてくれれば心強いです」

「僕は家庭教師なんだ。芽吹《めぶき》さんの受験を共に見届けるさ」

芽吹《めぶき》さんは笑《え》みを浮《う》かべ、手を振《ふ》りながらバスに乗り込む。

「最後まで一緒《いっしょ》ですからね」

「もちろん、一緒《いっしょ》だ」

僕は大きく首を縦に振《ふ》って、うなずき返した。

3月・1　運命の合格発表

三月に入り、私立時乃崎《ときのさき》学園入学試験の合格発表日がやって来た。

朝、僕は芽吹《めぶき》さんの家まで行き、彼女と二人でバスに乗って時乃崎《ときのさき》学園へと向かった。

学校の最寄《もよ》り駅《えき》でバスを降りて正門へ歩くと、人通りの様子が普段《ふだん》と違《ちが》っている。

今日、学校へと向かっているのは、合格発表を見に来た受験生たち。見慣れた通学路に様々な中学校の制服を着た生徒たちがいて、新鮮《しんせん》な光景だ。

合格発表はネットの学校公式サイトでも掲示《けいじ》されるのだけど、時乃崎《ときのさき》学園の場合は昼ごろにならないと見られない。少しでも早く結果を知りたい受験生たちは、こうして志望校まで発表を見に来るわけだ。

毎年受験生で混雑するという理由で、僕たち在校生は授業が休みになっている。

「先生、せっかくのお休みなのに付《つ》き添《そ》っていただいて、すみません」

隣《となり》を歩きながら、芽吹《めぶき》さんが小さく頭を下げた。

「結果を見届けるのも家庭教師の役割だよ。それに僕は学年末の試験も終わって、家庭教師のレポートも提出したから、時間に余裕《よゆう》があるし」

「先生のレポート、高評価をもらえるといいですね」

「僕も結果が出るまで、ドキドキしてる」

「同じですね。わたしも朝から、ずっと胸がドキドキしてるんです」

芽吹《めぶき》さんは自分の左胸に手を当てた。

「わたしと先生、どっちがドキドキしてるかなあ」

「ど、どうだろうね」

つい鼓動《こどう》してる彼女の胸を想像して、レポートの評価よりもドキドキしそうになった。

「おい、若葉野《わかばの》」

突然《とつぜん》男子の声に呼ばれて振《ふ》り返《かえ》る。

クラスメイトの生徒だ。在校生は休みのはずなのに、制服姿でこちらへ向かっている。

「若葉野《わかばの》、お前なんで学校に来てるんだ？　今日の授業は休みだぞ」

「ちょっと用事があって……。そっちこそなんで登校してるんだよ」

「俺か？　俺は部活だってば。休みだってのに駆《か》り出《だ》されてなあ」

油断してた。芽吹《めぶき》さんと一緒《いっしょ》に歩いてるところをクラスメイトに見られるとは。

変な勘《かん》ぐりをされなきゃいいけど。

芽吹《めぶき》さんを横目で見ると、遠慮《えんりょ》してるのか、こちらには目を向けずに黙《だま》って歩いている。

男子生徒は気になるらしく芽吹《めぶき》さんのほうをチラチラと見るけど、たまたま近くを歩いてるだけの他人と思ったらしい。

僕と彼女が知り合いだと気づかず、普段《ふだん》と同じ調子で話を続けた。

「それより渚《なぎさ》ナナの新曲PV見たか？　めっちゃ可愛《かわい》かったぞ。お前ナナのこと可愛《かわい》いって言ってただろ。見てみろよ！　結構きわどい水着のカットもあるからよ！」

「あ、ああ……そうだね……」

「しかも2nd写真集も出るらしいぞ。前回よりもっと大胆《だいたん》に攻《せ》めるって話だからな、若葉野《わかばの》、絶対に買えよ！　買って俺にも見せろよな！」

「か、考えておくよ」

「……なんか反応が薄《うす》いな。さては！」

ギクリ。芽吹《めぶき》さんのことを気づかれたか？

「お前、渚《なぎさ》ナナのこと飽《あ》きたんだろ⁉　……まあ、最近ちょっと別のイメージで売り出してるもんなあ。若葉野《わかばの》はどうせ、まじめそうな優等生タイプの美少女が好きなんだろ？　だったら、こないだ加入した新人でいい子がいるぞ。知的な美少女なのに意外と胸が大きくてよ、若葉野《わかばの》ならマジでハマるって！」

まったくなんということだ。芽吹《めぶき》さんが聞いてる前でこんな会話をするなんて。

学校での僕が、アイドルのちょっとエッチな話題で盛り上がってると思われるじゃないか。

困ってる僕を見かねたのか、芽吹《めぶき》さんが耳元に顔を寄せて小声で言った。

「わたし、あとからついていきますね」

彼女は歩速を落とし、僕と男子生徒から距離《きょり》を取って歩く。

しかし男子生徒に気づかれてしまった。彼は僕と後方の芽吹《めぶき》さんを交互《こうご》に見て、信じられなそうに問いただした。

「おい、あの子、お前に話しかけてなかったか？　知り合いなのか？」

「さあ？　どうだろうね？」

「ごまかすなっ！　だいたいあの子、中学生だろ？　なんでお前と……」

言いながら、彼はハッと気づいたように目を見開いた。

「今日って合格発表の日だよな。若葉野《わかばの》が家庭教師してるって噂《うわさ》の相手、まさかあの子か⁉」

「まあ……ね。勉強を教えてるだけだから、変な誤解しないでくれよ」

「ま……マジかよ……。あんなマジもんのガチ美少女と、二人っきりで勉強とか……。マジでなんなんだよおっ‼　そんなんなら俺だって家庭教師やりてーよおおおおっっ‼」

突然《とつぜん》の咆哮《ほうこう》に、周囲を歩く生徒たちが何ごとかと振《ふ》り返《かえ》る。

「家庭教師だって楽じゃないって。教え子の勉強を第一に考えなきゃならないんだから」

実際、芽吹《めぶき》さんを前に勉強を第一に考えるのは、相当な精神力が必要だ。僕だって一度振《ふ》られたという経験がなかったら、どこかで理性が吹き飛《と》んでいたに違《ちが》いない。

「ちくしょおおおっ！　若葉野《わかばの》ばかりこんなおいしい思いをしてやがるなんてっ！　この世はなんて不公平なんだ‼　こうなったら渚《なぎさ》ナナの2nd写真集一〇冊買ってやるっ！　若葉野《わかばの》、

おめーには見せてやんねーからなっ‼」

ショックで混乱したのか、意味のよくわからないことを叫《さけ》んで走り去ってしまう。

とんだ災難だ。

ため息をついていると、芽吹《めぶき》さんが隣《となり》に戻《もど》ってきた。

「ふふふ、学校での先生、楽しそうですね」

「普段《ふだん》はあんな話、してないから」

「先生って、胸の大きな人が好みなのでしょうか……。やっぱりまじめで知的な人じゃないと釣《つ》り合《あ》いませんよね……」

なぜか芽吹《めぶき》さんは自分の胸に手を当てて、自信なさそうに目を伏《ふ》せる。

「あいつが勝手に言ってるだけだから！　というか、さっきの会話は忘れてよ」

「わかりました。先生の好きなアイドルさんのタイプを教えてくれたら、忘れてあげます」

ちっとも忘れてくれそうにない。

というか好きなアイドルのタイプを話したら、すぐ横にいる女の子の特徴《とくちょう》そのままになってしまいそうなのだけど……。

とほほな気分になって歩き続け、僕と芽吹《めぶき》さんは学校の正門をくぐった。

合格発表の掲示板《けいじばん》が設置されているのは、本校舎前の広場だ。

すでに多数の受験生が集まって掲示板《けいじばん》を見上げている。喜びに沸《わ》いたり、抱《だ》き合《あ》ってすすり泣いたり、様々な思いを乗せた声が聞こえてくる。

僕たちは群衆をかき分けるようにして中へ進み、掲示板《けいじばん》の前に立った。

掲示板《けいじばん》には四桁《けた》の数字が並んで書かれている。これが合格者の受験番号だ。

僕と芽吹《めぶき》さんは並んで立ち、祈《いの》るような気持ちで彼女の受験番号を探し始めた。

＃

僕はただ無心になって掲示板《けいじばん》を見つめた。

ここに並ぶ無機的な数字の列で人の運命が決まるのだと思うと、なんとも奇妙《きみょう》な気分だ。

去年の今ごろも、僕はこの場所で掲示板《けいじばん》を見つめていた。そのときは自分の入学試験結果を見に来ていたんだ。

あのときは信じて疑わなかった。自分の幸せな未来を。

受験に合格し、志望校に進学し、そして好きな女の子に告白をして恋人《こいびと》になる……。

今にして思えば実に楽観的で、ほとんど妄想《もうそう》としか思えない。

それでも去年、掲示板《けいじばん》に自分の受験番号を見つけたときは、そんな妄想《もうそう》が現実のものとなることを確信した。この勢いで芽吹《めぶき》さんに告白し、付き合えるのだと思い込んでいた。

結局、願望は打《う》ち砕《くだ》かれ、僕はその日のうちに暗いどん底へたたき落とされたのだけど。

それから一年。またこの掲示板《けいじばん》を見上げるとは、運命はわからないものだ。

僕は芽吹《めぶき》さんの受験番号を頭の中で繰《く》り返《かえ》しながら、掲示板《けいじばん》の上を見まわした。

近い番号の数字を見つけて場所を絞《しぼ》り、四つの数字がぴったりと合う場所を探す。

「……二……四……」

一桁《けた》目の数字を上から順に確認《かくにん》していき、一つの番号の上で僕の視線が停止した。

「…………!!」

思わず息をのみ、その番号を凝視《ぎょうし》する。

スマホを取り出してメモアプリを起動させ、本当に間違《まちが》っていないか、番号を確認《かくにん》する。

何度二つの数字を見比べても、一文字として違《たが》わず一致《いっち》していた。

「め……芽吹《めぶき》さん……」

思わず声が震《ふる》えてしまう。

すぐ隣《となり》で彼女も気づいたらしく、掲示板《けいじばん》の一点に目を向けている。

「先生……わたし……」

「ああ、間違《まちが》いない。芽吹《めぶき》さんの受験番号だ」

それでも現実を把握《はあく》できない様子で、彼女は両目を大きく開けながら呆然《ぼうぜん》と僕を見つめた。

そんな彼女に、僕ははっきりと口に出して伝えた。

「合格だよ、芽吹《めぶき》さん」

「う……うぅ……」

芽吹《めぶき》さんの唇《くちびる》が震《ふる》えだし、大きな両目がうるんでいく。

「うわあああああああああっっ‼」

大粒《おおつぶ》の涙《なみだ》があふれ出し、彼女は僕の胸に顔を預けて泣き声をあげた。

「うああああっ……あっ、あああっ………‼」

言葉にもならないほどの激情に肩《かた》を震《ふる》わせている。

僕は両手で彼女の肩《かた》を支えながら、この涙《なみだ》が受験という長い戦いの疲労《ひろう》を洗い流してくれるような気がしてならない。

掲示板《けいじばん》の前で立ち続けるのもじゃまなので、彼女を連れて校舎近くの木陰《こかげ》に移動した。

芽吹《めぶき》さんは涙《なみだ》が止まらない様子で、僕の胸に目頭《めがしら》を押しつけている。

周囲の視線が気になるけど、今日はあちこちで様々なドラマが繰《く》り広《ひろ》げられているんだ。

「ううぅ……ううっ……」

彼女の声は少しずつ落ち着きを取《と》り戻《もど》し、小さくしゃくりあげている。

やがてそれも止まると、芽吹《めぶき》さんは僕の胸から顔を上げた。

「すみません、先生。つい、気持ちが抑《おさ》えられなくて……」

泣きはらした両目と、真っ赤に染まった鼻先。

あの整った顔立ちの美少女が、あられもないほど顔をクシャクシャにしている。

泣きじゃくった子どもみたいな様子で、両腕《りょううで》の袖口《そでぐち》でゴシゴシと涙《なみだ》を拭《ふ》いていた。いつもの彼女なら「ハンカチで拭《ふ》かないとダメです！」なんて言いそうなのに。

「合格おめでとう、芽吹《めぶき》さん」

「はい……はいっ……！」

またしゃくりあげそうになって、芽吹《めぶき》さんは泣き笑いのような顔で二回大きくうなずいた。

合格発表を確認《かくにん》したあと、僕と芽吹《めぶき》さんは再びバスに乗り、彼女が通う市立第二中学校へとやって来た。

芽吹《めぶき》さんは今日は学校を休んでるけど、入試結果を担任教師に報告するそうだ。

彼女が校内に行っている間、僕は中学校の門の外で待つことにした。

ちょうど休み時間らしく、校舎からは生徒たちの賑《にぎ》やかな声が響《ひび》いてくる。

グラウンドを眺《なが》めながら、去年の秋に体育祭を見に来たことを思い返した。芽吹《めぶき》さんは間もなく卒業だ。このグラウンドでおこなわれたリレーでの雄姿《ゆうし》は、もう見られない。

十五分ほど待っていると、彼女が校舎を出て戻《もど》ってくる。

「先生、お待たせしました」

「担任の先生、何か言ってた？」

「合格を伝えたら喜んでくれましたよ。よくここまで勉強したねって、褒《ほ》めてもらえて。家庭

した。高校生の家庭教師のおかげで成績が伸《の》びたなんて知ったら、落ち込んじゃうかも」

「だけど僕が教えられるのは、芽吹《めぶき》さんだけだから」

「先生はもう、別の子の家庭教師はしないんですか？」

「高校の勉強と家庭教師の両立は結構ハードだからね。僕も二年、三年と上がれば大学受験を考えないといけないし」

「先生の授業が無くなるなんて、寂《さび》しいですね……」

芽吹《めぶき》さんは残念そうに言った。

寂《さび》しいという言葉が、少しばかり僕の心を吹《ふ》き抜《ぬ》ける。

これから進級や進学、卒業の季節。

いろいろな変化が起きる季節だ。

変化によって、新しく得るものがある。

同時に、同じくらい失うものもある。

それが変化だ。

芽吹《めぶき》さんは中学校を卒業し、高校に入学する。

僕は家庭教師という立場を終え、普通《ふつう》の高校生になる。

校舎のほうから予鈴《よれい》のチャイムが聞こえ、生徒たちのざわめきが静まっていく。

「わたしたちも行きましょう。帰ってお母さんに報告しなきゃ」

芽吹《めぶき》さんはバス停のほうに歩き出した。

先に歩く彼女の後ろ姿を見たとき、ふと僕は、なぜだか二人の距離《きより》が遠く離《はな》れていくように感じられてしまったんだ。

「どうしました、先生？」

立ち止まっている僕に気づいて、芽吹《めぶき》さんが振《ふ》り返《かえ》る。

「なんでもないよ」

僕は彼女にほほ笑《え》んでみせ、一緒《いっしょ》に歩き出した。

#

芽吹《めぶき》さんの家に戻《もど》ったのは、午前十一時ごろ。

冬も終わり、春の気配が感じられる日差しの中、嬉《うれ》しい知らせを持って帰れた。

玄関《げんかん》に入ると、芽吹《めぶき》さんの母親が奥の部屋から姿を現し、出迎《でむか》えに歩いてくる。

「お帰り、ひなた。どうだった？」

普段《ふだん》と変わらない様子で淡々《たんたん》と聞くけど、声に少し緊張《きんちょう》を感じる。

芽吹《めぶき》さんは母親に向かって大きく笑顔《えがお》を見せた。

「受かった！　合格してたよ、お母さん！」

「そう。よかったわねえ」

母親の言葉は少なかったけど、表情に柔《やわ》らかな笑《え》みが浮《う》かんでいる。

「おなかがすいたでしょう？　もうすぐ昼食にするから待ってなさい。――若葉野《わかばの》先生はどうしますか？　よろしければお昼をご一緒《いっしょ》にどうぞ」

「僕はその、結果のご報告をしようと立ち寄っただけでして……」

突然《とつぜん》言われて、つい戸惑《とまど》ってしまう。

「先生、一緒《いっしょ》に食べていってください！　お母さんの料理、結構おいしいんですよ」

芽吹《めぶき》さんにまで言われると、とても断りきれない。

「そ、それでは……ごちそうになります」

僕も家に上がらせてもらい、三人でリビングに向かった。

部屋の中央にソファとガラステーブルの置かれた部屋。去年の夏に初めてこの家を訪《おとず》れて、芽吹《めぶき》さんの母親に家庭教師の契約《けいやく》について説明した場所だ。

「わたし、お茶を入れてくるから待っててくださいね」

芽吹《めぶき》さんはリビングを出てキッチンへ行ってしまう。

室内には僕と芽吹《めぶき》さんの母親の二人が残った。母親はテーブルを挟《はさ》んだ向かいに座り、僕のほうを静かに見ている。

こうすると、やっぱり今でも緊張《きんちょう》するなあ……。

しかし最後まで家庭教師の仕事をやり通さなければ。

僕も母親を見て、あらためて芽吹《めぶき》さんの受験結果を報告した。

「ひなたさんの時乃崎《ときのさき》学園の受験結果は、合格になりました」

「ごくろうさま」

「家庭教師の契約《けいやく》は今月いっぱいありますので、残りの期間は高校の学習内容の予習にあてる予定です」

「いいでしょう。こちらでは、ひなたの入学手続きを進めますので」

僕の役割は芽吹《めぶき》さんを合格に導くまで。それ以降は彼女の家庭の役割だ。受験の結果次第《しだい》では次の試験に備えた対策を話し合う必要があったのだけど、それも不要となった。

おかげで僕としては、これ以上特に報告すべき事柄《ことがら》もない。

母親も黙《だま》っているため、リビングに沈黙《ちんもく》が流れてしまった。

居心地《いごこち》も悪いし、何かしゃべらなきゃと考えていると、彼女のほうが先に口を開いた。

「あまり喜んでいないのですか？」

「僕が芽吹《めぶき》さんの合格を、ということですか？　いえ、そんなことないです！　これ以上ないほど嬉《うれ》しいですけど……」

「それにしては、寂《さび》しそうな顔をしていますよ」

「寂《さび》しい……」

気づかないだけで、そんな表情になっていたのかもしれない。

自分の気持ちを見つめ直すと、その感情が渦巻《うずま》いていることを否定できなかった。

「そうかもしれません……。これで家庭教師が終わって、どこか寂《さび》しいです」

「ひなたは若葉野《わかばの》先生をずいぶん頼《たよ》っていましたものね」

「もう頼《たよ》られないのだと思うと、この半年間が懐《なつ》かしくなって。ひなたさんは大変な受験勉強だったのに、自分勝手な感情ですが……」

こんなことを言ったら怒《おこ》られるかもしれない。

けれどこれが、今の僕の正直な気持ちだ。

母親はしばらく黙《だま》ったのち、言った。どこか独り言のようにも聞こえた。

「……巣立ちを見守るのは、そのようなものですよ」

「巣立ち、ですか？」

「いつもそこにいて手を焼かせると思っていたのに、いつの間にか大きくなって巣立ち、親は巣に取り残される。──そんなものです」

それを聞いて僕は、母と娘《むすめ》が進路をめぐって対立していたときのことを思い出した。

芽吹《めぶき》さんの母親は、娘《むすめ》が自分の道を歩き出す姿に、巣立って離《はな》れていくような寂《さび》しさを感じていたのかもしれない。

わずか半年間の家庭教師をしていた僕ですらこうなのだから、何年もわが子を育ててきた親となれば、その感情は比べものにならないほど強いだろう。

「でも僕は、貴重な経験をさせてもらいました。この経験はこれからも消えません。ですから、最後に家庭教師として言わせてください」

僕は母親に向かって頭を下げる。

「ひなたさんの受験合格、おめでとうございます」

「ありがとうございます。ひなたが合格できたのも、若葉野《わかばの》先生のおかげです」

母親はそう言ってほほ笑《え》んでくれた。

その言葉に僕は、本当に家庭教師の役目は終わったんだという感情がこみ上げそうになる。

……と思いきや、母親が突然《とつぜん》厳しい顔になって僕をにらみつけた。

「ですけどね、終わったつもりでいられては困りますよ」

「ど、どういうことでしょうか？」

「時乃崎《ときのさき》学園へ導いたのはあなたなのですよ。そうである以上、責任を持ってもらいます」

「責任⁉」

「ひなたには理想的な高校生活を送ってほしいのです。乱れた生活をしたり、悪い虫がついたりすることなど許せません。そのようなことが起こらないよう、先輩《せんぱい》として規範《きはん》となるような学生生活を見せてください。よろしいですね」

これから芽吹《めぶき》さんの前で規範《きはん》になるような高校生を続けねばならないとか、もしかして僕は、とんでもない責任を負わされてしまったんじゃないだろうか。

「紅茶が入りましたよ〜」

リビングの扉《とびら》が開き、ティーポットと三人分のカップを載《の》せたプレートを持った芽吹《めぶき》さんが入ってきた。

彼女は厳しい顔をしている母親と、ビクついた僕を見て、目をぱちくりとさせた。

「どうしたのですか？　まさかお母さん、また先生に厳しいこと言ってるの⁉」

「厳しくないわ。ひなたに当然の責任を取るべきだという話をしただけよ」

「責任？　先生、わたしに何か責任があるんですか？」

「た、大したことじゃないよ、芽吹《めぶき》さん」

僕は彼女に向かって、ちょっと引きつった笑顔《えがお》を見せながら答える。

「こういうことさ。——高校生になっても、よろしくね」

その後、僕は芽吹《めぶき》さんの家で昼食をごちそうになってから帰宅した。

芽吹《めぶき》さんの母親が作ってくれたパスタ料理は、とてもおいしくて、厳しい性格からは想像もできないほど優《やさ》しい味だった。

3月・2　ホワイトデーのメッセージ

合格発表後の週末の夜、僕は芽吹《めぶき》さんとオンラインでの補習をしていた。

時乃崎《ときのさき》学園への進学が決定した以上、もう受験勉強は必要ない。

しかし勉強はこれからも続く。高校生になれば学習の難易度も一段と上がるし、大学へ進学するなら三年後に再び受験がやって来る。

そんなわけで残りの家庭教師期間の授業は、高校一年生の学習内容の予習が中心だ。

三〇分ほどの補習が終わると、タブレット画面の向こうの芽吹《めぶき》さんは、高校数学の参考書を閉じながら息をついた。

「――高校生になったら、もっと覚えなきゃならないことがたくさんですね」

「大変そうかな？　だけど一つ一つ着実に積み上げていけば大丈夫《だいじょうぶ》」

「これからは一人で勉強しないといけないんですよね……。がんばらないと」

「家庭教師が終わっても、いつでも勉強の相談に乗るからさ。これからは同じ学校の先輩《せんぱい》だ。気楽に聞いてくれていいからね」

「はい。また頼《たよ》りにしちゃいます」

しかし同じ学校の先輩《せんぱい》と後輩《こうはい》といっても、それはありふれた関係。

毎週彼女の部屋でみっちり授業をしたり、夜にオンラインで補習したりすることもない。

オンライン学習用のタブレット機材も、塾《じゅく》が運営する家庭教師センターからレンタルしているものだ。家庭教師の契約《けいやく》が終了《しゅうりょう》したら返却《へんきゃく》しなければならない。

どれほどなごり惜《お》しくても、家庭教師の契約《けいやく》にはお金がかかる。目的もなしに、そんな負担を求めることはできない。

もちろん学校ではいつでも会えるし、スマホで会話もできるのだけど、何かが違《ちが》う。

今までのように受験という目標を共にした濃密《のうみつ》な時間は、もう終わるんだ。

「それじゃあ芽吹《めぶき》さん。また次の授業で」

「お待ちしていますね、先生」

僕は接続解除のボタンをタップしようと、タブレット画面に手を伸《の》ばした。

そこで一瞬《いっしゅん》、ためらうように手が止まってしまう。

ちらりと画面上の芽吹《めぶき》さんを見ると、彼女もまた僕を見た。

「おやすみなさい」

「うん、おやすみ」

もう一度挨拶《あいさつ》をして、ようやく接続を解除する。

これからは一人で勉強……。彼女の言葉が思《おも》い浮《う》かぶ。

僕もこれからは一人で勉強だ。

芽吹《めぶき》さんは高校一年生になり、僕は二年生になる。同じ学校で学びながらも、お互《たが》いにそれぞれの道を進んでいくんだ。


日曜日になると、僕は駅前のショッピングモールへと出かけた。

目的はホワイトデーのチョコレートを買うこと。

芽吹《めぶき》さんがくれたバレンタインチョコのお返しだ。

先月通りかかった洋菓子《ようがし》店に行くと、店の装《よそお》いが一新されてホワイトデー一色だった。白を基調とした飾《かざ》り付《つ》けのショーケースに、様々な洋菓子《ようがし》が並べられている。

チョコレートだけでなく、クッキーやバウムクーヘン、キャンディーなど。

（……どれを選んだらいいんだ？）

洋菓子《ようがし》の箱を見つめながら、眉間《みけん》にシワを寄せてしまった。

バレンタインデーのときはチョコレートが大半だったのに、ホワイトデーのお菓子《かし》はあまりに種類が多い。

ホワイトデーもバレンタインデー同様に多様化しているらしく、家族向けや友だち向けなど、様々なラッピングが用意されている。

付き合ってるわけでもないのに恋人《こいびと》向けは違《ちが》うだろうし、ただの友だち向けも味気ない。

考えた末、メッセージ的なラッピングは頼《たの》まないことにした。中途半端《ちゅうとはんぱ》にメッセージをつけても、どう受け止められるかわからない。

買ったお菓子《かし》はホワイトチョコだ。

バレンタインチョコのお返しにホワイトチョコは合ってそうだし、白い色も美しい。

選んだのは、豊富なミルクの味わいが楽しめるという、四角い一口サイズのホワイトチョコが詰《つ》め合《あ》わされた、ちょっとばかり値の張る高級品だ。

サイフに響《ひび》くけど、気持ちを込《こ》めたお返しをしたかった。

ホワイトチョコの箱が入った紙袋《かみぶくろ》を受け取り、洋菓子《ようがし》店の前から歩き出す。

食料品売り場を横切っていると、呼び止める声がした。

「若葉野《わかばの》くん！」

ユニフォームシャツに赤いエプロンをつけた、ショッピングモールの店員の女の子が立っている。僕のクラスメイトでもある桜瀬《おうせ》さんだ。

「こんにちは。桜瀬《おうせ》さん、今日もバイトなんだね」

「年度末だから忙《いそが》しくってね～。今、休憩《きゆうけい》から戻《もど》るとこ」

言いながら、彼女は僕が持っている紙袋《かみぶくろ》を見つけた。

「それ、ホワイトデーのプレゼント？　やっぱりあの可愛《かわい》いカノジョ？」

「『カノジョ』なんて特別そうに言わないでよ。教え子で、付き合ってるとかじゃないんだ。バレンタインデーにチョコをもらったから、ホワイトチョコをお返ししようと思ってさ」

「へえ。……じゃあ、本当にただの教え子なんだ」

桜瀬《おうせ》さんは意外そうに言った。

が、その言葉が引っかかる。

「ただの教え子って、どうして急に納得《なっとく》したの？」

「ホワイトチョコのお返しって『今までどおりの関係でいましょう』ってメッセージだよね。付き合ってないなら、これからも友だちでいようって意味になるから、義理チョコとして買う人もいるし」

「えっ……」

僕は完全に固まってしまった。

「お菓子《かし》の種類に、そんな意味があるの……？」

「もしかして若葉野《わかばの》くん、知らないで選んだの？」

「バレンタインチョコのお返しにホワイトチョコって、オシャレでいいなと思って……」

するとは桜瀬《おうせ》さんはあわてた様子で手を横に振《ふ》った。

「ごめんごめん。よけいなこと言っちゃったかな。そういう意味づけをする人もいるってだけだから、あまり考えなくていいよ」

気づかうように言ってくれるものの、僕は一気に意気消沈《しょうちん》してしまった。

芽吹《めぶき》さんがホワイトチョコに、距離《きょり》を置くようなメッセージを感じてしまったら……。

「これだったら渡《わた》さないほうがマシかなあ……」

「それはないよ。あたしだったら忘れられるほうがよっぽど残念だもん。それに大切なのは、お菓子《かし》の意味なんかより自分の言葉で伝えることじゃないかな？」

「自分の言葉？」

「例えばマカロンだったら『あなたは特別な人です』って意味になるし、高級品だから女の子に喜ばれると思うよ。けど誰《だれ》かが考えた意味よりも、その人自身の言葉のほうがずっと重いし、聞いた相手だって嬉《うれ》しいと思うけどな」

「ちゃんと自分の言葉で伝えるべき、か……」

「おっと、早く戻《もど》らないと怒《おこ》られちゃう。それじゃあたし行くね！」

桜瀬《おうせ》さんは手を振《ふ》りながら忙《いそが》しそうに歩いていった。

彼女を見送ってから、僕は考え込んだ。

僕が芽吹《めぶき》さんに伝えたい言葉は、なんだろう？

＃

今日は三月十四日。ちょうどホワイトデーの日に家庭教師の授業となった。

芽吹《めぶき》さんの部屋に入ると、少し雰囲気《ふんいき》が変わっていた。

部屋の中央、こたつがあった場所に、以前のテーブルが戻《もど》っている。

「こたつは片付けたんだ」

「暖かくなってきましたから、こたつだとちょっと暑いですし」

家庭教師を始めてしばらくは、このテーブルで授業をしていた。

懐《なつ》かしいようでもあり、こうして季節がめぐるんだと実感させられるようでもある。

それから僕は、持っていた紙袋《かみぶくろ》からギフトラッピングされた小箱を取り出した。

洋菓子《ようがし》店で買ったホワイトチョコの詰《つ》め合《あ》わせだ。

「芽吹《めぶき》さん、これ」

彼女も洋菓子《ようがし》店の紙袋《かみぶくろ》に気づいているはず。ホワイトデーのお返しだと知って、背筋をピンと張りながら僕に向かい合った。

「ホワイトデーのプレゼントなんだ。バレンタインデーにチョコレートをもらったから、そのお返しに」

「ありがとうございます！　とっても……嬉《うれ》しいです……」

「お礼は、中を見てから言ってもらえるといいなあ」

「開けてもいいんですか⁉」

うなずくと、芽吹《めぶき》さんはウキウキした様子でラッピングの包みを解き始める。

その様子を見ながら、僕はショックに耐《た》えるように身構えた。

『今までどおり友だちでいましょう』という意味にもなるらしい、チョコレートでのお返し。

それを受け取った芽吹《めぶき》さんは、どんな反応をするだろうか。

距離《きょり》を感じるメッセージだと思って、がっかりするかもしれない。

あるいは、僕たちがただの友だちなのを確認《かくにん》して納得《なっとく》するかもしれない。

そのどちらの反応でも、僕にとっては胸が痛む気がした。

芽吹《めぶき》さんは包み紙を開けて、ホワイトチョコの箱を見つめる。

彼女は見つめたまま何も言わなかった。その瞳《ひとみ》が少し大きく見開かれた。

静かに口を開けると、彼女は一言、つぶやいた。

「すてき……」

「……え？　なんて言ったの？」

予想外の言葉に、思わず聞き返す。

「とってもすてきです！　こんなにきれいなチョコレート、先生、わたしのために選んでくれたんですか⁉　ありがとう……ございます……。ううっ」

僕を見つめ返しながら目をうるませ、感激したように小さくしゃくりあげた。

あ、あれ？

意表をつかれた思いで、僕はどう反応していいかわからない。

「このお菓子《かし》屋さんのチョコレート、本当においしいですよね。先生からの贈《おく》りもの、大切に、大切に食べますから……」

芽吹《めぶき》さんは本当に大切そうに、ホワイトチョコの箱を両手で持った。

「う、うん。おいしく食べてくれると嬉《うれ》しいな……」

「……先生、どうしたのですか？　狐《きつね》につままれたみたいな顔をしてますけど」

「実は買ったときは知らなかったんだけど、チョコレートでお返しするのって『今までどおりの関係でいよう』っていう、義理チョコみたいな意味にもなるらしいんだ。僕、そんなつもり全然なくて、買った後でそれを聞いて、芽吹《めぶき》さんに考えてもないメッセージを送ったらどうしようって……」

「ちっとも気にしないですよ！　わたしもそんな意味があるなんて初めて知りました。こんなにすてきなお菓子《かし》をいただいて、嬉《うれ》しいに決まってます！」

「よかった……。そんなふうに喜んでくれると、贈《おく》ったかいがあるよ」

ホワイトチョコで芽吹《めぶき》さんをがっかりさせるかもと、心配しすぎたのかもしれない。

でも桜瀬《おうせ》さんの言うとおり、大切なのは自分の言葉でメッセージを伝えること。

今、この機会に、芽吹《めぶき》さんに自分の気持ちを伝えたい。

僕は洋菓子《ようがし》店の紙袋《かみぶくろ》から、もう一つ、中に入っていたものを取り出した。

「ホワイトチョコを買ったあとで気になってさ。それで別の意味のあるお返しも一緒《いっしょ》に贈《おく》ろうと考えて買ったんだ」

手のひらに載《の》るほどの小さなお菓子《かし》の小箱を、芽吹《めぶき》さんの前に差し出す。

「可愛《かわい》いマカロン……！　これもいただいていいんですか⁉」

「うん。一つしかないけど、これは僕のメッセージだと思って」

桜瀬《おうせ》さんにチョコの意味を教えられた直後、僕は洋菓子《ようがし》店に戻《もど》ってこのマカロンを買った。

しかし高価なお菓子《かし》で、高級なマカロンは一つ八〇〇円もした。チョコレートを買ったため、これだけ買うのが予算の限度だったんだ。

「先生、マカロンには……どんな意味があるんでしょうか？」

「マカロンを贈《おく》った相手へのメッセージは……『特別な人』だそうなんだ」

「特別な、人……」

彼女はその言葉を嚙《か》みしめるように繰《く》り返《かえ》す。

「芽吹《めぶき》さんは僕にとって、ただの教え子じゃない。中学生のときに出会ってから、一緒《いっしょ》に勉強して、高校生になって再会してからは家庭教師として共に受験勉強に向かって、僕にたくさんの貴重な経験と思い出をくれた、特別な人だ。それは、これからもずっと変わらない」

少し間をおいて、彼女を見つめながら、一番伝えたい言葉を口にした。

「芽吹《めぶき》さん、これからも、一緒《いっしょ》にいてほしい。僕はもう家庭教師でなくなるけど、これからも一緒《いっしょ》に勉強ができたり、目標に向けて支え合ったり、そんなふうにして過ごせたらいいなって思うんだ」

芽吹《めぶき》さんは僕を見つめ返しながら、しばらく何も言わなかった。

鼓動《こどう》の高鳴りが抑《おさ》えられない。

どんな返事がされるのか、期待と恐《おそ》れが入り交じる鼓動《こどう》。

彼女はホワイトチョコの箱をいったんテーブルに置き、マカロンの小箱を受け取った。

「先生。このマカロン、一つしかありませんから一緒《いっしょ》に食べませんか？」

「一緒《いっしょ》に？　小さいから、分けたら少しになっちゃうけど」

「いいんです。一緒《いっしょ》に食べたほうが味の感想とか語り合えるじゃないですか」

「僕はマカロンって食べたことないんだよな。それじゃ半分もらおうかな」

「半分はダメですよ。わたしへの贈《おく》りものですから、先生は三分の一だけ」

「わかった、三分の一で我慢《がまん》するよ」

芽吹《めぶき》さんはマカロンが一つだけ入った小箱を開ける。

小箱から円形に膨《ふく》らんだマカロンを取り出し、ビニール包みを開封《かいふう》した。

マカロンは、クリームを挟《はさ》むふんわりとした焼き菓子《がし》だ。製法が複雑で難しいらしく、それが高価な理由でもある。

彼女はマカロンを両手の指先に持って口元に運び、端《はし》のほうを軽く一口かじって食べた。

「おいしい……！　このマカロン、とってもおいしいです、先生！」

「それはよかった。……って、少し僕にくれるんじゃなかったっけ」

すると、芽吹《めぶき》さんは小さなマカロンを僕の前に差し出した。

「次は先生の番ですよ」

「……僕の、番?」

ニッコリとほほ笑《え》んでいる芽吹《めぶき》さんの顔と、こちらに向けられた食べかけのマカロンを交互《こうご》に見つめてしまう。

マカロンにはしっかりと、芽吹《めぶき》さんの可愛《かわい》らしい口の跡《あと》が刻まれていた。

#

目の前に立っている芽吹《めぶき》さんが、まっすぐ食べかけのマカロンを差し出している。

確かに、マカロンが一つしかないから一緒《いっしょ》に食べようとは言ったけど……。

「僕の番って、これを食べるってこと?」

「はい。次は先生の番ですよ」

「二つに割って分ければいいのに」

「先生、言いましたよね。これからも一緒《いっしょ》にいたいって。割ったら離《はな》れちゃいそうじゃないですか。一つのマカロンを食べたほうが、一緒《いっしょ》って感じがします」

つまりこれは『これからも一緒《いっしょ》にいたい』という僕のメッセージに対する、芽吹《めぶき》さんの返答なんだ。

であれば受け取らないわけにはいかない。

僕は両手で小さなマカロンを持った。

とはいえ、芽吹《めぶき》さんが食べた部分に口をつけるのは気恥《きは》ずかしすぎる。

そこで半分ほどまわして、口がついてない部分を食べようとした。

「先生ってば。あちこち食べたら持つところが無くなっちゃいます」

芽吹《めぶき》さんが手を伸《の》ばして、まわしたマカロンを戻《もど》されてしまった。

むむむ……。僕は芽吹《めぶき》さんが食べた場所に口をつけねばならないようだ。

それも、当の彼女が見ている前で。

試練だ。きっとこれは、この先も芽吹《めぶき》さんと一緒《いっしょ》にいられるための試練なんだ！

意を決し、マカロンを口元に運ぶ。

唇《くちびる》に触《ふ》れた瞬間《しゅんかん》、しっとりとした温かい柔《やわ》らかさが広がった。これはお菓子《かし》の食感なのか、それとも……。

ふわりとした小さな洋菓子《ようがし》を半分ほどかじると、クリームの甘みに舌が包まれる。

呑《の》み込むと、わずか一口で体中に温かさが宿るようだった。

無心になるあまり、続けて残りも食べてしまおうと再び口を開けた。

「ダメですってば、先生。残りはわたしにください」

芽吹《めぶき》さんが僕の手からマカロンを取り上げる。

「もう、油断したら全部食べちゃうんだから」

ツンと口をとがらせて言うと、彼女は残りわずかなマカロンを口に入れた。

目を閉じ、ゆっくりと味わうように何度も嚙《か》みしめ、最後の一口を吞《の》み込む。

「これでずっと、一緒《いっしょ》にいられますよね」

彼女は照れたようにほっぺを赤らめてほほ笑《え》んだ。

ただお菓子《かし》を食べただけなのに、とても不思議な気分だ。

まるで体の奥底で、僕と芽吹《めぶき》さんが深くつながったような感覚が湧《わ》き起《お》こる。

これは、家庭教師と教え子としての信頼《しんらい》関係？

そうかもしれない。

でもそれ以上の深い信頼《しんらい》であるような気がする。

もっとも今の僕は家庭教師。今日はあくまでも授業の日だ。

僕は姿勢を正し、鞄《かばん》から参考書とノートを取り出した。

「さて、ゆっくりしていたら勉強の時間が無くなってしまう。そろそろ授業を始めようか」

「はい！　今日もよろしくお願いします、先生！」

僕と芽吹《めぶき》さんは家庭教師と教え子。

その契約《けいやく》が終わっても、二人の時間はこれからも失われない。

そんな気がしてならなかった。


後日の夜、僕はまた芽吹《めぶき》さんとオンラインで補習をしていた。

芽吹《めぶき》さんから突然《とつぜん》頼《たの》まれて補習をすることになったんだ。

どうしたのかと思いながらタブレットで彼女の部屋と接続して、理由がわかった。

画面の向こうで、彼女は机の上にお菓子《かし》の箱を置いている。僕が贈《おく》ったホワイトチョコだ。

「これから、いただいたチョコを食べるんです。どんなチョコか先生にも見せてあげたくて」

「おいしそうだなあ……」

画面越《ご》しに見えるホワイトチョコは、ミルクのクリーミーさが漂《ただよ》ってくるようで本当に甘くておいしそうだ。

物欲《ものほ》しそうな目をしたせいか、芽吹《めぶき》さんは「ダメですよ！」っていう顔でチョコレートの箱を両手で覆《おお》い隠《かく》した。

「芽吹《めぶき》さん一人で食べるの？」

「先生はバレンタインデーのチョコを一人で食べたじゃないですか。だったら、ホワイトデーのチョコはわたしが独《ひと》り占《じ》めしちゃいますから」

「だからって、わざわざ見せなくても……」

なんだかチョコがうらやましくなって、つい口をとがらせた。

すると芽吹《めぶき》さんは四角く切られたチョコの一つを手に取り、こちらに向けて差し出した。

「しょうがないですねえ。それじゃ、はい、先生。あ〜ん」

「あ〜んって言われても……」

どうやら年越《としこ》し蕎麦《そば》のお返しらしい。

しょうがない。ここは一つ付き合うとしよう。

僕は画面に向かって顔を寄せ「あ〜ん」と口を開けた。

当然僕の口にチョコが入ることもなく、彼女が口を開けてパクッと食べてしまう。

「んん〜っ、おいしい〜っ！」

芽吹《めぶき》さんは両手で落ちそうになるほっぺを押さえた。

甘味《あまみ》でとろけそうになってる彼女の顔が、それこそふんわりとしたお菓子《かし》みたいで、たまらなく可愛《かわい》い。

お返しの意味なんてものを知らず、一時は失敗したかと思ったけど、こんな表情の芽吹《めぶき》さんを見られるならホワイトチョコを選んでよかった。

「先生、ホワイトチョコの意味について言ってましたよね。『今までどおりの関係を続けよう』って」

「チョコを買ったあとで知って、焦《あせ》っちゃったよ」

「でもわたし、今のままの関係がずっと続くだけでも、きっと幸せな気がするんです。だってこの半年間、先生との受験勉強は大変だったけど、とても楽しくって。こんな時間を過ごせたこと、今までにありませんでした。だから――」

芽吹《めぶき》さんは画面の向こうから僕を見つめた。

「今までどおりの時間が続くなんて、とてもすてきなことですよ」

「……僕もこんなに充実《じゅうじつ》した時間を過ごせたことはなかった。この先もこんな時間が続くなら、これほど嬉《うれ》しいことはない」

言われてみれば『これからも一緒《いっしょ》にいたい』という言葉も『今までどおりの関係でいたい』というメッセージも、僕たちにとっては大差ないのかもしれない。

それほど、この半年間の僕と芽吹《めぶき》さんの時間は、他のどこにもない特別な時間だったんだ。

そしてそれは、これからも続いていく。今はそう信じられる。

もちろん未来のことはわからない。

僕と芽吹《めぶき》さんの関係がどう変化していくのかも予想がつかない。

だけど、僕は家庭教師の活動を通じて学んだはずだ。

明確な正解のないことに、答えを見つけること。

それは自分だけが決められる正解。

ならば僕は――これからの芽吹《めぶき》さんとの関係に、自分自身の答えを見つけていこう。

3月・3　二人の卒業式

今日、僕の通う時乃崎《ときのさき》学園は三学期の修了式《しゅうりょうしき》だった。

明日からは春休み。学年最後のホームルームを前に、教室の生徒たちは休みをどう過ごすかの話題で盛り上がっている。

家族と旅行に行くという人もいれば、春休み中のアルバイトの申請《しんせい》が認められたという人。塾《じゅく》の合宿に参加するという人に、録《と》りためたアニメを一気見するという人も。

僕は自分の席で、配られたプリントに目を通していた。内容は春休み中の諸注意などで、特に注目すべき点もない。

進級前だから、休み中の課題も出ていない。学生としては思う存分羽を伸《の》ばせる時期だけど、この期間の過ごし方でその後の学力にも差が出るのだから、油断はできない。

まあ僕は、普段《ふだん》どおり二年生の予習をして過ごすことになるだろう。

そんなことを考えていると、近くの席の男子生徒が歩いてきて話しかけた。

誰《だれ》かと思えば、校内でやたらと女の子にからむチャラい男……と、噂《うわさ》されている生徒。文化祭のときも一緒《いっしょ》に執事《しつじ》カフェの給仕《きゅうじ》をしたっけ。

「おい若葉野《わかばの》。春休み、暇《ひま》か？　暇《ひま》だろ？」

「決めないでくれよ。別に暇《ひま》じゃないって」

「いいじゃんか。少しくらい付き合える時間、あるだろ？」

「時間なら取れるけどね。何かあるの？」

「春休みにさ、合コンの予定を立ててるんだ。あちこちの女子校の子に声をかけていて、いい反応があるんだよ。若葉野《わかばの》も参加するだろ？　するよな？」

「だから決めないでくれってば」

合コンねえ……と、僕は頭の中で考えた。

今までそうした席の誘《さそ》いを受けたことはないけど、噂《うわさ》に聞いたことがある。

この時乃崎《ときのさき》学園はこの地域で人気のある学校だから、生徒は合コンの席で有利な立場になれるのだとか。

とはいえ、僕の心は今ひとつ反応しない。

「誘《さそ》いはありがたいけど、参加は遠慮《えんりょ》するよ」

「なんで!?　若葉野《わかばの》、彼女いないだろ!?　可愛《かわい》い子も来るんだぞ！　彼女ができる一生に一度の大チャンスなんだぞ！」

「楽しそうだと思うけど、春休み中もいろいろ予定があるんだ。申し訳ない」

「いやまあ、男が少ないほうが確率が上がるから、別にいいんだけどさ」

ごめん、と両手を合わせて謝ると、男子生徒は首をかしげながら自分の席に戻《もど》っていく。

するとほかの男子生徒が彼に話しかけた。合格発表のとき、登校中にやたらアイドルの話題を振《ふ》ってきた男だ。

「おいおい、若葉野《わかばの》は無理だって。あいつ、めちゃめちゃ可愛《かわい》い子の家庭教師やってんだぞ。あれじゃ他の子なんて眼中に無くなるって」

「……まさか、文化祭に来てた第二中の子か⁉　そういや勉強を教えたことがあるとか言ってたけど、家庭教師って、マジで⁉」

二人のうらやましそうな視線が僕に注がれる。

いろいろ聞かれても面倒《めんどう》だし、気づかないふりをしてプリント用紙を見続けた。

「……手を出してると思うか？」

「当たり前だ。俺だったら速攻《そっこう》で手を出す。三秒で手を出す」

「もう付き合ってるのかな」

「あんな子といたら勉強なんてやってられんだろ。絶対、家庭教師のふりして付き合ってるに違《ちが》いないね」

勝手なことを言われてるけど、無視だ、無視。

今度は別の方向から視線を感じて見ると、前方の席から桜瀬《おうせ》さんがこっちを見ている。男子生徒たちの会話が聞こえたらしい。

僕と視線が合うと、彼女は「グッジョブ！」って顔で親指を立てた。

なんか桜瀬《おうせ》さんにまで微妙《びみょう》に誤解されてる気がするな……。

まあ、ホワイトデーのときにチョコを買った姿を見られたし、しょうがないけど。

そうしていると教室の扉《とびら》が開き、担任の教師が入ってきた。

「はいはーい、ホームルーム始めるよ！」

生徒たちの話し声がやんで、皆《みな》正面に注目した。

教壇《きょうだん》に立った担任教師は生徒たちを見まわし、僕に向けて言った。

「若葉野《わかばの》くん、レポートの評価が出たから、取りに来て」

苦労して書いた家庭教師のレポートだ。緊張《きんちょう》しながら席を立って教壇《きょうだん》の前に歩いた。

担任教師は評価が書かれた用紙を手渡《てわた》し、簡単に講評してくれた。

「家庭教師活動のレポート、審査会《しんさかい》で高評価を得たみたい。表面的な活動だけでなく、内面の成長も自覚して書かれている点が特に認められたそうね」

「ありがとうございます！　よかった……」

クラスメイトの前で褒《ほ》められて、ちょっと照れくさい気分で評価用紙を受け取った。

「審査会《しんさかい》の先生方、受験の結果がどうなったのか気になさっていたけど」

レポートを提出したときは、まだ芽吹《めぶき》さんの合格発表前だった。だからレポートには結果が書かれてないいんだ。

「教えていた生徒は、無事に志望校へ合格しました」

新学期からこの時乃崎《ときのさき》学園の生徒になる……と言いたいけど、それは伏《ふ》せておこう。これは僕の家庭教師活動についてのレポートなんだから。

「それは素晴《すば》らしいじゃない！　最高の結果を出せたのね」

担任教師に一礼して、僕は席に戻《もど》った。

その途中《とちゅう》、先ほどの男子生徒たちがヒソヒソ話している声が聞こえてきた。

「おいおい、あの美少女相手にまじめに勉強を教えてたとか、ありえんだろ……」

「ありえねえよ。あんな子と二人っきりで家庭教師しながら手も出さないなんて、俺だったら三日で頭がおかしくなるね……」

席に戻《もど》って座ろうとすると、彼らが畏敬《いけい》と驚異《きょうい》の入り交じる目で見つめていた。

「若葉野《わかばの》……。お前……菩薩《ぼさつ》だったのか？」

「菩薩《ぼさつ》じゃないって。ただの家庭教師だよ」

僕はそれだけを答えて席に着いた。

「そこ、おしゃべりしない！」

担任教師の声でみんな前を向き、ホームルームが始まった。

そう。別に菩薩《ぼさつ》なんかじゃないさ。

なぜって、僕は、一年前に失恋《しつれん》をした相手の女の子のことが、今も……。

#

今日、芽吹《めぶき》ひなたは三年間通った市立第二中学校を卒業した。

朝から講堂で卒業式がおこなわれ、その後はクラスでホームルーム。

最後に担任の教師からメッセージをもらい、生徒一人ずつお別れの言葉を伝え合って教室をあとにした。

最後はみんなで中庭に出て、クラスの集合写真の撮影《さつえい》だ。

小柄《こがら》なひなたは最前列で長椅子《ながいす》に座っていた。端《はし》に近い場所だからそこまで目立たない位置だけど、少し緊張《きんちょう》してしまう。

「はい、撮《と》りまーす！」

撮影スタッフの声とともにシャッター音が響《ひび》き、大きなストロボが一瞬《いっしゅん》きらめいた。

続いてもう一枚。

集合写真の撮影《さつえい》が終わると、ひなたはホッと肩《かた》の力を抜《ぬ》いた。

これで中学校での行事はすべて終了《しゅうりょう》した。

あとは学校の門を出て帰宅するだけ。

けれどみんなごり惜《お》しいのか、誰《だれ》も門に向かわず、クラスメイトや教師たちと思い出話で盛り上がったり、一緒《いっしょ》にスマホで記念動画を撮《と》ったりしている。

「ひなたちゃ～ん」

「ひゃっ⁉」

突然《とつぜん》ひなたは背後から抱《だ》きかかえられ、小さな声をあげた。

抱《だ》きついたのはクラスメイトの女子。髪《かみ》に少しウェーブをかけて、クラスの中でも大人びた色気のある子だ。

その雰囲気《ふんいき》どおり恋愛《れんあい》話が好きで、ひなたを文化祭の『お疲《つか》れ様《さま》会』に誘《さそ》ったこともある。

もっとも『お疲《つか》れ様《さま》会』とは名目で、他の学校の男子生徒と交流するのが目的の会だった。

あのときは相手校の男子から告白されないために、瑛登《えいと》とシール写真まで撮《と》ったけど。

「今日こそ、ひなたちゃんの彼氏《かれし》のこと白状させるよ～。教えるまで帰さないから」

「だ、だからあの人は彼氏《かれし》じゃなくて、わたし、誰《だれ》ともお付き合いするつもりがないから告白されないように協力してもらったの！」

「へえ～、そんな協力までしてくれる人なんだ～」

「勉強を教えてもらっただけ！　ほんとにそれだけなんだってば！」

ひなたは必死に説明するものの、相手は納得《なっとく》してくれない。

「もう許して～っ！」

悲鳴をあげると、女子生徒はひなたのセーラー服のリボンをつまみ持った。

「じゃあ、ひなたちゃんのリボン、ちょうだい。そしたら許してあげる」

「ええっ？」

「もうひなたちゃんとお別れなんて寂《さび》しいもん」

彼女はしんみりした表情になった。

時乃崎《ときのさき》学園へ進学するひなたは、クラスメイトの皆《みな》とお別れだ。

もちろん仲のよかった子とは、いつでもスマホで連絡《れんらく》が取れる。とはいえ毎日顔を合わせることが無くなるのは、やっぱりひなたも寂《さび》しい。

「うん……。わたしのリボンでよかったら――」

言いかけたとき、リボンのもう片方の端《はし》を別の誰《だれ》かが持って引っ張った。

「待ちなさい。芽吹《めぶき》さんのリボン、わたしがもらいたいの」

そこにいたのは別のクラスの女子生徒。ショートカットの髪型《かみがた》をした、スポーツが得意な子で、他の女子からも人気のある人だ。

体育祭のとき、リレーのアンカーとしてゴールを競《きそ》い合《あ》った。

ひなたは惜《お》しくも追いつけなかったけど、いまだに校内で語られる名勝負となった。

「芽吹《めぶき》さん。いつか必ず、二人で競走しましょうね」

「いいよ。わたし、今度は絶対に勝ちたいな」

お互《たが》いに認め合うライバルとして笑顔《えがお》をかわし合う。

「では約束の印として、芽吹《めぶき》さんのリボンはわたしがいただくね」

「勝手に決めないでっ！　ひなたちゃんのリボンはわたしの！」

色っぽい女子生徒とスポーツマンの女子生徒が、ひなたを挟《はさ》んで左右からにらみ合った。

「先に約束したのはわたしでしょ！」

「わたしのほうが真剣《しんけん》に約束してるから」

二人はリボンを奪《うば》い合《あ》うように引っ張り始める。

「ま、待って、待ってよ二人とも！　落ち着いて！」

このままリボンで首を絞《し》められそうになって、ひなたは焦《あせ》った。

「二人にあげるから！　二つに切って仲良く分けよう。ね？」

「まあ、ひなたちゃんがそう言うなら……」

「わかった。それで妥協《だきょう》するから」

二人はまだにらみ合ったまま、どうにかリボンを離《はな》してくれた。

助かった……と安心していると、まわりを取り囲む視線に気づいた。

クラスの男子たちだ。数人の男子が、三人の女子を遠巻きに見つめている。

「はあ……芽吹《めぶき》さんの顔ももう見られないのかあ……」

「俺……一度でいいから芽吹《めぶき》さんに告白したい人生だった……」

なんて、本気なのかどうか、いろんなことを言っている。

リボンを奪《うば》い合《あ》っていた女子二人が彼らの前に立《た》ち塞《ふさ》がり、追《お》い払《はら》うように両手を振《ふ》った。

「シッ、シッ！　見世物じゃないんだから男子どもはあっち行った行った！」

「なんだよ、ケチ！」

男子生徒たちは文句を言いながら散り散りになっていく。

そんなふうに思い出話に花を咲《さ》かせ、別れを惜《お》しんでいるうちに、時間が過ぎていく。

一人、また一人と門から出て帰宅していき、中庭から生徒の姿が減っていった。

周囲がまばらになり、互いによく知っていた生徒の姿も見えなくなると、ひなたは学校の門に向かって歩き始めた。

するとスマホにメッセージが入った。相手は、さっきとは別のクラスメイトだ。

『今日お別れ会あるから忘れないでね！』

このあとの午後、クラスの女子数人でお別れ会をすることになっている。

といってもファストフード店に集まっておしゃべりするだけ。メッセージをくれた彼女から、またお気に入りのＹｏｕＴｕｂｅｒの話を聞かされそうだ。

『必ず行くね！』

と、ひなたはメッセージを返した。

門の手前まで来ると、ひなたは立ち止まって振《ふ》り返《かえ》り、校舎を見上げた。

中学生の三年間を過ごした校舎。

いろんな生徒たちと知り合って笑い合ったりケンカしたり、学校の先生に褒《ほ》められたり怒《おこ》られたり。

賑《にぎ》やかで楽しい思い出ばかりではない。三年生の一学期、進路に悩《なや》んでいたころは、学校に通うのがゆううつな気分になる日もあった。

もし夏に彼が家庭教師を引き受けてくれなかったら、こんなに晴れ晴れとした卒業式は迎《むか》えられなかったかもしれない。

最後に見上げる校舎は思い出に満ちている。

「三年間、ありがとう」

小声でつぶやくと、ひなたは再び歩き出し、中学校の門をくぐり出た。

＃

芽吹《めぶき》さんが卒業式を終えた翌日、僕と彼女はある場所を訪《おとず》れていた。

大手学習塾《じゅく》『一番合格ゼミナール』の本部があるビルだ。

かつて、僕も芽吹《めぶき》さんもここの塾《じゅく》に通っていた。塾《じゅく》を辞《や》めたあとも、僕はこの塾《じゅく》が運営する家庭教師センターを通じて芽吹《めぶき》さんと契約《けいやく》した。

それだけじゃない。去年の三者面談で、進路をめぐって芽吹《めぶき》さんと母親の意見が対立したとき、塾《じゆく》の創立者でもある塾長《じゆくちょう》先生の言葉に助けられた。

あのときのお礼もかねて、芽吹《めぶき》さんの合格の報告に来たんだ。

といっても塾長《じゆくちょう》先生は忙《いそが》しいだろうし、会えるとは限らない。そこで運営事務局を訪《おとず》れて、メッセージだけ伝えてもらうつもりだった。

ところがメッセージはすぐに塾長《じゆくちょう》先生に伝えられ、塾長《じゆくちょう》室に招かれることになった。

ビルの八階にある、学校の校長室を思わせるような雰囲気《ふんいき》の塾長《じゆくちょう》室で、僕たちは塾長《じゆくちょう》先生と面会できた。

かつては若き講師だった塾長《じゆくちょう》先生も六〇歳半ばの年齢《ねんれい》になり、今では『幻《まぼろし》の塾長《じゆくちょう》さん』なんて、この塾《じゆく》における都市伝説と化している。

芽吹《めぶき》さんは彼と直接会ったのは初めてだ。最初は緊張《きんちょう》していたけど、どこか茶目っ気のある雰囲気《ふんいき》にすぐ打ち解けた様子だった。

「合格おめでとう。当塾《じゆく》のカリキュラムが進学に役立てたなら、これほど嬉《うれ》しいことはない」

塾長《じゆくちょう》先生の言葉に、芽吹《めぶき》さんは深々と頭を下げた。

「ありがとうございます。塾長《じゆくちょう》先生のおかげで希望する高校に進めました」

「お礼なんて必要ないさ。君の努力と実力があってこそだ。それに塾《じゆく》を利用してくれたのだから、こちらこそお礼を言わないとね。――そうだよな？」

塾長《じゆくちょう》先生は僕に向かって同意を求めるようにほほ笑《え》んだ。

「それはそうなんですが、芽吹《めぶき》さんとお母さんが進路で揉《も》めてたとき、塾長《じゅくちょう》先生は言葉をかけてくれました。そのおかげで僕たちは志望校へ向けての勉強を継続《けいぞく》できたんです」

「私としても懐《なつ》かしいことを思い出させてもらったよ。ひなたさん、日花里《ひかり》さんは元気にしてるかな」

日花里《ひかり》さん――芽吹《めぶき》さんの母親は高校生のころ、当時は今よりずっと小さな塾《じゅく》だった『一番合格ゼミナール』のポスターのモデルに採用された。それがきっかけとなり、タレントとしてデビューしたんだ。

「はい！　もう元気すぎて、しょっちゅうケンカしちゃってます」

「はっはっは、日花里《ひかり》さんもなかなか気の強い人だからねえ」

笑い声をあげて、それから塾長《じゅくちょう》先生は秘密の話でもするように声をひそめた。

「しかしひなたさん、君はとても優《やさ》しい人に感じられるよ。……おっと、私がこんな話をしたこと、お母さんにはナイショだからね」

僕たちに向かって、パチッとウインクしてみせる。

それから芽吹《めぶき》さんの制服を見て聞いた。

「ところでリボンはどうしたのかな？　もしかして、卒業式で誰《だれ》かにあげたのかね？」

芽吹《めぶき》さんは中学校のセーラー服を着ているのだけど、胸のリボンが無くなっているんだ。

「一緒《いっしょ》に卒業する友だちの女子から、記念にほしいと言われまして……」

「ほう、友だち同士でねえ。今はそんな時代なのかもねえ。私の学生時代は女の子の後輩《こうはい》から制服の第二ボタンをお願いされるか、やきもきしたものだよ」

「今でもそうする人いますよ！　わたしの卒業式でも、後輩《こうはい》の女の子からＬＩＮＥでボタンの予約が殺到《さっとう》して困ってる男子がいましたから」

「予約が殺到《さっとう》……？」

塾長《じゅくちょう》先生は時代の変化に驚《おどろ》くように、目をパチパチとさせるのだった。

挨拶《あいさつ》を終えた僕たちは、ビルのエレベーターに乗って一階へと向かっていた。

「塾長《じゅくちょう》先生のころと今とでは、卒業式の様子も違《ちが》うのかもしれませんね」

「逆に数十年後には、僕たちの卒業式もノスタルジーみたいに感じるのかもね」

「何十年もあとの中学生は、どんな卒業式を迎《むか》えるんでしょう……」

芽吹《めぶき》さんは未来を見つめるような目になった。

何十年もあと……。それは、僕たちの子ども世代の話だ。今の僕には遠い世界の話に思えてしまう。

「先生の卒業式はどうでした？」

「僕の卒業式は静かだったな。去年は人が密集しないように、卒業生だけが出席する式になったんだ。僕はちょっと寂《さび》しい感じがしてたよ」

「それでは先生、あまり思い出に残る卒業式ではなかったのでしょうか……」

もっとも僕が卒業式を寂《さび》しく感じたのは、必ずしも人が少なかったせいではない。

その理由は、僕が失恋《しつれん》した直後だったからだ。

芽吹《めぶき》さんに失恋《しつれん》して、三年間の中学時代もこれからの高校時代も、何もかも色あせて感じられた時期だからだ。

「先生はもう、中学校の制服って処分しましたか?」

「まだ捨ててないから、押し入れに入ってるはずだよ。芽吹《めぶき》さんは制服は取っておくの?」

「しばらくは捨てられない気がするんです。お姉ちゃんみたいに、いつまでも着続けるつもりはありませんけど」

僕としては、あかりさんみたいにセーラー服を着続けてほしい気もする。

エレベーターが一階に着いて、僕たちは玄関《げんかん》ロビーに出た。

ロビーの受付の前を通って外に出ると、まだ昼過ぎの時刻で午後の日差しがまぶしい。

「これからもう一カ所、一緒《いっしょ》に行きたいところがあるんですけど、いいでしょうか?」

「いいけど、どこかに用事?」

「用事ではないんですが、思い出の場所があって……」

僕たちは歩き出し、塾《じゅく》の本部ビルから少し離《はな》れた場所にある、別の塾舎《じゅくしゃ》の前へやって来た。

ここは『一番合格ゼミナール』の中学・高校受験コースが設置されている塾舎《じゅくしゃ》。

中学生だった僕や芽吹《めぶき》さんが通っていた場所であり、二人が出会った場所でもある。

確かに思い出深いけど、今は中に入る用事もない。

「思い出の場所って、ここ？」

「ここも思い出がありますけど、今から行きたいのはもうちょっと先なんです」

芽吹《めぶき》さんは再び歩き出す。

さらに五分ほど歩いて来た先は、大通りに面した小さな公園だ。

僕は彼女がどこへ連れて行こうとしているのか、気がついた。

一年ほど前のあの日、僕が芽吹《めぶき》さんに告白をした場所……。

あのときは僕の合格発表の直後で、まだ冬の気配が強く肌寒《はださむ》い日だった。

今日は三月も下旬《げじゅん》になり、日差しも暖かく、公園内の並木の枝に新芽が出始めている。

公園の中心にある広場に入ったところで、芽吹《めぶき》さんは立ち止まった。

まさしくここは、あの告白の場所だ。

こんなところに連れて来て、どうするんだろう。

聞こうとしたとき、それより早く彼女は僕のほうに向き直った。

「先生」

何か、大切なことを話そうとするような表情で、まっすぐに僕を見つめる。

「先生の制服の第二ボタン……いただいてもいいですか⁉」

「僕の第二ボタンを？」

芽吹《めぶき》さんは少し悲しげな様子でうつむいた。

「わたしも寂《さび》しかったんです。先生の卒業式、ちゃんと見送れなくて」

「そうだったのか……。僕が突然《とつぜん》、あんなことを言ったから……」

告白のあと僕たちは気まずくなり、会話もほとんど無くなってしまったんだ。

再び顔を上げた芽吹《めぶき》さんは、明るい笑顔《えがお》に戻《もど》っている。

「ですから今度こそ、先生の第二ボタンをわたしにください！」

「僕も芽吹《めぶき》さんにもらってほしい。次の授業のときに持っていくよ」

「予約しましたから。他の人に渡《わた》しちゃ、ダメですからね！」

その瞬間《しゅんかん》、僕の心で、雪解けのように何かが動き出していた。

あの日に冷たく凍《こお》りついた心が、春の訪《おとず》れのように暖かい日差しに満ちていく。

僕と芽吹《め・ぶき》さんは恋人《こいびと》になったわけじゃない。

でも一方的に恋《こい》していた僕には想像もできなかった、深い信頼《しんらい》で結ばれている。

それは何よりも、僕の心を満たしてくれていた。

3月・4　家庭教師契約、満了！

三月の最終週になった。

その日、春休み中だというのに僕は朝早く目覚めてしまった。

カレンダーを見て、とうとうこの日がやって来たのだと痛感する。

今日は芽吹《めぶき》さんの家庭教師として、最後の授業の日だ。

だからといって特別な勉強をするわけじゃない。いつもと違《ちが》うのは契約満了《けいやくまんりょう》に必要な手続きをすることくらいだ。

午前中、忘れ物がないか入念に準備をした。最後までしっかりとやり遂《と》げよう。

昼過ぎになると、僕はいつもの授業と同じように学校の制服を着て家を出て、バスに乗って芽吹《めぶき》さんの家へと向かった。

芽吹《めぶき》さんの家のインターホンを鳴らすと、玄関《げんかん》に出迎《でむか》えたのは意外にもあかりさんだ。

「こんにちは、あかりさん」

「瑛登《えいと》くん、こんにちは～。今日は昼間だけ遊びに来てるの」

芽吹《めぶき》さんはどうしたんだろう。

玄関《げんかん》で見まわしていると、あかりさんが教えてくれた。

「ひなちゃんなら部屋で待ってるよ。恥《は》ずかしいから外に出たくないって」

「恥《は》ずかしい、ですか……？」

「わたしも見てないんだ。瑛登《えいと》くん、早く行ってあげなよ」

「はあ……」

なんのことだか、よくわからない。

とにかく芽吹《めぶき》さんの部屋へ行っていいらしいので、僕は家に上がらせてもらい、一人で階段を上って彼女のところへ向かった。

部屋の扉《とびら》の前に立って、扉《とびら》をノックする。

「若葉野《わかばの》です！　芽吹《めぶき》さん、いるかな？」

「先生、お待ちしてました！　どうぞ、は……入って、いいですよ」

確かに、なんだか恥《は》ずかしそうな声をしてる。

まさか……あかりさんにスクール水着とか着せられてるんじゃないだろうな。

何が起きても驚《おどろ》かないように心を落ち着け、扉《とびら》を開けた。

足を踏《ふ》み入《い》れると同時に、室内に立っている芽吹《めぶき》さんの姿が目に入る。

心を落ち着けていたにもかかわらず、僕は驚《おどろ》き、一瞬《いっしゅん》のうちに彼女から目を離《はな》せなくなってしまった。

「芽吹《めぶき》さん、その服……」

「ど……どうでしょうか……。似合ってますか……？」

彼女が着てるのは、学校の制服。しかしいつものセーラー服じゃない。

真新しいブレザーの制服。シンプルながらオシャレなデザインの、時乃崎《ときのさき》学園の制服だ。

ブレザーの間にシャツが見えて、プリーツスカートの下には健康的な素足《すあし》が伸《の》びている。

芽吹《めぶき》さんの可愛《かわい》らしさと美しさはそのままに、一段階大人っぽい色気を感じさせていた。

これから高校生になる芽吹《めぶき》さんが、今、僕の目の前に立っているんだ。

「きれいだ……」

「ほ……本当、ですか……？」

「もちろん！　すごく似合ってるよ！　ブレザーの間のリボンタイが、これまたたまらなくキュートなんだ！　スカートのラインも芽吹《めぶき》さんの足と調和して――」

芽吹《めぶき》さんはますますほっぺを赤くして、きゅ～っと両腕《りょううで》を縮こまらせた。

またやってしまった。セーラー服だけじゃなく、ブレザーまで熱く賞賛してしまうとは。

でもしかたない。普段《ふだん》から学校で見慣れている制服でも、芽吹《めぶき》さんが着るとこれほど新鮮《しんせん》で可愛《かわい》く感じられてしまうのだから。

「そ、それじゃあ、これでおしまいです！　着替《きが》えてきますから、先生はここで待っててくださいね」

「もう着替《きが》えるの？」

「先生に最初に見てほしかったから、目的は果たせましたし。あとは新学期まで制服がシワにならないように、しまっておきますから」

そう言って芽吹《めぶき》さんは恥《は》ずかしさから逃《のが》れるように、タタタと小走りに部屋を出て行く。

彼女の後ろ姿を目で追って、ピシッとした背筋にまたも見とれそうになる。

芽吹《めぶき》さんが部屋を出ると、僕はテーブルの上に参考書や筆記具を置いて授業の準備をした。

それから彼女の部屋を眺《なが》めた。

最初に入ったときは初めて入る女の子の部屋にドキドキしたものだけど、今となっては半年にわたる授業時間を過ごしたなじみの場所だ。

来週からこの部屋に通わなくなるのは、やっぱり寂《さび》しい。

だけど芽吹《めぶき》さんが今までの授業を忘れず、この部屋で勉強を引《ひ》き継《つ》いでくれる。そう考えると心置きなく去れる気がした。

「先生、お待たせしました」

芽吹《めぶき》さんが戻《もど》ってきた。最後の授業は、やっぱりいつものセーラー服。無くなったリボンは受験を戦《たたか》い抜《ぬ》いた勲章《くんしょう》にも感じられる。

「それでは芽吹《めぶき》さん。最後の授業を始めよう」

最後の授業内容は、中学校で習う主要五教科について、忘れてはならない重要なポイントのおさらいだ。同時にそれは、これまでの授業の総決算でもあり、新たな勉強に向かう道しるべでもある。

そうして授業時間が過ぎ、僕は参考書のページを閉じた。

「それでは、僕の授業はこれで全部だ。芽吹《めぶき》さん、長い間おつかれさまでした」

「最後までありがとうございました。先生に習った授業は、ずっと忘れません」

二人で向かい合ったまま、お互《たが》いに深々と頭を下げて最後の礼をする。

それから僕は、鞄《かばん》の中からあるものを取り出した。

芽吹《めぶき》さんと約束した、中学時代の制服の第二ボタンだ。

「僕の授業を最後までやり遂《と》げてくれた芽吹《めぶき》さんに、授業終了《しゅうりょう》の証《あかし》だよ」

立ってボタンを差し出すと、彼女も立ち上がって向かい合い、両手でボタンを受け取る。

「先生からの卒業証書、一生の宝物にしますね」

彼女は左手にボタンを握《にぎ》りしめ、右手を僕のほうに差し出した。

僕はその手を握《にぎ》り返し、握手《あくしゅ》をする。

「卒業おめでとう、芽吹《めぶき》さん」

「一年遅《おく》れですけど、先生もご卒業おめでとうございます」

長い握手《あくしゅ》をかわして手を離《はな》したとき、彼女の体が前のめりに倒《たお》れ、僕の胸に飛び込んだ。

「芽吹《めぶき》さん……」

「本当に……本当に、今まで、ありがとう……ございました……っ」

声を震《ふる》わせながら、必死に涙《なみだ》をこらえている。

「芽吹《めぶき》さんの家庭教師ができて、本当によかったよ……」

僕はそっと、彼女の肩《かた》を抱《だ》きしめた。

しばらくして芽吹《めぶき》さんは顔を上げ、僕のほうに向けた。

彼女は両目を軽く閉じて、唇《くちびる》をまっすぐに結んでいる。

まるで突《つ》き出《だ》すような格好のまま、動こうとしない。

彼女の顔を見つめながら、僕はまるで吸い寄せられるように自分の顔を寄せていく。

お互《たが》いの息がかかり、唇《くちびる》が触《ふ》れ合《あ》いそうになっても、芽吹《めぶき》さんはそのまま待っている。

僕は静かに目を閉じた。

そうして僕と彼女の唇《くちびる》が、ゆっくりと近づいていって——。

＃

芽吹《めぶき》さんはじっと待ち続けるように、唇《くちびる》をその場から動かさない。

僕の唇《くちびる》に神経が集中し、他に何も考えられず、ただ重力に引かれるように寄せていく。

僕と彼女の唇《くちびる》は、今、一つに重なり合おうとして……。

トントンと部屋の扉《とびら》がノックされた。

「ひなちゃ～ん、瑛登《えいと》く～ん、お茶が入ったからおやつにしようよ～」

僕たちはハッと目を開け、飛びのくように体を離《はな》した。

「ううう、うん！　お姉ちゃん、今、行くから！」

「おや～？　もしかしておじゃましちゃった？」

あかりさんがニヤけるような声を出す。

「そそそ、そんなことないよ。授業が終わったところだし！」

芽吹《めぶき》さんは扉《とびら》を開けて中を見せる。僕も笑顔《えがお》になってあかりさんにお辞儀《じぎ》をするけど、その笑顔《えがお》はぎこちなかったかもしれない。

「それじゃあ先生、一階に行きましょう！」

「うん、行こう。あかりさん、お茶をごちそうになります」

僕は芽吹《めぶき》さんのあとについて部屋を出た。

危ない、危ない。

最終日とはいえ、今日、この家を出るまで僕は家庭教師。

最後の最後で家庭教師としての道を踏《ふ》み外《はず》すところだった。

僕は一階にあるリビングのテーブルで、芽吹《めぶき》さんとあかりさん、そして二人の姉妹《しまい》の母親と一緒《いっしょ》に、クッキーのおやつとティーセットをいただいた。

お茶の時間も終わり、今は芽吹《めぶき》さんとあかりさんがキッチンで食器を片付けている。

僕は母親とリビングに残り、テーブルを挟《はさ》んで向かいに座りながら、家庭教師の契約満了《けいやくまんりょう》に向けた最後の手続きをしていた。

契約満了《けいやくまんりょう》の書類を渡《わた》して内容を説明し、サインを記入してもらう。

手続き自体は簡単に進み、いよいよ最後の段階になった。

「――それでお手数ですが、あと一つお願いがあるんです。家庭教師の終了《しゅうりょう》に当たり、保護者のかたに評価をいただく決まりになっているんです」

「若葉野《わかばの》先生の評価ということですか？　構いませんが」

「では手続きをしますので、保護者様用の管理画面にアクセスしてもらえますでしょうか」

僕はスマホで家庭教師センターの専用サイトにアクセスし、保護者の評価を開始するボタンをタップした。

同時に母親もスマホを持って、家庭教師センターの保護者向けページにアクセスした。

僕からは見えないけど、これで採点用の画面が表示されているはずだ。

「ここにある星の数で、若葉野《わかばの》先生への点数をつければいいのですね？」

「この点数は『一番合格ゼミナール』の家庭教師センターにだけ伝えられ、僕には知らされません。ですから星ゼロから星五つまで、遠慮《えんりょ》なく評価してください」

「なるほどね。……いいでしょう」

母親は黙《だま》ってスマホの画面を見つめている。

彼女が採点する間、僕はじっと待ち続けた。

眉間《みけん》にシワを寄せ、口元をへの字に結び、なんだか難しい顔をしている。

それから一つ、母親は小さなため息をついた。

やっぱり厳しい採点だろうなあ……。縮こまりそうな気分だ。

芽吹《めぶき》さんを合格させられたとはいえ、母親が希望する進路を変えさせた。

それだけじゃない。最初のころは僕と芽吹《めぶき》さんの恋愛《れんあい》関係を疑われたし、その後も、何度か盾突《たてつ》くような態度を取ってしまった。

母親からすれば、あまりいい家庭教師ではなかったはずだ。

もっとも僕は仕事として家庭教師を続けるつもりはないから、たとえ最低点だろうと今後に影響《えいきょう》するわけではないけど。

母親はそのまま表情を変えることなく、何度か画面をタップした。

「評価を送信しましたよ。これでいいのですね」

「ありがとうございます。今までお世話になりました」

今ごろになって少し申し訳ない気分になって、礼を言いながら深く頭を下げた。

「へえ～っ」

と、突然《とつぜん》の声に僕は顔を上げた。

向かいのソファの後ろにあかりさんが立って、母親の手元をのぞき込んでいる。

「あかり、いつの間に⁉」

母親も気づかなかったらしく、驚《おどろ》いた顔で振《ふ》り返《かえ》った。

「瑛登《えいと》くん、すごいね～。星五つだって！」

「えっ……星五つ……？」

とっさに聞かされて、頭がまわらない。

「先生、最高の評価じゃないですか！　おめでとうございます！」

芽吹《めぶき》さんもリビングに入ってきて、あかりさんと一緒《いっしょ》に喜んでいる。

「あかり！　そういうことは言うものではありません！」

「いいじゃない。お母さん、もっと喜んだ顔で採点すればいいのにな。そうしたら、売れっ子タレントになってたかもよ～」

「よけいなお世話よ」

母親はムッとした顔で、あかりさんを軽くにらみ返す。

もちろん家庭教師を続けない以上、最高点だろうと影響《えいきょう》はない。

でもそんなことは関係なしに、僕はとても嬉《うれ》しかった。

家庭教師の仕事はすべて終了《しゅうりょう》し、通い続けた教え子の家を退出する時間になった。

玄関《げんかん》から出る僕を、芽吹《めぶき》さんが見送りに来てくれる。

今日はそれだけでなく、姉のあかりさんと、母親の日花里《ひかり》さんも来てくれた。

「ひなたさん、あかりさん、日花里《ひかり》さん。半年間、どうもありがとうございました」

三人の前に立ち、最後の挨拶《あいさつ》をする。

「瑛登《えいと》くん、またいつでも遊びに来ていいからね。いっそわたしの部屋に泊《と》まっちゃう？」

と、あかりさんは本気にしたら危険そうなことを言ってるし。

「……食事くらいなら振《ふ》る舞《ま》いますよ」

母親の日花里《ひかり》さんは親切に言ってくれるのに、やっぱり素っ気ない。

そんな家族の態度を見ていると、今日が最後ではなく、これからもこんな日々が続くんだと思わせられる。

そして三人のまん中に立つ芽吹《めぶき》さんは……。

「先生……」

瞳《ひとみ》をうるませながら、僕を見つめていた。

「絶対、絶対にまた勉強を教えてくださいね！　高校の勉強はもっと難しくなるから、わたし、先生がいないと、ついていくのが大変になっちゃうと思いますから！」

「これからは同じ学校の先輩《せんぱい》なんだからね。後輩《こうはい》のために勉強を教えるのも先輩《せんぱい》の役目だよ」

「お願いしますね。ええと……若葉野《わかばの》先輩《せんぱい》！」

挨拶《あいさつ》を済ませると、僕は最後にもう一度礼をして、玄関《げんかん》の扉《とびら》から外に出た。

日の傾《かたむ》きかけた夕刻で、心地《ここち》いい春の風が吹き抜《ぬ》けていく。

門の手前で立ち止まり、最後に一度、芽吹《めぶき》さんの家を振《ふ》り返《かえ》った。

二階の窓に見える芽吹《めぶき》さんの部屋に別れを告げ、再び歩き出す。

そして家の門から一歩外に出た瞬間《しゅんかん》、僕の家庭教師は終了《しゅうりょう》した。

「――先生！」

背後から声がして振《ふ》り返《かえ》ると、芽吹《めぶき》さんが駆《か》けてくる。

「先生、さっきの言葉、撤回《てっかい》です！」

「さっきの言葉って？」

「先生は、ただの先輩《せんぱい》じゃありません！　これからも先生でいてください！」

「……そうだね。ずっと芽吹《めぶき》さんの先生でいられるよう、僕もしっかり勉強を続けないと」

芽吹《めぶき》さんは右手を差し出し、小指を立てた。

「約束ですよ。瑛登《えいと》先生！」

「約束する。ひなたさん」

僕も右手の小指を伸《の》ばして、彼女の小指にからめる。

「ふふふっ。学校にわたしだけの先生がいるなんて、高校生になるのが楽しみだな〜」

「たった一人の教え子だからって、優《やさ》しいばかりにはしないぞ。みっちり勉強を教えるから、覚悟《かくご》するようにね」

「先生こそ教え子の制服姿にデレデレするのは、たまにじゃなきゃ、ダメですからね」

「ど、努力します……」

最後のなごり惜《お》しさもどこへやら、早くもいろいろな意味で先行きが不安になってきそうな僕だった。

#

家庭教師の日々が終わり、僕は普通《ふつう》の高校生らしい日常に戻《もど》っていた。

春休みは穏《おだ》やかに過ぎて、一年生の復習や二年生の予習をして過ごした。

久しぶりにのんびりテレビを見ていたら、パリ大会に出場が決まった陸上選手の練習風景を伝えていた。今年はオリンピックの年なんだ。

芽吹《めぶき》さんとは、その後もスマホで連絡《れんらく》を取り合っている。

彼女の春休みは、中学校時代のクラスメイトの女子と買い物に出かけたり、あかりさんの家に行って姪《めい》の子の遊び相手になったりと、忙《いそが》しい毎日が続いているようだ。

三月の残りの日々も過ぎていき、今は三月三十一日の夜。

早いもので、今年ももう四分の一が過ぎたんだ。

日付が変わる深夜〇時の少し前、僕は寝《ね》る準備をするためベッドの布団《ふとん》を整えた。

休み中で、ここ数日はつい夜更《よふ》かし気味になっている。今日はもう寝《ね》よう。

するとスマホに着信があった。相手は芽吹《めぶき》さんだ。

「もしもし。芽吹《めぶき》さん、こんばんは」

「先生、夜遅《よるおそ》くにすみません」

緊急《きんきゅう》の用事かと思ったけど、彼女の声は明るく弾《はず》んでいる。

「なんだか楽しそうだね。いいお知らせでもあるのかな？」

「楽しいというか、ほら、四月一日ですよ！」

「そうだよねえ。もう四月だなんて信じられないよ」

「ではなくて、四月一日といえばエイプリルフールじゃないですか」

「ああ、そういえば……」

忘れたわけじゃないけど、特に意識していなかった。

エイプリルフールは一年で一度だけ嘘《うそ》をついてもいい日。今では様々な企業《きぎょう》のウェブサイトでも、『嘘《うそ》』の記事が掲載《けいさい》されて閲覧《えつらん》者を楽しませている。

「それでわたし、エイプリルフールになったら先生に嘘《うそ》をつきたいなと思いまして」

机の上に置かれた時計を見ると、もう午後十一時五五分を過ぎている。

日付が変わると同時に、芽吹《めぶき》さんは何か『嘘《うそ》』をつくんだろう。

「そういうことなら、いいよ。どんな嘘《うそ》か楽しみだな」

「でも先生、嘘《うそ》だと見抜《みぬ》けなくて本気にしちゃっても、知らないですからね〜」

「そんなすごい嘘《うそ》なの？」

いったいどんな嘘《うそ》なんだか、ちょっと怖《こわ》くなるな。嘘《うそ》だと知らされても信じてしまうほどの、リアリティのある嘘《うそ》なんだろうか。

「わかった。心して聞こう。そこまで言われた以上、僕だって簡単に騙《だま》されないよ」

「では少しの間だけ目を閉じて、耳を澄《す》ませてください。時間が来たら言いますからね」

「オッケー。目を閉じればいいんだね」

言われたとおり、僕は両目をつむった。

はてさて、どんな嘘《うそ》を聞かされることやら。耳を澄《す》ませながらスマホの音声に集中する。

そうして一、二分待ち……そろそろかと思ったころ、芽吹《めぶき》さんが声を出した。

「では先生、準備はいいですか？」

「しっかり聞いてるよ」

「それじゃ、言います。わたしは――」

一瞬《いっしゅん》、芽吹《めぶき》さんは言葉を止める。

しかしすぐに、思いきった口調で言った。

「わたしは、先生のことが——若葉野瑛登《わかばのえいと》くんのことが、大好きです！」

「えっ……」

思いがけない言葉に声を詰《つ》まらせた。

「そそ、それじゃ、おやすみなさい、先生！」

「う、うん。おやすみ……」

芽吹《めぶき》さんはそそくさと通話を切ってしまう。

一瞬《いっしゅん》ドキドキしたものの、すぐに心を落ち着かせた。

彼女も言ってた。これはエイプリルフールの嘘《うそ》だから、本気にしないでくださいねって。

まったく芽吹《めぶき》さんも心臓に悪いいたずらをするなあ。

苦笑《くしょう》しながら、僕はスマホを机に置こうとして卓上時計に気づいた。

時計の時刻は午後十一時五九分五八秒。僕の見ている前で深夜〇時になり、日付が変わる。

思わずスマホの時計を見て確認《かくにん》したけど、時刻は正確だ。

ということは、芽吹《めぶき》さんが『嘘《うそ》』をついたのは、エイプリルフールになる前の日……。

(芽吹《めぶき》さん、時刻を間違《まちが》えてうっかりエイプリルフールの前に嘘《うそ》をついちゃったんだ)

きっと彼女の部屋の時計が早まっていたんだろう。

どうしたもんだか。けど、ここは気づかなかったふりをしてあげよう。

「ふぁ……」

急に眠気《ねむけ》を感じ、あくびが出てしまう。

もう寝《ね》よう。パジャマに着替《きが》えて洗面所で歯を磨《みが》き、部屋に戻《もど》ってベッドに潜《もぐ》り込んだ。

それにしても、あんな男心をもてあそぶ嘘《うそ》を言われっぱなしだなんて、ちょっとくやしい。

明日は僕から芽吹《めぶき》さんに、何か嘘《うそ》をついてみようかな。

どんな嘘《うそ》がいいだろうか。彼女の反応を想像しながらあれこれ考えるけど、どんな反応でも可愛《かわい》い芽吹《めぶき》さんの姿が見られそうで迷ってしまう。

けれど事前に嘘《うそ》だと宣言して楽しませるって、なかなか難しい。

さすがは芽吹《めぶき》さん、嘘《うそ》だとわかっていてもドキリとさせることを言うなんて。

そんなふうに考えているうち、ふと僕は気づいた。

(あれ？　芽吹《めぶき》さん、もしかしてわざとエイプリルフールになる前にあの言葉を言った？)

もし、そうだとすると……。

あの言葉は、嘘《うそ》ではないってことになる。

つまりそれは、芽吹《めぶき》さんは僕のことを……？

(いやいや、都合よく考えすぎだ)

芽吹《めぶき》さんは本当に時間を間違《まちが》えて、エイプリルフールの嘘《うそ》のつもりで言ったのかもしれないじゃないか。

（でも芽吹《めぶき》さんが、そんなミスをするかなあ……）

（いやいや、芽吹《めぶき》さんだってしっかりしてるように見えて、ドジることもあるじゃないか）

僕の頭で二つの思考の勢力が激しく論戦を繰《く》り広《ひろ》げ始める。

だんだん頭が冴《さ》えてきて、ますます考えるのを止められない。

いつまで経《た》っても真相がわからないまま、僕は眠《ねむ》れない夜を過ごすのだった。

——瑛登《えいと》が眠《ねむ》れずにいるころ、芽吹《めぶき》ひなたは自室のベッドですやすやと眠《ねむ》りについていた。

寝《ね》ている彼女の表情は、幸せに満たされたかのように穏《おだ》やかだ。

「せんせ……い……」

彼女の口から寝言《ねごと》が漏《も》れる。

その後もむにゃむにゃと口を動かすが、それから先は、はっきりとした言葉にならない。

枕元《まくらもと》の小さな飾《かざ》り台に、一つの小物が丁寧《ていねい》に置かれている。

瑛登《えいと》からもらった第二ボタンだ。

彼が中学生時代に使い古したボタンは、今、ひなたを優《やさ》しく見守っていた。

4月・新　ひなたの未来

芽吹《めぶき》ひなたはパジャマに着替《きが》えて自分の部屋のベッドに腰掛《こしか》けながら、眠《ねむ》れない夜を過ごしていた。

明日は朝から準備があるから早く寝《ね》なきゃと思うのに、頭が冴《さ》えてしまって、ちっとも眠《ねむ》くならない。考えれば考えるほど緊張《きんちょう》して、心臓がドキドキして体中が熱くなってしまう。

「もう、明日なんだね……」

一人、ひなたはつぶやいた。

まだまだ先だと感じられていたのに、気がついたら、その日は目の前に迫《せま》っている。

「わたし、変な失敗しちゃわないよね……」

未知の世界を前に、少しばかりの不安がよぎる。

しかしすぐ頭を横に振《ふ》り、そんな不安を吹《ふ》き飛《と》ばした。

絶対に大丈夫《だいじょうぶ》。だって明日から、ずっと彼がそばにいてくれるのだから。

わたしが失敗しても、彼ならきっと支えてくれる。

そしてもし彼が失敗したら、そのときは自分が支えてあげよう。

今までだってそうして来たのだから、これからもそうしていけるはず。

そう、これからずっと。これからの長い時間を、二人で支え合っていこう。

「本当にわたし、一つになるんだ……。先生と……」

胸に手を当てて彼の姿を思《おも》い浮《う》かべると、じんわりと温かい気持ちが広がり、全身の緊張《きんちょう》を解きほぐしていく。

そういえばプロポーズのとき、彼は何年も付き合った間柄《あいだがら》とは思えないほど緊張《きんちょう》してた。

新しい生活を前に希望と不安が入り交じるのは、きっと彼も同じ。

「先生……明日の結婚式《けっこんしき》、がんばりましょうね」

ひなたは出会って以来『先生』と呼んできた彼——若葉野《わかばの》瑛登《えいと》と結婚《けっこん》し、家族になる。

恋人《こいびと》として付き合うようになってからは名前で呼ぶことが増え、彼を『先生』と呼ぶ機会も少なくなったのだけど……。

それでも彼が家庭教師として毎週この部屋に通っていたときの光景は、鮮明《せんめい》に覚えている。

ひなたが新居に越《こ》してこの部屋を出ていっても、その記憶《きおく》が色あせることはないはずだ。

彼との思い出に浸《ひた》ったことで、ひなたはリラックスできた。

ようやく眠《ねむ》れそうで、ベッドに横たわり、布団《ふとん》の中に潜《もぐ》り込む。

「家庭教師をしてもらってたころ、先生と二人、このベッドで眠《ねむ》ったなあ……」

台風が吹《ふ》き荒《あ》れる夜、彼は不安なひなたを、添《そ》い寝《ね》をしながら支えてくれた。

ひなたは中学生で、それ以上のことは何もなく、懐《なつ》かしいほど初々《ういうい》しい二人だったけど。

今も横に目を向けると、高校生だった瑛登《えいと》の姿が思い浮《おもう》かんでくる。

当時、彼はひなたに失恋《しつれん》し、傷心を抱《かか》えていたころだ。

大人になって思い返せば、そんな彼に添《そ》い寝《ね》してもらうなんて、あの夜のひなたはけっこう残酷《ざんこく》なことをしたのかもしれない。

「ごめんなさい、先生。でももうすぐ未来になったら、先生が好きなだけ好きなこと、わたしにしちゃっていいですからね」

ひなたは甘い口調でそっと、昔の瑛登《えいと》に語りかける。

続いて、恋人《こいびと》になって夜も一緒《いっしょ》に過ごす仲になってからの彼を思い浮《おもう》かべた。

「で、でも先生、わたしの体をあちこち見つめすぎるのは、ちょっとにしなきゃダメですよ。は、恥《は》ずかしいですから……」

また心臓がドキドキ高鳴ってきて、顔中に熱さがよみがえってくる。

「結婚《けっこん》したら、もっとすごいこと、するのかなあ……。だって夫婦《ふうふ》だもんね……。でも今よりもっとすごいことって、どんなことなんだろ……」

悶々《もんもん》としていると、また目が冴《さ》えて眠《ねむ》れなくなりそうだ。

ぎゅっと目を閉じ、深呼吸しながら高まる鼓動《こどう》を落ち着かせた。

明日、ひなたと瑛登《えいと》の関係はまた大きく変化する。

妻と夫。そうなればもう本当に、彼を『先生』と呼ぶことも無くなるのかもしれない。

ひなたは、ずっと親しんできたその呼び名に感謝する気持ちでつぶやいた。

「先生、今まで長い間、ありがとうございました。そしてこれからもずっと、一緒《いっしょ》にいてください ね。——先生」


——ハッ、としてひなたは目を覚ました。

窓のカーテンの隙間《すきま》から射《さ》し込む日ざしが室内に投げかけられている。

朝だ。枕元《まくらもと》でジリジリと鳴る目覚まし時計を止めると、すぐそばに置かれた小物が日ざしを受けてきらめいている。

小さなボタン。瑛登《えいと》からもらった、彼が中学時代に着ていた制服の第二ボタンだ。

「ふあ……。朝かあ……」

ひなたは軽くあくびをしながらベッドの上で体を起こし、大きく伸《の》びをした。

「なんだか、変な夢を見ちゃったなあ……」

ぼんやり寝《ね》ぼけている頭で思い返した。

大人になったひなたが、結婚《けっこん》前夜の眠《ねむ》れぬ夜を過ごしている夢。

しかも結婚《けっこん》の相手は若葉野《わかばの》瑛登《えいと》——ひなたの『先生』だ。

思い出すと顔中が熱くなってくる。

「せ、先生と結婚《けっこん》だなんて、気が早すぎっていうか……。なんであんな夢を見たのかな」

そう言えば昨夜、ひなたは寝床《ねどこ》に入る前にネットで見つけたあるおまじないを唱えていた。夢で自分の未来の姿が見えるというおまじないだ。これからの高校生活がどんなものになるのか、夢のお告げを知りたいと思って試《ため》してみたのだ。

それが、高校生を通《とお》り越《こ》して結婚《けっこん》前夜だなんて……。

「そ、そんなことがあるとしても、ずっと先の、十年も二十年もあとの話だよね」

しかし考えてみれば、姉のあかりは高校卒業後ほどなくして結婚《けっこん》している。だとしたら、ひなただってそうなる可能性は否定しきれない。

「ゆ、夢だから！　夢！　おまじないなんて迷信《めいしん》だよ！　本当に未来が見えるわけない！」

ひなたは必死に頭を横に振《ふ》って恥《は》ずかしさを打ち消そうとする。

そこで気がついた。未来なんて見えるはずがない、ということは……。

夢で見たのは、ひなたの願望……？

「ううう～っ!!　わ、わたしまだ、先生と結婚《けっこん》なんて、考えてないから～っ!!」

ますます恥《は》ずかしい気持ちになって、ひなたは一人、ベッドの上で身悶《みもだ》えた。

夢の最後を思い出すと、瑛登《えいと》と夫婦《ふうふ》になるひなたが『先生』という呼び名に別れを告げていたような気がする。

「やっぱり夢の中のわたし、変だよね。先生のことはずっと先生って呼びたいし」

ひなたはほっぺを膨《ふく》らませ、夢で見た自分に文句を言った。

「とにかくこんな夢を見たこと、先生には絶対に気づかれないようにしなきゃ……」

時計を見ると、考えごとをしていたせいか時刻がずいぶん進んでいる。

「もうこんな時間⁉」

ひなたはあわててベッドから飛び出した。

壁《かべ》のハンガーには、真新しいブレザーの制服がかけられている。

今日から通う私立時乃崎《ときのさき》学園高等学校の制服だ。憧《あこが》れと希望を持ち、受験勉強の苦労を乗《の》り越《こ》え、自らの力で合格を手に入れた学校。

そして彼女の受験を導いた家庭教師の先生である、瑛登《えいと》が通う学校。

記念すべき入学初日に遅刻《ちこく》なんてできない。

ひなたは急いでパジャマを脱《ぬ》ぎ、制服のかかったハンガーを手に持った。

シャツの袖《そで》に腕《うで》を通そうとして、ふと考える。

「やっぱりシャワーを浴びていこうかな……」

妙《みょう》な夢を見たせいか、全身がうっすらと汗《あせ》ばんでいる。

ひなたは大急ぎで一階に下りてシャワーの準備をし、身じたくを整えた。

軽くシャワーを浴びて制服に着替《きが》えると、さっぱり心機一転した気分だ。

リビングに行くと、海外での仕事を終えて日本に戻《もど》ったばかりの父が朝食を取っている。父は高校生になった娘《むすめ》を見て「おおっ」と、まぶしそうに目を見開いた。

けれどゆっくりしてる暇《ひま》はない。ひなたはテーブルについて大急ぎで朝食を口に運んだ。

同じテーブルにいる母は「あわただしいわねえ」とあきれた顔をしている。

朝食を終えて部屋に戻《もど》り、全ての準備を整えたところでホッと一息ついた。

「はあ……。今日は余裕《よゆう》を持って起きようと、早く寝《ね》たのになあ……」

昨晩、明日の入学を前に寝《ね》つけず、スマホで未来の不安をやわらげる方法を探していたら、あの『夢で未来が見えるおまじない』を発見してしまったのだ。

「これじゃわたし、本当に結婚式《けっこんしき》の朝も忙《いそが》しくなっちゃうかも……」

ふとそんなふうに思い、それからあわてて首を横に振《ふ》る。

「だ、だから結婚式《けっこんしき》はもういいってば〜っ!!」

恥《は》ずかしい夢から逃《に》げ出《だ》すように、ひなたは学校の鞄《かばん》を持って駆《か》け出《だ》した。

あの夢が単なる幻《まぼろし》なのか、それとも本当に未来のひなたの姿なのか、今のひなたには知ることもできない。

#

私立時乃崎《ときのさき》学園へ登校する最寄《もよ》りのバス停の近くで、僕は彼女が来るのを待っていた。

今日から新学期。芽吹《めぶき》さんにとっては、高校入学初日となる日だ。

そんな日に、受験勉強の家庭教師だった僕と登校したいと頼《たの》まれて、こうして待ち合わせることにしたのだけど……。

「芽吹《めぶき》さん、遅《おそ》いなあ……。寝坊《ねぼう》してるのかな？」

先ほど停車したバスからも芽吹《めぶき》さんは降りてこなかった。このまま次のバスにも乗っていなかったら遅刻《ちこく》してしまう。

あの芽吹《めぶき》さんが新学期早々に遅刻《ちこく》だなんて考えにくいけど、春休み明けでうっかり寝過《ねす》ごしたんだろうか？

彼女に電話しようかと考え、スマホを取り出す。すると『若葉野瑛登《わかばのえいと》』……僕のアカウントあてに、芽吹《めぶき》さんからのメッセージが届いている。

『すみません！　もうすぐ着きますから待っててくださいね！』

あわてた様子からして、やっぱり寝過《ねす》ごしたみたいだ。

「芽吹《めぶき》さんでも、やっぱり朝寝坊《あさねぼう》しちゃうんだな」

かつての教え子の可愛《かわい》さに、思わずほほ笑《え》みが浮《う》かんでしまう。

ほどなくしてバス停にバスが止まり、何人かの生徒が降りてくる。

その中にブレザーの制服を着た芽吹《めぶき》さんの姿もあった。

彼女は左右を見回し、少し離《はな》れた場所に立っている僕の姿を見つけると、大きく手を振《ふ》って駆《か》け寄《よ》ってきた。

「先生〜っ！　お待たせしました〜っ！」

よほどあわてていたらしく、僕の前に立ってはあはあと大きく息をついている。

「芽吹《めぶき》さん、なんとか間に合ったね」

「よかったです……。変な夢を見てしまって、そのことを考えてたら時間が経《た》ってしまって」

「悪い夢でも見ちゃったの？」

「いえ！　大した夢じゃありませんからっ!!　それじゃ行きましょう、先生！」

「それなんだけどさ、せめて学校では『先生』はやめない？　僕はもう家庭教師じゃないし、他のみんなもいるし……」

すると芽吹《めぶき》さんは不満そうな目で見返した。

「どうしてですか？　先生は、これからも先生です。そう言ったじゃないですか」

「そうだけど、やっぱり人に聞かれると恥《は》ずかしいっていうか」

「む〜。じゃあちょっとは気をつかってあげます、瑛登《えいと》先輩《せんぱい》。——でもわたし、先生のことを先生って呼ぶの、絶対にやめませんからね。結婚《けっこん》したってそう呼び続けますから！」

「け、結婚《けっこん》!?」

突然《とつぜん》の言葉に思わず声を上げてしまった。

芽吹《めぶき》さんは顔中を真っ赤に染めて、必死になって両手を左右に振《ふ》っている。

「ななな、なんでもないですっ!!　た、ただのたとえ話ですからっ!!　忘れてくださいっ!!」

しかし忘れるどころか、結婚《けっこん》という二文字が僕の頭を埋《う》め尽《つ》くして消えてくれない。

いくらなんでも芽吹《めぶき》さんと結婚《けっこん》だなんて話が早すぎる。僕たちは恋人《こいびと》ですらないのに。

けれど頭の中に、純白のウェディングドレスを身にまとった芽吹《めぶき》さんの姿がありありと思《おも》い浮《う》かんできて、それはまるで、本当にそこに立っているかのようなリアルさで……。

「先生……わたし、幸せです……」

幸福そうに目をうるませながら、芽吹《めぶき》さんはそっと目を閉じ、僕に向かって顔を寄せる。

「ひなた……僕も幸せだよ……」

彼女を迎《むか》えるように僕も顔を寄せ、二人の唇《くちびる》が近づき、永遠の誓《ちか》いのキスを……。

「先生。……先生ってば！」

「うわあぁっ⁉」

すぐ目の前で、制服姿の芽吹《めぶき》さんが不思議そうな顔でじーっと見つめている。

「まったくもう、急にボーッとしちゃって、どうしたんですか？　なんだかニヤけた顔をしてましたよ」

「なんでもない！　何も考えてないからっ‼」

「ふ〜ん。どうせまた可愛《かわい》いアイドルさんのこと考えてたんじゃないですか？」

「そんなこと考えてないって」

「じゃあ誰《だれ》のこと考えてたんですか？」

「そ、それは……言えないな。ひなたには教えられない」

「『ひなた』？　どうしてわたしには教えられないのかな～？」

ぐっ……と僕は言葉を詰《つ》まらせた。芽吹《めぶき》さんのウェディングドレス姿があまりに鮮烈《せんれつ》すぎて、つい花嫁《はなよめ》みたいに名前を呼んでしまった……。

「ふふふ、先生。どんなことを想像してニヤニヤしてたのか、絶対に教えてもらいますから、覚悟《かくご》してくださいね」

「覚悟《かくご》⁉」

「教えてくれなかったら、学校でもみんなの前で『先生！』って呼んじゃいますから」

それは恥《は》ずかしすぎる……。

しかし、僕はとっさに反撃《はんげき》の手段を思いついた。

「へえ。だったら芽吹《めぶき》さん。エイプリルフールの前の夜、うっかり僕に告白しちゃったのは、なんだったのかな？」

今度は芽吹《めぶき》さんが、ぐっ、と言葉を詰《つ》まらせた。

「あ、あれはその、先生のことが大好きって、からかっただけですよ。スマホの時計がずれていて、四月一日になる前に言ってしまっただけです」

「でもスマホの時計ってネットで自動調整されるから、普通《ふつう》はずれないよね」

「ス、スマホじゃなくて、部屋の時計だったかな～？」

形勢逆転。しどろもどろになる芽吹《めぶき》さんに、僕は追い打ちをかけた。

「さあ芽吹《めぶき》さん。あのときの告白が本物なのか、絶対に教えてもらうから覚悟《かくご》するように」

すると芽吹《めぶき》さんは両手を腰《こし》に当てて、キッとにらみ返した。

「いいですよ！　そんなに言うなら、本物の告白だってことにしてあげます！」

「開き直った⁉」

「それで、本物の告白なら先生はなんと返事をするんですか？　答えてくださいね！」

「『だってことにしてあげます』って、いくらなんでも雑すぎる告白のような……」

「ダメですよ、先生。ごまかさないで答えてください」

「う、うう……」

問い返されて、またも僕が口ごもる番になってしまった。

なんて答えたらいいいんだろう。

覚悟《かくご》？　やはり僕は、覚悟《かくご》を決めなきゃいけないんだろうか？

エイプリルフール前夜のあと、僕は春休みの間、もしもあの告白が本物ならどう返事をするだろうかと考えていた。

どれほど考えても、自分で納得《なっとく》できる答えは一つしか見つからない。

僕は姿勢を正して向かい合うと、彼女の大きくて美しい瞳《ひとみ》をまっすぐに見つめた。

「芽吹《めぶき》さん」

「は、はい」

真剣《しんけん》な口調になった僕に、芽吹《めぶき》さんも素直《すなお》な表情に戻《もど》って耳を傾《かたむ》ける。

覚悟《かくご》だ。そうだ。今こそ覚悟《かくご》を決めよう。

軽く深呼吸をして、気持ちを落ち着かせながら、僕はゆっくりと口を開いた。

「僕は中学生のころに芽吹《めぶき》さんと出会い、一緒《いっしょ》に勉強したあのころと変わらずに今も——いや、あのころよりもずっとずっと何倍も、芽吹《めぶき》さんのことが、芽吹《めぶき》ひなたがいない世界なんて考えられないと思ってて……」

気持ちが高ぶって、なかなか言葉がまとまらない。

それでも、一番言いたいことを伝えよう。

「僕は、芽吹《めぶき》さんのことが、心の底から、大好——」

キンコーン……と、学校の校舎のほうから小さく予鈴《よれい》の音が聞こえてきた。

「遅刻《ちこく》しちゃう！」

甘い世界から一瞬《いっしゅん》にして、僕たちは現実に引《ひ》き戻《もど》された。

「急ごう！　走れば間に合う！」

芽吹《めぶき》さんはあわてたのと登校の道順に不慣れなのとが合わさったせいか、どっちへ走ったらいいのか迷った様子でキョロキョロしている。

「ほら、こっちだよ！」

僕はとっさに彼女の手を取り、学校の正門に向かって駆《か》け出《だ》した。

それにしても僕は、また芽吹《めぶき》さんへの告白を失敗してしまったんだろうか？

思えば中学生のころ、恋心《こいごころ》のあまり彼女の気持ちもよく考えず告白して失恋《しつれん》した。

僕は好きな子への告白が下手なのかもしれない。

「はあ……」

ため息をついていると、すぐ後ろを走る芽吹《めぶき》さんがくすっと笑う声がした。

「先生、わたし、今朝見た夢のこと、正夢《まさゆめ》なのかもって気がしてきました」

「そういえば、どんな夢だったの？」

「まだナイショです。今は夢よりも、高校の勉強と活動で一生懸命《いっしょうけんめい》になりたいですから」

「そうだね。芽吹《めぶき》さんは高校生になったばかりなんだ。わからないことがあったら、なんでも聞いてね」

「はい！　わたし、この学校で先生と——瑛登《えいと》先輩《せんぱい》と、たくさん思い出を作りたいです！」

学校の正門が近づいて、どうにかギリギリ間に合いそうだ。

他の生徒たちの姿もあるし、僕は歩調を落としながら、握《にぎ》っていた芽吹《めぶき》さんの手を離《はな》した。

そのとき芽吹《めぶき》さんはそっと僕の耳元に顔を寄せ、こんなふうにささやいたんだ。

「何回でもわたしに告白してくれて、いいですからね。——大好きな、先生」

あとがき

こんにちは、田口一《たぐちはじめ》です。おかげさまで今回、無事に2巻を出版できました。

今作は電撃《でんげき》ノベコミ+にてWeb連載《れんさい》された小説の書籍《しょせき》化で、2巻ではいよいよ受験の本番から結果発表と、その後までを描《えが》いています。瑛登《えいと》とひなた、二人の受験勉強の日々と結末は、いかがだったでしょうか？

この作品は現実と作中の時期をリンクさせながら連載《れんさい》することをコンセプトとしてきました。そのため物語もタイトルどおり一週間ごとに進行します。本来なら受験勉強なんて、できればやりたくないものですよね。それでも好きな人がそばにいるなら、楽しい毎日に変化するかもしれません。

連載《れんさい》時に少しずつお読みいただいた方も、本書でまとめてお読みいただいた方も、一週間ごとに進んでいく勉強と恋《こい》の物語を疑似《ぎじ》体験しながら楽しんでいただければと思いつつ、執筆《しっぴつ》を進めました。

これまで何作品かの小説を書いてきましたが、今回のように一週間ごとという等間隔《とうかんかく》で物語が進む構成で書いたのは初めてで、なかなか新鮮《しんせん》な気分を味わえました。

例えばクリスマスの時期にはクリスマスのエピソード、バレンタインデーのときにはバレンタインデーのエピソードというように、ラブコメとして外せないイベントはもちろん取り入れています。いっぽうで一か月間あまり大きなイベントのない時期もあり、そんなときは瑛登《えいと》とひなたはどんなふうに過ごすだろうかと、いろいろと思いをめぐらせていました。

本作で描《えが》いたのは、ありふれた受験勉強の光景にちょっとした恋《こい》のスパイスをまぶしたお話です。ゆっくりと進んでいくようでいて、振《ふ》り返《かえ》るとあっという間に過ぎ去っていったような、そんな時間の一幕をお楽しみいただけたら幸いです。


この2巻でも、イラストレーターのゆがー先生に可愛《かわい》さを煮詰《につ》めたようなひなたを描《えが》き出《だ》していただけました！　彼女にドキドキする瑛登《えいと》も一緒《いっしょ》に、細かな部分まで魅力《みりょく》的に表現されたイラストで物語が彩《いろど》られ、作者としても嬉《うれ》しさとひなたの可愛《かわい》さを前に、ついニヤニヤしてしまいます。

前巻に引き続きお世話になりました担当編集様、電撃《でんげき》文庫編集部および電撃《でんげき》ノベコミ＋運営の皆様《みなさま》、書籍《しょせき》の製作と販売《はんばい》にお力添《ちからぞ》えをいただいた皆様《みなさま》、無事に刊行できたことに、この場をお借りして謝辞を述べさせていただきます。

本書を手に取りお読み下さいました読者の皆様《みなさま》へ、物語の時間を共有できた嬉《うれ》しさとともに、感謝の気持ちを捧《ささ》げます。

二〇二四年の某日《ぼうじつ》　田口一《たぐちはじめ》

◉田口　一著作リスト

「僕を振った教え子が、１週間ごとにデレてくるラブコメ」（電撃文庫）
「僕を振った教え子が、１週間ごとにデレてくるラブコメ２」（同）

本書に対するご意見、ご感想をお寄せください。

ファンレターあて先
〒102-8177　東京都千代田区富士見2-13-3
電撃文庫編集部
「田口 一先生」係
「ゆがー先生」係

本書は、「電撃ノベコミ+」に掲載された『僕を振った教え子が、1週間ごとにデレてくるラブコメ』を加筆・修正したものです。

電撃文庫

僕《ぼく》を振《ふ》った教《おし》え子《ご》が、1週間《いっしゅうかん》ごとにデレてくるラブコメ2

田口《たぐち》 一《はじめ》

2024年4月10日　初版発行

発行者　山下直久
発行　株式会社KADOKAWA
〒102-8177　東京都千代田区富士見2-13-3
0570-002-301（ナビダイヤル）
装丁者　荻窪裕司（META＋MANIERA）
印刷　株式会社暁印刷
製本　株式会社暁印刷

●お問い合わせ
https://www.kadokawa.co.jp/（「お問い合わせ」へお進みください）
※内容によっては、お答えできない場合があります。
※サポートは日本国内のみとさせていただきます。
※ Japanese text only

※定価はカバーに表示してあります。

ISBN978-4-04-915599-0　C0193　Printed in Japan

電撃文庫　https://dengekibunko.jp/